U0591188

南北朝文学故事

江东去——乱世起风云

范中华◎编著

湖南人民出版社

图书在版编目（CIP）数据

大江东去：乱世起风云：魏晋南北朝文学故事 / 范中华编著 . —长沙：湖南
人民出版社，2013.1（2024.09 重印）

（快乐读中外文学故事）

ISBN 978-7-5438-8641-4

I.①大… Ⅱ.①范… Ⅲ.①故事—作品集—中国—当代 Ⅳ.① I247.8

中国版本图书馆 CIP 数据核字（2012）第 192827 号

快乐读中外文学故事：大江东去——乱世起风云（魏晋南北朝文学故事）

编 著 者　范中华

责任编辑　骆荣顺

装帧设计　君和设计

出版发行　湖南人民出版社［http://www.hnppp.com］

地　　址　长沙市营盘东路3号

邮　　编　410005

经　　销　湖南省新华书店

印　　刷　永清县晔盛亚胶印有限公司

版　　次　2013 年 1 月第 1 版

　　　　　2024 年 9 月第 4 次印刷

开　　本　710×1000　1/16

印　　张　15

字　　数　250千字

书　　号　ISBN 978-7-5438-8641-4

定　　价　25.00元

营销电话：0731-82683348　　（如发现印装质量问题请与出版社调换）

目　录

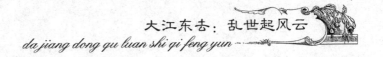

文人与酒的不解之缘
wén rén yǔ jiǔ de bù jiě zhī yuán

中国人饮酒的历史很长，传说夏禹时帝女仪狄首先发明了造酒，但人们更熟知的是夏代杜康造酒的传说，杜康也就成了酒的代名词。夏桀为"酒池糟堤"，殷纣为"酒池肉林"，成了以酒亡国之君，但中国人的饮酒并未中断，酒文化成为源远流长的中国文化中的一个支流。

不过，饮酒成为文人的雅好和名士的风度，则始于魏晋。从此文人与酒便结下了不解之缘，从"竹林七贤"到"酒仙"李白，文人们又多了一个传统。

其实，由于时代乱离，命运多舛，汉末的饮酒之风就已很盛了。灵帝末年，贵族官僚们多沉湎于酒，以至斗酒价格涨到千文。洛阳令郭珍生活豪奢，酒宴常开，让几十名侍女裸体披上透明的薄纱伺候客人。荆州牧刘表子弟做了三只大酒杯：大的叫"伯雅"，盛七升；中的叫"仲雅"，盛六升；小的叫"季雅"，盛五升。常聚众饮酒狂欢，在手杖头上装上大针，用来刺醉倒的客人，以验其醉醒。汉献帝迁居许昌后，派光禄大夫刘松去北方袁绍军中做监军。刘松与袁氏子弟盛夏酣饮达旦，烂醉如泥，自言是避暑。

建安（196—219年）时代，雄踞文坛的"三曹"和"七子"，也多雅爱杜康。曹操高吟："对酒当歌，人生几何？""何以解忧，唯有杜康。"（《短歌行》）一生酒兴诗情，慷慨悲歌。曹丕以公子帝王之尊，亦常与文学之士相聚畅饮。因为饮酒，差点丧了刘桢的性命。曹丕有一次请诸文士饮宴，酒酣兴起，便招夫人甄氏相见。座中诸人拘于礼法，都低头伏下，唯刘桢不拘礼法，平视甄氏。大概听说甄氏美貌绝伦，难得一见，这下可有机会了。不想被曹操听说了，要治其死罪，后减罪罚做苦工。才华横溢的曹植很得曹操宠爱，几乎被立为太子，然因饮酒不节、放诞任性而作罢。

但是，饮酒真正蔚为名士风度，以酒来体味人生百境，并结下不解之

1

缘的，当始于"竹林七贤"。嵇康、阮籍、山涛、刘伶、向秀、阮咸、王戎，相与友善，崇尚老庄，行为放达，常游于竹林，肆意酣畅，故世谓"竹林七贤"。"竹林七贤"个个好酒，尤以阮籍和刘伶为最。"竹林七贤"嗜酒的心态是复杂的，但放诞不羁却是共同的特征。与老庄精神的沟通，追求精神自由与个体人格的解放，是其放达的哲学根源。

醉眼蒙 的阮籍听说兵营里存有三百斛酒，便自请去当步兵校尉，并约刘伶前来开怀畅饮。他曾为逃避司马昭为司马炎（后为晋武帝）向其女儿求婚，大醉了六十天。《世说新语》中记载了他许多饮酒放诞的故事，像居母丧食肉饮酒、醉卧当垆美妇侧等。阮籍的饮酒是佯狂避祸，是浇胸中块垒，亦是自然率真性格的显现。

刘伶饮酒荒放更是世人熟知，民间有杜康造酒刘伶醉的传说。刘伶以酒名世，正如自己所言："天生刘伶，以酒为名。"刘伶病酒的故事在当时就广为流传。《世说新语》记载，刘伶纵酒狂放，以致赤身裸体。有人谴责他，他却和人开了个莫大玩笑，说："我把天地当作屋子，把屋子当作衣裤，诸位为何跑到我的裤裆中来了？"这就是名士的放达，也许怪诞的外衣下，隐含着老庄自然率真的内涵，但表现形式却荒诞到惊世骇俗的地步。刘伶不仅喝酒，还写了一篇《酒德颂》，描写了一位嗜酒怪诞的大人先生，实是自我写照。其"无思无虑，其乐陶陶"的境界，正是刘伶寻找的酒中趣味：忘掉世间烦恼，超脱尘世的快乐。

嵇康"浊酒一杯，弹琴一曲，志愿毕矣"（《与山巨源绝交书》）。嵇康喝酒弹琴追求人生的雅趣，更注意酒中的精神品位。又因他是"养生派"，期望以服食养生之术求彭祖之寿，而服食需喝温酒，量也不能太过，所以未与任诞的酒徒同列。山涛也是海量，据说八斗方醉，然山涛心系魏阙，尚有节制。

"竹林七贤"的饮酒放达之风煽誉海内，酒已成为名士风度的内涵之一。

《世说新语·任诞篇》载有阮修、山简、张翰、毕卓等饮酒任诞轶事。阮修常在手杖上挂钱百文，独赴酒店畅饮。山简督荆州时，常去习家池游玩饮酒，一醉方休，自言："此（习家池）是我高阳池也！"自比"高阳酒徒"（西汉郦食其欲见刘邦，刘邦不喜儒生，食其便自称高阳酒徒），习家池也因此改为高阳池。时人歌曰："山公一时醉，径造高阳池。日暮倒载归，酩酊无所知。"张翰知名于后世，是因秋思故乡鲈鱼莼菜的故事，然喝酒也很有名，时人比之阮籍，谓之"江东步兵"。别人劝他："你怎么可以放纵一时，不考虑身后的名声呢？"他却说："使我有身后名，不如即时一杯酒！"毕卓任吏部郎时，常饮酒废职。他喝醉后路过酒坊，伏在酒坛上又喝，被当成小偷捉住，一时成为笑谈。"一手持蟹鳌，一手持酒杯，拍浮酒池中，便足了一生。"这就是他的人生宣言。

陶渊明"性嗜酒"，出任彭泽令就因"公田之利，足以为酒"，并大量以酒为题材创作了《饮酒》诗，把酒趣与诗情抒写得有滋有味。其实陶渊明的饮酒是在寻求酒中的"真味"，即人生的真谛，酒趣、诗情、哲理熔为一炉。

那么，酒实际上成了文人名士精神与思想的一种载体。饮酒却不在"酒"，而在酒中之"境"。陶渊明的"酒中有深味"，正道破了这一玄机。文人名士们在酒中体味着人生百味，寻觅着人生的"真谛"。这也许就是文人与酒的不解之缘的真正原因吧！

史上三曹与建安七子
shǐ shàng sān cáo yǔ jiàn ān qī zǐ

建安是东汉末年献帝刘协的年号，指的是自 196 年至 220 年的一个历史阶段。建安文学在动荡乱离的社会背景下，开辟了一畦茂盛的文学园地，引来了六朝文苑的硕果累累的丰收景象。当时俊才云蒸，佳作霞蔚。"三曹"及"建安七子"特秀其中，独领风骚。

"三曹"即指曹操、曹丕、曹植父子。他们以曹氏集团的显赫政治势力而高居文坛的领袖地位。曹操一生跃马扬鞭，南征北战，但手不释卷，雅爱文学，"登高必赋，及造新诗，被之管弦，皆成乐章"（《文心雕龙·

时序》)。其诗以乐府古题写时事，四言最佳。《短歌行》是四言中最受后人赏爱的代表作；五言诗《薤露行》及《蒿里行》有汉末实录、诗史之称。诗歌格调慷慨悲凉，气韵沉雄；语言古朴刚健，善用比兴。散文亦写得清俊通脱，被鲁迅誉为"改造文章的祖师"。曹丕博通经史，醉心诗文。诗作以五言诗居多，亦有六言、七言、杂言。其中，七言歌行体《燕歌行》是我国诗歌史上第一首完整的七言诗。题材和内容多写游子思妇的离愁别恨，也具有建安文学的悲凉情调。语言清丽、质朴、自然，又委婉缠绵，颇有文人情调。沈德潜曾评曰："子桓诗有文士气，一变乃父悲壮之习矣。要其便娟婉约，能移人情。"（《古诗源》）其《典论·论文》是我国文学批评史上第一篇专论，泽被后世，功不可没。曹植才华横溢，诗、赋、文俱佳，被钟嵘誉为"建安之杰"。他是第一个致力于五言诗创作的诗人，其诗"骨气奇高，词采华茂，情兼雅怨，体被文质，粲溢古今，卓尔不群"（钟嵘《诗品》）。使文人五言诗的创作达到了成熟的阶段。其赋咏物、抒情、叙事，各类小赋均有，其中以《洛神赋》最著名。散文以书表最佳，文采绚丽，抒情性很强。

"建安七子"的得名源于曹丕《典论·论文》，论文中云："今之文人，鲁国孔融文举，广陵陈琳孔璋、山阳王粲仲宣，北海徐干伟长、陈留阮　元瑜、汝南应　德琏、东平刘桢公干，斯七子者，于学无所遗，于辞无所假，咸以自骋骥于千里，仰齐足而并驰。"七子之中除孔融外，均依附曹氏政治集团，并参与了邺下文人群体的活动。

孔融在七子中年龄最高，名气最大，因政治上与曹操不合，屡屡抨击和讥讽曹操，被曹操冠以"违天反道，败伦乱理"的罪名而杀戮。尽管如此，曹丕还是将其列为七子之首，称其"体气高妙，有过人者，然不能持论，理不胜辞，以至乎杂以嘲戏。及其所善，扬（雄）班（固）俦也"（《典论·论文》）。孔融死后，又出金帛向天下征集孔融的文章。孔融以散文见长，气盛于理，情感激越，豪气奔放；语言华美整饬，气势夺人。

"七子"之中的王粲，被刘勰誉为"七子之冠冕"，又与曹植并称"曹王"。钟嵘《诗品》将其诗列为上品，是七子中成就最高的，其诗

"苍凉悲慨，才力豪健"（方东树《昭昧詹言》），"方陈思不足，比魏文有余"（《诗品》）。诗作以《七哀诗》为代表，赋以《登楼赋》最著名。曹丕深爱其才，与其交情笃厚，为王粲送葬时，令众人学驴鸣，以享其生前所好，又作诔文悼念。

刘桢性情傲岸不羁，诗格真骨凌霜，刚劲遒健。钟嵘《诗品》将其与曹植并称"曹刘"，列为上品。元好问《论诗绝句》亦云："曹刘坐啸虎生风，四海无人角两雄。"其诗气盛言壮，不尚雕饰，《赠从弟》三首垂名后世。

其他诸子，阮"书记翩翩"，陈琳"章表殊健"，二人擅长书记章表体散文。阮《驾出北郭门行》、陈琳《饮马长城窟行》皆流传后世。徐干擅长诗赋，曹丕云"其五言之善者，妙绝时人"（《与吴质书》），其赋"虽张（衡）蔡（邕）不过也"（《典论·论文》），又有学术著作《中论》，自成一家之言。才学优秀，志在著述，可惜早逝，未能遂志。其诗以《别诗》二首较有佳名，离情别思，行旅愁苦都写得别有情致，亦有慷慨悲凉的情调。

曹氏父子为领袖，"建安七子"为羽翼，周围又聚集了一大批作家，如工于诗文又擅小说的邯郸淳、文才机辩各体兼长的繁钦、聪明绝顶才智敏捷的杨修，还有吴质、丁仪、丁、王象等，都与曹氏父子或其中某人友善、见重。"三曹"与"建安七子"的文学创作使建安文坛熠熠生辉，光照千古。

"三曹"与"建安七子"（除孔融外）及其他作家又形成了以曹魏政治中心邺都（曹丕称帝前）为活动地的"邺下文人集团"。他们的文学交游十分频繁，常常饮酒聚会，吟诗作赋。

"三曹"与"建安七子"的创作共同开创了建安文学的辉煌局面。其诗歌创作代表着建安文学的最高成就，就内容而言，多是叙写社会动荡的现实及抒发个人感怀；就艺术而论，它使五言诗登上了大雅之堂，并以慷慨悲凉的总体风格酿成一代诗风。刘勰在《文心雕龙·时序》中论曰："观其时文，雅好慷慨，良由世积乱离，风衰俗怨，并志深而笔长，故梗概而多气也。"论述了建安文学的内容及风格与时代的关系。后人把建安文学的内容和风格特点称为"建安风骨",并大力加以推崇。李白有"蓬莱文章建安骨"(《宣州谢　楼饯别校书叔云》)之句,对建安风骨倍加推崇。陈子昂高唱"汉魏风骨",奏响了古文运动的序曲。以"三曹"和"建安七子"为代表的建安文学,远承风骚遗韵,近师乐府传统,其艺术精神泽被后世,不绝如缕。

3. 乱世霸主,文坛雄杰
luàn shì bà zhǔ, wén tán xióng jié

曹操画像。曹操对文学有浓厚的兴趣,并具备良好的文学素养,在紧张的战争生活和政治活动的间隙,仍创作了数量可观的诗歌杰作。

曹操,字孟德,小字阿瞒,沛国谯(今安徽亳县)人,汉末政治家、军事家、诗人。生于东汉桓帝永寿元年(155年)。祖父曹腾,灵帝时为中常侍大长秋(宦官首领)。父曹嵩为曹腾养子,曾任司隶校尉、大司农等职,灵帝时花钱买到太尉官职。曹操的这种出身,在崇尚阀阅的时代,被骂为"赘阉遗丑"。

曹操年轻时任侠放荡,飞鹰走狗。叔父见其游荡无度,多次状告其父。于是,曹操心生一计。一次路遇叔父,佯装中风,叔父慌忙告知曹嵩。曹嵩急忙赶来,见曹操无事,就问:"叔父言你中风,已好了吗?"曹操说:"本就没中风,叔父失爱于我,诬告而已。"自此叔父再告状,其父不再相信了。可见,曹操自小就机警兼怀诈术。但曹操并非一般的斗鸡走狗式的浪荡子弟。他博览群书,雅爱文学,一生手不释卷,却从不死读书。尤其喜欢兵法,广搜兵书,悉心揣摩,并集结成册,名曰《接要》,意为兵法节要。又注《孙子兵法》十三篇。时值汉末乱离,曹操用心研究兵法,可见大志不浅。

　　曹操二十岁步入仕途，先任洛阳北部尉，后历任顿丘令、议郎。初涉仕途，就敢作敢为，不畏强围，显示了杰出的政治才干和勇气。后遇黄巾起义和董卓之乱，使曹操的军事才能崭露头角。曹操深知，乱世称霸需仰仗军队，于是他散尽家财，建立了自己的一支军队，在讨伐董卓和镇压黄巾起义中壮大起来，并在兖州建立了根据地。后又迎献帝刘协到许昌，开始"挟天子以令诸侯"，征讨各方军阀。他先后消灭了吕布、袁术、袁绍、刘表等称霸一方的军阀，统一了北方。

　　曹操具有卓越的政治和军事才能。在政治上，最卓著的举措就是用人。

　　唯才是举，不拘品行，这是曹操为谋取霸业采用的基本用人政策。在曹操的麾下，确实聚集了一大批人才，从高门士族到寒门庶族，从文人名士到将校武夫，尽收罢中。曹操的"唯才是举"政策，的确在混乱的政治、军事角逐中取得了极大的成效。但曹操亦是"才"要唯我所用，对不听命者、桀骜不驯者，则予以无情的打击。名士孔融因屡讥曹操，被冠以不孝之名诛戮；杨修才智敏捷，被罪以惑乱军心杀掉；击鼓骂曹的祢衡傲岸刚烈，被送与黄祖借刀杀之；功勋卓著的荀彧也因反对曹操称魏公、加"九锡"，迫令自裁；一代名医华佗也死在曹操手中。因此，曹操的"唯才是举"便遭到了后世史家的非议。然而，曹操亦有宽容大度之时。建安二

曹操不唯是挥鞭横槊的沙场老将，也是雅爱文学的文坛领袖，留下了许多名篇佳句。他的《观沧海》景象壮阔，气概凌越；《龟虽寿》古雅高致，深切感人，均为千古绝唱。

年（197年）曹操伐张绣。张绣降后又叛，突袭曹军杀其大将典韦、儿子曹昂、侄子曹安民，曹操也几乎丧命于此战。后张绣又降，他却能不计损将杀子侄之仇，反与张绣结成儿女亲家，并拜张绣为扬武将军。陈琳为袁绍草檄骂他"赘阉遗丑"，陈琳降后亦任用为记室。所以在曹操的身上政治家的无情与宽宏、爱才与嫉贤，就这样矛盾地统一在一起。

曹操通晓兵法，计谋奇出，善于用将。所以能从名微众寡的小军阀，特拔群雄，称霸北方。百战之中留下了令人不厌琢磨的以少胜多的"官渡之战"，创造了军事史上的奇迹。

曹操不唯是挥鞭横槊的幽燕老将，亦是雅爱文学的文坛领袖。曹操"文武并施，御军三十余年，手不舍书，昼则讲武策，夜则思经传，登高必赋，及造新诗，被之管弦，皆成乐章"（《三国志》注引王沈《魏书》）。曹操多才多艺，除深研兵法、雅爱文学外，对诸子百家、经学史传、音乐、书法、围棋等，均有浓厚兴趣。这与曹操好学不倦的精神是直接相关的。

曹操一生鞍马之余，登高赋诗，对酒抒情，留下了许多佳篇名句。其诗今存二十余首，均以乐府旧题写时事，形式有四言、五言、杂言，尤以四言诗成就最高。

曹操诗歌多直写动乱的现实，抒发慷慨悲凉的情怀及壮志豪情。《薤露行》、《蒿里行》以诗史般的语言描述了董卓之乱前后的现实景象。"白骨露于野，千里无鸡鸣"构画了悲惨的时代画面。明钟惺誉为"汉末实录，真诗史也"（《古诗归》）。《苦寒行》以军旅生活为题，写军旅生活的凄苦艰辛。"树木何萧瑟，北风声正悲！熊罴对我蹲，虎豹夹路啼。溪谷少人民，雪落何霏霏！"熊罴虎豹、寒风冬雪、落木悲风之景，寄寓了诗人多少悲情、多少哀叹！

而《短歌行》、《步出夏门行》组诗则是诗人咏志抒情的佳作名篇。前者以欢宴嘉宾的场景，倾吐了思贤若渴的心曲，抒发了壮志未酬的忧伤。后者则以《观沧海》、《龟虽寿》最著名。《观沧海》登碣石眺望秋景，山景海象雄伟壮阔，勃发的豪情与凌越的气概一并寓于景象之中。而《龟虽寿》则以神龟起兴,以老骥作比:"神龟虽寿,犹有竟时","老骥伏枥,志在千里",把形象、哲理、情志融会一处,古雅高致,深切感人。

曹操诗具有古朴刚劲、苍凉悲壮的情调风格。尤其诗人自身的气质使诗中流露着一股雄霸之气。明胡应麟评曰:"魏武雄才崛起,无论用兵,即其诗豪迈纵横,笼罩一世,岂非衰运人物。"(《诗薮》)

曹操的散文在文风趋于骈俪化的时代,却能独标一格。从流传下来的大量的"令"、"表"、"书"来看,具有忌虚浮、讲实用、清俊通脱、简练明快的特点。所以鲁迅称他为改造文章的祖师,赞扬他的革新创造精神。

曹操以一代霸主之重,雅爱诗章,又网罗文学之士,形成了一个邺下文人集团。王粲、刘桢、徐干、陈琳、阮、应、杨修、吴质、邯郸淳、繁钦等,加上曹氏父子的创作,形成了"建安文学"创作的盛境。曹操的领袖之功千载难没。

曹操于献帝延康元年(220年)病卒,时年六十六岁。遗令死后从俭葬敛,"敛以时服,无藏金玉珍宝"。曹操一生著述颇富,原有集三十卷,多散佚。明张溥《汉魏六朝百三名家集》辑有《魏武帝集》,今亦有中华书局本《曹操集》。

曹操一生戎马倥偬,挥鞭横槊之余,雅爱诗章,且颇有佳制。钟嵘《诗品》评曰:"曹公古直,甚有悲凉之句。"陈祚明曰:"曹孟德诗如摩云之翅,振翮捷起,排焱烟,指霄汉,其回翔扶摇,意取直上,不肯乍下,复高作起落之势。"(《采菽堂古诗选》)其诗如其人褒贬不绝于后世。但以今观之,其诗的思想内容与艺术成就,确是不同凡响。

曹操诗歌取材广泛,述志、写景、咏史、军旅、游仙,尤其是直写现实的诗作,深沉凝重,颇得赞许。其诗《薤露行》、《蒿里行》,被钟惺誉为:"汉末实录,真诗史也"。(《古诗归》)唐代诗人杜甫之前得此殊荣者唯曹操而已。

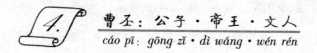

4. 曹丕：公子·帝王·文人
cáo pī: gōng zǐ · dì wáng · wén rén

　　曹丕，字子桓，沛国谯（今安徽省亳县）人。生于汉灵帝刘宏中平四年（187年）冬，曹操次子。据《魏书》载："帝生时，有云气青色而圆如车盖当其上，终日，望气者以为至贵之证，非人臣之气。"（《三国志·魏志·文帝纪》注引）尽管曹丕降生便有帝王之兆，但却生逢乱世。时值汉末，天下大乱，其父曹操与天下英雄逐鹿，东征西讨，曹丕亦自幼随军转战四方。

　　长期的戎旅生活，自然给曹丕以很大的影响，他在《典论·自叙》中说："余时年五岁，上以世方扰乱，教余学射，六岁而知射，又教余骑马，八岁而能骑射矣。以时多故，每征，余常从。"年幼的曹丕不仅善武，而且能文。"年八岁，能属文"，及稍长，逸才宏放，"遂博通古今经传，诸子百家之书"（《三国志·魏志·文帝纪》注引《魏书》）。文武兼通的才能，为其以后统治天下奠定了坚实的基础。

　　建安二年（197年），曹操率军攻打荆州张绣，曹丕与兄曹昂随同出征。结果被张绣打得大败。曹操连人带马皆为流矢所中，不能行。曹昂因伤亦不能骑，遂将马送于曹操。曹操得以逃脱，曹昂战死。而曹丕独以精湛的骑艺与箭术乘马而逃，幸免于难。建安九年（204年），曹丕随同曹操攻克袁绍的大本营邺城。进驻袁府时，曹丕遇见了袁绍次子袁熙的妻子甄氏。甄氏长他五岁，姿容艳丽，于是曹丕纳她为妾。相传曹植也曾钟情于甄氏，垂范千古的《洛神赋》，就是为感念甄氏而作。

　　攻下邺城后，曹丕基本不再出征，开始了锦衣玉食的公子哥式的生活。宴饮游乐，击剑田猎，狎妓斗鸡，无所不好，而他最喜欢的是弹棋。《典论·自序》中说："我与别人戏弄之事很少欢心，只有弹棋一种博戏，方能施展我的技艺。"曹丕弹棋，技艺很高，甚至用手巾角拨弄棋子都没有不中的。这样一个玩技甚高的公子哥，又是如何步入政坛，登上皇位的呢?

　　曹丕与曹植争夺太子之位，长达十年之久。曹植文思敏捷，才华横溢，但他"任性而行，不自雕励，饮酒不节"，终于失宠于曹操。曹丕虽文学修养也很高，还是抵不上曹植，但他善于"御之以术，矫情自饰"。一次，曹操有事出邺城，送行人众多。曹植即席发表对父亲的赞美之辞，曹丕才思不及曹植迅捷，只能甘拜下风。后来曹丕心腹吴质为他想出对策，让他每遇这种场合，不与曹植比口才，只伏地痛哭，以示心诚。这一着果然奏效，人们都认为曹丕心诚超过曹植。曹操之心亦逐渐倾向曹丕，又受"立嫡以长"思想影响，终于在建安二十二年（217年）立曹丕为太子。

　　建安二十五年（220年）正月，曹操在洛阳病逝。十月，献帝退位，曹丕登基，成为魏国第一位皇帝——魏文帝。国都从邺城迁到洛阳，改元为黄初。

　　从公子到帝王后，曹丕为了巩固统治，在政治思想上采取了一系列措施。鉴于东汉宦官和外戚干预朝政的教训，他规定"后族之家不得当辅政之任"、"其宦人为官者不得过诸署令"。在选拔人才上，他推行九品官人法，在州郡设中正官推举人才。这种办法的实行，不但没有起到积极作用，反而导致了"上品无寒门，下品无世族"（《晋书·刘毅传》）的局面。为缓和社会矛盾，曹丕下令放宽刑律，减轻赋税。在思想上曹丕严格礼教，提倡养老扶幼，互相亲爱。这些政令的推出，虽不是他的独创，却也使他的统治比较稳定。

　　在军事上，曹丕想统一疆土。黄初三年（222年）十月，他亲自率军伐吴，打到江陵。黄初五年（224年）又南征孙权，打到广陵，六年（225年）又亲自率十余万兵出师。虽屡攻江南不成，没有统一国土，曹丕却乘势削平了青、徐一带的豪族势力。

　　虽然曹丕已经登基，对曹植却嫉恨在心。称帝后，逼迫曹植七步之内成诗，否则将杀掉他。之后又多次转徙曹植的封地，所封都是贫瘠荒凉之地。曹彰是曹丕的同母弟，性格刚毅威猛，立太子时一直支持曹植，曹丕对他更是仇怨极深，终以在枣中下毒的办法害死曹彰。若不是太后干预，曹植也会遭同样结果。曹丕由公子走上帝王宝座，仍不失文人学者风范。他自幼爱好文学，以著述为己任，一生没有中断过。他下令编纂《皇览》，广搜先代典籍，以类相从，规模宏大，是我国最早的一部类书，可惜已散佚。

曹丕是建安文坛领袖之一。他竭力提倡文学，与当时著名文人宴饮唱和，往来甚密，为邺下文人集团的实际领袖。现存诗歌约四十首，形式多种多样，善于描写男女爱情和离愁别恨。可是后人说他的成就远不如曹操和曹植。

尽管历来文论家们对曹丕的诗评价不一，但他的文学成就仍然是显赫的。

曹丕既是一位帝王，又是一位诗人。他的诗如同一面镜子，真实而形象地反映了那个时代的面貌。由于受汉乐府的影响，其诗在语言上朴素生动，风格清绮，感情真挚，颇具民歌风味。诗中所构造的独特意境和感人至深的艺术形象，颇能感染读者的心灵。正因此，曹丕的诗歌才具有了深广的生命力，为历代人们所赞赏。

在曹丕的诗歌中，写征夫思妇哀情的诗篇占有相当的数量，大都通过对男女爱情的歌咏，来表现那个时代的精神面貌、社会状况。这类诗中充满了缠绵柔媚、哀情徘徊的情调。正如沈德潜在《古诗源》中所说："子桓（曹丕）诗有文士气，一变乃父悲壮之习矣。要其便娟婉约，能移人情。"七言《燕歌行》两首即是这方面的代表作，被认为是言情名诗。

诗中描写了一个女子在凉秋月夜，遥望着一河相隔的牵牛织女，怀念远出不归的丈夫。开篇两句写景，以景起兴。风声萧瑟，草木凋零，露结为霜，整个大自然显示出一派冷落寂寞的景象，很自然地触动人们的离情别绪和怀人思远的感情，为全诗定下了哀婉缠绵的基调。接下四句从怨妇角度写丈夫。女主人公看到了堂前的燕子，空中的燕群都回到南方去了，触景生情，柔肠寸断，由己及夫，推想丈夫此时也正在"慊慊思归"地想念着守望在故乡的自己。爱极生恨，思极生怨，"君何淹留寄他方"一句便含有责怪之意。由"贱妾茕茕守空房"至结尾，用浓墨淋漓尽致地描写了妻子思念丈夫的痛苦，塑造了一个忠贞不渝、悲思欲绝不能自已的思妇形象。"援琴"句是特写，由思生愁，愁急抚弦，想用优美的琴声抚去心头的愁思。不曾想柔弱的"清商"曲调，反而加深了她心中的愁苦。最后两句以牛郎织女天河阻隔，表达了女主人公独守空闺的悲哀，令人泣下。全诗感情真挚，语言委婉缠绵，情景交融，善于借景言情，表现思妇的复杂微妙的心理。清王夫之评此诗说："倾情倾度，倾色倾声，古今无两。"（《古诗评选》）《燕歌行》其二也是一首怨妇思夫诗，与《燕歌行》其一有着前后的承继关系：从时间上看，其一是由白昼写到深夜，而其二则由深夜写到第二天清晨："披衣出户步东西，仰看星月观云间。飞鸽晨鸣声可怜，留连顾怀不能存。"从空间上看，由"披衣出户"可知作者的笔端已由室内伸向室外。从诗歌描写的侧重点来看，其一重在借景言情，借秋风、明月等衬出女主人公难以言表的内心世界。其二则侧重于描写渲染女主人公的心理活动，既有相聚时的欢乐回忆——"别日何易会日难"，又有别离后寂苦的难熬——"涕零雨面毁容颜，谁能怀忧独不叹"。全篇语言自然明丽，情调缠绵悱恻。

　　《燕歌行》二首不仅以其荡气回肠的情感震撼读者的心灵，而且是诗歌史上现存最早、最完整的七言诗。曹丕以前，东汉文学家张衡曾作七言《四愁诗》，但第一句中夹有"兮"字，尚不能算作真正的七言诗。曹丕《燕歌行》其一自始至终通篇使用七言句式，句句押韵，一韵到底。它的出现，对中国诗歌的发展具有深远影响。

　　曹丕登基前，曾多次随父出征，经历过长期的军旅生活。称帝后曾亲率大军两次伐吴。所以军旅生活便成为他创作题材之一。例如《饮马长城窟行》：

　　　　浮舟横大江，讨彼犯荆虏。

　　　　武将齐贯甲，征人伐金鼓。

　　　　长戟十万队，幽冀百石弩。

发机若雷电，一发连四五。

这是一首描写战斗场面的军旅诗，写得真实具体，有声有色。开篇两句用一"横"字极有气势。三、四句开始正面描写战斗场面，将士们伴着齐鸣的金鼓之声勇猛前进。最后四句，分别从人和物（武器）两个方面描写了魏兵装备的精良和士气的高涨，进一步渲染了战斗的激烈，场面的壮观。全诗用写实的笔法将战士的英雄形象展示在读者的面前。此类作品还有很多。《至广陵于马上作》写临江观兵，将士豪气激荡。五言《黎阳作》侧重描写出征雄师威武雄壮的气势。

在曹丕的诗歌中，还有一些描写浮华侈靡的享乐生活的。刘勰在《文心雕龙·明诗》中指出：这类作品的内容是"怜风月，狎池苑，述恩荣，叙酣宴"。例如《于谯作》中描写的是侈靡的宴饮生活。"清夜延贵客，明烛发高光。丰膳漫星陈，旨酒盈玉觞"，写开宴饮酒的盛况；"弦歌奏新曲，游响拂丹梁。余音赴迅节，慷慨时激扬"，写宴饮中的歌乐；"献酬纷交错，雅舞何锵锵"，写祝酒交错歌舞翩翩。全诗都笼罩在一片欢乐豪侈的宴享景象之中。

曹丕的诗歌中还有描写其他内容的作品，如描写战争给黎民百姓带来苦难的《陌上桑》、《见挽船士兄弟辞别诗》。《于玄武陂作》、《芙蓉池作》则是写景咏物诗，色彩鲜明，清越流畅。

曹丕的诗歌不仅有真实的思想内容，而且以独特的艺术风格为世人赞许。其诗真情动人，语言清丽俊逸、晓畅明白，既有文士之雅，又有民歌之俗，陈祚明评曰："子桓笔姿轻俊，能转能藏，是其所优。转则变宕不恒，藏则含蕴无尽，其源出于《十九首》，淡逸处弥佳，乐府雄壮之调，非其本长。"（《采菽堂古诗选》）其诗转藏变宕手法多变，轻俊淡逸，基于民歌俚俗，成于文人雅制。因此，沈德潜称其诗有"文士气"。

5. 曹植：才高八斗陈思王
cáo zhí: cái gāo bā dǒu chén sī wáng

"天下才共有一石，曹子建独得八斗，我得一斗，自古及今同用一斗，奇才敏捷，安有继之。"（李瀚《蒙求集注》）这是颇为自负的谢灵运对曹植的高度评价，此中虽不无夸张，却也写出了曹植过人的才华。

曹植，字子建，沛国谯（今安徽亳县）人。与父曹操、兄曹丕在文学史上被称为"三曹"。生于汉献帝初平三年（192年），自幼聪明慧悟，十岁时就已诵读诗书、论及辞赋数十万言，也喜好民间文学，对俳优小说也能大量熟记，善属文。自称"少小好文章"（《与杨德祖（杨修）书》），又曾说"少而好赋，其所尚也，雅好慷慨，所著繁多"（《文章序》）。在兄弟中间，素以才华出众，有诨号曰"绣虎"，深得曹操宠爱。起初，对于曹植的才华，曹操也颇感怀疑，曾在观赏他的文章后问他："汝倩（请）人邪？"怀疑他是请人捉刀代笔而成。曹植跪地拜曰："言出为论，下笔成章，愿当面试，奈何倩人？"适逢邺城（今河北临漳县附近）铜雀台落成，曹操率领诸子登台观景，使各为赋。曹植援笔立成，在诸兄弟中写得最快最好。曹操感到很惊讶，此后便有立他为太子之意。

曹植虽才思敏捷，风流倜傥，然而曹操虽极其称赏曹植的才华，但对他的性格却存有疑虑，并进行过多次的观察和考验。曹植终未能经受住这些考验，在一系列事情上犯了过失，出了毛病，决定了他在立太子之争中的失败结局。与他截然相反，其兄曹丕则工于心计，同时很善于笼络人心。建安二十五年（220年）正月，曹操病卒于洛阳。曹丕顺理成章地即位为魏王、丞相，并开始了对曹植的打击迫害。

《世说新语·文学篇》记载：魏文帝曹丕欲害其弟曹植，令他七步之内作诗一首。若作诗不成将行大法，将他处死。曹植痛心疾首，应声为诗曰："煮豆持作羹，漉菽以为汁。萁在釜下燃，豆在釜中泣。本自同根生，相煎何太急？"魏文帝听罢，深有愧色。黄初四年（223年）五月，曹植

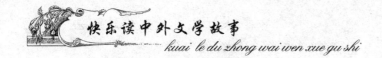

与白马王曹彪、任城王曹彰等诸王按惯例一起朝会京师。朝会期间，任城王曹彰暴死，死因说法不一。因曹彰在立太子之争中是站在曹植一边的，所以有人怀疑是被曹丕害死。

黄初七年（226年）五月，曹丕病卒，长子曹　即位，即魏明帝。曹　登基后，将曹植从贫瘠的雍丘迁到肥沃的东阿，但在政治地位上并没有获得根本的好转。魏明帝太和六年（232年），曹植又被徙封陈王。曹植深感自己的政治抱负无法实现，心情欲加郁闷。同年十一月二十八日，即发病死去，享年四十一岁，朝廷谥之为"思"，因此后世称他为"陈思王"。

从建安二十五年（220年）曹操病卒，到魏明帝太和六年（232年），曹植在长达十二年的时间内受到曹丕父子两代人的压迫，人身自由被剥夺，终年过着"汲汲无欢"的生活。六次被更易封地，不允许亲朋好友往来，更不允许参与政事，肉体和精神都承受着巨大的痛苦。这些往往都反映在他的后期文学创作中，使得曹植的文学创作明显呈现为前后两个时期。前期贵为公子，以才华出众深得曹操的赏识和宠爱，抱负极高，以曹操的死为界，后期的诗歌则大多反映他内心痛苦，多为慷慨悲壮之音。

除了诗歌方面外，曹植在文、赋的创作上也取得了很高的成就。赋作中有《洛神赋》、《愁霖赋》、《静思赋》、《怀亲赋》等，其中《洛神赋》是其代表作。赋中通过梦幻境界的描写，讲诉了一个人神恋爱的悲剧。全篇词采富丽，想象丰富奇特，描写细腻，充满了一种浓厚的神话梦幻色彩。在曹植的文章中，《与吴季重书》和《与杨德祖书》是两篇有名的散文书札。《求自试表》和《求通亲亲表》则是两篇骈俪成分极重的文章，形式上多采用对偶排比句或三、四、五、六言相间句式，显得错落有致，工整而不萎弱。

曹植生于汉末天下纷争的时代，在其短暂的一生中，既经历了"回山转海不作难，倾情倒意无所惜"（李白《忆旧游寄谯郡元参军》）的辉煌与快畅，也经历了"大道如青天，我独不得出"（李白《行路难》）的压抑与愤懑。可谓世事不定，人生无常。而这种大起大落的人生巨变，导致了曹植前后期诗歌创作内容与风格的巨变，也成就了这位汉末文坛的"建安之杰"。

曹植的一生以曹丕称帝为界，可分为前后两期。前期以其才高深受曹操赏识、宠爱。曹操一度有意将其立为太子。而此时正值曹操东征西讨欲平复天下之时，曹植随父征战南北，"生乎乱，长乎军"，目睹了动荡不安、四分五裂的社会现实，又受父亲壮志雄心的影响，使他产生了强烈的功名事业心，激越昂扬，满怀统一天下的宏伟志向。在这种形势与自身思想的驱使下，其诗作也以描写个人的雄心抱负为主。在这类作品中，尤以《白马篇》最具代表性。

曹植墓碑拓本

诗中写道：西北边地，战事频仍。连翩疾驰的骑兵，又预示着有大战即将发生。首二句奇异突兀，落笔便紧扣读者心弦，营造了一种紧张的气氛。承此二句，作者用汉乐府民歌的表现方法，一问一答，自然地将"幽并游侠儿"带出，一位少小离家、扬名朔漠的英雄游侠出现了。"宿昔秉良弓"以下八句，作者采用铺陈的手法，极写白马英雄的超人勇武：早晚良弓不离手，勤于苦练，箭矢纷纷；左右皆可开弓，仰射飞猱，俯射马蹄，上下左右，百发百中。作者以点代面，虽只写其骑射，却能概括他的全部武艺。正因如此，他才能够矫捷赛猿猴，勇猛如豹龙，才能够在"边城多警急"之时"长驱蹈匈奴，左顾凌鲜卑"。

至此，一个武艺超群的英雄形象已经跃然纸上，然而作者并没有就此止笔。自"弃身锋刃端"以下，作者重在展示白马英雄可贵的精神品质。抛却父母妻子之爱，将个人生死置之度外，投身于锋刃之中，为国赴难，视死如归。这一段才是全诗的主题与灵魂所在，英雄的勇武精神，只有在

"捐躯赴国难"之中才能得到升华。

《白马篇》抒发了作者的报国之志，白马英雄的形象是作者用世理想的艺术寄托，也是他的自我写照。

曹植虽才高，却天性不羁。常"任性而行，不自雕励，饮酒不节"。因饮酒误事，渐渐失宠于曹操。而其兄曹丕虽才不及曹植，却擅长"御之以术，矫情自饰"，工于心计。二人为取得太子之位而进行的斗争，最终以曹植的失败而告终。建安二十五年（220 年），曹操病卒于洛阳。曹丕即位为魏王，而曹植的命运开始发生了一生中最大的转折。曹丕开始一步步地对曹植进行打击迫害，"十一年中而三徙都，常汲汲无欢"。雄心抱负无由施展，屡次横遭打击，使曹植内心痛楚不已，也使他的歌声充满了极度的悲愤、深沉的哀怨。《赠白马王彪》无疑是后期诗作中感情最为激愤强烈的一首。

此诗"章法绝佳"（沈德潜《古诗源》）。叙事、写景、抒情熔于一炉，交相辉映，穿插并行，使整个诗篇起伏变化、跌宕多姿。诗人将悲痛、激愤的思想感情，用章节蝉联的辘轳体的形式，层层剥笋般抒发出来，使全诗既气韵贯通，又节奏分明，显示出高超的艺术技巧。强烈的感情，高妙的艺术手法，使此诗成为曹植诗中最为杰出的一篇。

忧愤、苦闷是曹植后期诗歌的主要基调。除《赠白马王彪》外，《野田黄雀行》、《七哀》、《杂诗》、《吁嗟篇》等也表现了同样的思想和心境。这些诗歌在艺术上已经明显体现出了"辞极赡丽"、"句颇尚工"、"语多致饰"（胡应麟《诗薮·内编》）的特色。而"骨气奇高，词采华茂，情兼雅怨、体被文质"（钟嵘《诗品》）的艺术风格在此类诗中也得到了充分的表现。

曾几何时，曹植灿烂风发，宠爱有加，"几为太子者数矣"。然世事变迁，俯仰万变，政治上的失意，心绪的被压抑，反倒玉成了诗人曹子建，使他登攀上了建安诗歌的崇高的艺术顶峰。

6. 赞美人神之恋的《洛神赋》
zàn měi rén shén zhī liàn de luò shén fù

"其形也，翩若惊鸿，婉若游龙，荣曜秋菊，华茂春松。仿佛兮若轻云之蔽月，飘摇兮若流风之回雪。远而望之，皎若太阳升朝霞，迫而察之，灼若芙蕖出渌波。"人们不禁会问，如此美文出自何人之手？除了才高八斗的建安之杰陈思王曹植外，恐怕再没有谁能写出如此词采华茂的文字了。

《洛神赋》是曹植辞赋中最具代表性的一篇，自古及今为世人所推崇。关于《洛神赋》的写作目的，一般认为是受宋玉《神女赋》的影响，赞美一个美丽的女神。又旧说认为《洛神赋》是作者为感念甄氏而作。作者曾向甄逸女求婚，没有成功。后来甄逸女竟为曹丕所娶。作者内心很是不平。他深爱此女，昼思夜想，忘记食宿。黄初中作者入朝，曹丕把甄后陪嫁的玉镂金带枕拿给作者看，此时甄氏已被郭后谗死。睹物思人，作者不禁泣下沾襟。曹丕见状，略有所悟，令太子留下作者宴饮，以枕赍植。

曹植回封地，度轩辕不久，将息洛水之上，不觉又想起甄氏。冥冥之中，忽见女来。她说："我本托心君王，其心不遂，此枕是我的从嫁，前与五官中郎将（曹丕），今与君王。"然后又说，她"为郭后以糠塞口，今被发，羞将此形貌重睹君王尔"。言讫，便飘忽而去。而后派人送珠于作者，作者以玉佩相回赠。悲喜之情不能自胜，于是作《感甄赋》。此赋为魏明帝曹 所见，遂改名为《洛神赋》。这种说法，虽与史实不符，却也道出了一段人神相爱而不能结合的故事。

《洛神赋》有序言和正文两部分。序言文字简洁，交代作赋的目的：一是想起关于洛水之神宓妃的传说；一是有感于宋玉的《神女赋》，故而为之。

正文可分八段，作者借助于神话传说，通过奇幻的想象，描写了一个人神相恋而终不能结合、满怀哀怨分离的故事。塑造了美丽超凡、纯洁多

东晋顾恺之根据曹植作品所绘的《洛神赋图》长卷，成为国画中的珍宝。

情的洛神形象。

第一、二两段，作者先叙述自己从京城归东藩，途中翻山越岭，几经跋涉来到洛川，纵目观看，精移神骇，睹一丽人。然后以和御者对话的方式自然引出洛河之神。

第三段作者用浓彩重笔，极力铺叙洛神之形貌。其文曰：

余告之曰：其形也……灼若芙蓉出渌波。秾纤得衷，修短合度。肩若削成，腰如约素。延颈秀项，皓质呈露，芳泽无加，铅华弗御。云髻峨峨，修眉联娟。丹唇外朗，皓齿内鲜。明眸善睐，靥辅承权。瑰姿艳逸，仪静体闲。柔情绰态，媚于语言。奇服旷世，骨像应图。披罗衣之璀粲兮，珥瑶碧之华琚。戴金翠之首饰，缀明珠以耀躯。践远游之文履，曳雾绡之轻裾。微幽兰之芳蔼兮，步踟蹰于山隅。于是忽焉纵体，以遨以嬉。左倚采旄，右荫桂旗。攘皓腕于神浒兮，采湍濑之玄芝。

此段词采华茂，文质并兼，寄情于神。作者用生动细腻的传神之笔首先描绘了洛神的娇姿美态："翩若惊鸿，婉若游龙。"闭目而思，洛神如在眼前。一连串精彩纷呈的比喻，更使洛神惟妙惟肖。我们也可从不同角度，去领略其风骚：光彩鲜明如秋菊，容光焕发如青松，端庄秀美之态跃然纸上。若隐若现，飘摇不定，如轻云遮日，流风回雪。远观，若太阳从朝霞中升起般明亮；近看，若芙蓉从清澈的水中挺出般鲜明。"出淤泥而不染，濯清莲而不妖"（周敦颐《爱莲说》），洛神高洁的品格不言而喻。

对洛神的容貌的描写更是淋漓尽致。作者先从整体写起："秾纤得衷，修短合度。"然后绘局部：从云髻到肩腰，从丹唇到皓齿，从仪态到语言无一不绘。媚从中而生，情由此而显。如此绝代佳人，怎能不令人产生爱恋之情呢！这绝俗之貌的描绘为下文写对洛神之爱作了极好的铺垫。

最后，作者描写了其美妙绝伦的服饰。"璀粲""瑶碧""金翠""明珠"莹光闪闪，金碧辉煌。她的神态更是天真活泼、楚楚动人。一会儿在芳香浓郁的幽兰中隐藏，一会儿踟蹰在山脚下，一会儿又遨游嬉戏。真叫人观之忘世，神魂颠倒。

第四段写作者"情悦其淑美"，又恐受骗的复杂心理。

洛神贤淑俊美的外貌，使作者"心振荡而不怡"。苦于没有良媒接欢，只能借风波以传情。又恐怕自己会像郑交甫那样被遗弃。（相传，郑交甫曾在水边遇见两位女子，女子赠他佩玉，可是他走了几步，佩玉就不见了，再看那两位女子也不见了。）但洛神不仅外表美，更重要的是内在美。她习礼明诗，面对作者的求爱，以美玉回赠，指潜渊为期。鉴于交甫之事，作者将信将疑，犹犹豫豫。而后按照礼仪规范自持下来。这段描写突出了作者矛盾的心理——既爱恋又恐被遗弃。

第五、六两段叙述洛神为作者的诚挚所感动后的举止神态。

作者真挚的爱深深地打动了洛神。她"徙倚彷徨"以至"神光离合，乍阴乍阳"。她耸身鹤立，将飞未翔，在布满"蘅薄"的椒途上哀吟长啸，以表达她的爱慕之心。

接着众神出场相互嬉戏，衬托了洛神的孤寂，突出了一个痴情女的心理。"体迅飞凫，飘忽若神。陵波微步，罗袜生尘。动无常则，若危若安。进止难期，若往若还。"这里以动言情，将洛神既爱恋又犹豫的复杂心理充分地表达了出来，也把人神之恋推向高潮。

有盛必有衰。第七段直抒洛神因人神殊道，不得交接，饮恨而去。正当作者与洛神狂恋，结合成为必然之时，洛神突然离去。"屏翳收风，川后静波，冯夷鸣鼓，女娲清歌。腾文鱼以警乘，鸣玉鸾以偕逝。六龙俨其齐首，载云车之容裔。鲸鲵踊而夹毂，水禽翔而为卫。"作者极力渲染了

众仙离去的动人景象。动静结合，声行兼备，场面宏伟。然后，作者描写了洛神离去时悲哀的神情。她越北沚，翻南岗，忽然回转头来"动朱唇以徐言，陈交接之大纲。恨人神之道殊兮，怨盛年之莫当"。造成他们恋爱悲剧的原因，就是人神之别。临别时，洛神又诉衷情："无微情以效爱兮，献江南之明珰。虽潜处于太阴，长寄心于君王。"字字含情，声声含泪，情真意切。洛神献上"明珰"作为信物，以示永诀，使作品更充满了悲剧的色彩。

最后一段写作者在洛神离去之后的眷念之情。洛神的离去，使作者怅然若失，真希望洛神能再次出现。他驾轻舟逆水而上，流连忘返，情思绵绵，彻夜不眠，直等到天亮，也不见洛神的影子。无奈，只好命仆夫驾车踏上东归之路。然而才举起马鞭，又"怅盘桓而不能去"。此段与开头呼应，使全文结构完美无缺。女神是作者理想的寄托，他正是借洛神表现自己对美好理想的追求以及理想破灭后的怅惘。人神不能在现实中结合，而只能于幻想中相恋。这正是曹植的悲哀与情殇。

《洛神赋》运用浪漫主义手法，塑造了一个美貌多情的洛神形象，抒写了一段人神相恋的悲怆故事。作者运用细腻的笔触来绘容貌，写动作，描服饰，摹心理，借助大量比喻和排比、对偶句，使洛神形象更加鲜明突出，生动感人。文章语言凝练，词采华茂，极富变化，真可谓千古不朽。《洛神赋》受宋玉《高唐赋》、《神女赋》的影响，融会了楚辞的手法，创意颇深，在建安赋坛上标新立异，为抒情小赋的发展创设了一个新的境界。

曹植在《与杨德祖书》中曾说："辞赋小道，固未足以揄扬大义，彰示来世也。"他虽持如此观点，但还是写了大量的赋，并且能够铭功景钟，著之绵帛。尤其是这篇《洛神赋》，更是文学史上的杰作。

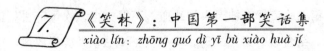

7. 《笑林》：中国第一部笑话集
xiào lín: zhōng guó dì yī bù xiào huà jí

笑话的起源很久远，早在先秦诸子的著作中已有讽刺性的寓言，如

《孟子》中的"揠苗助长"和《韩非子》中的"守株待兔"等已具有了笑话的最基本性质。后人从现实生活出发，继承这一传统加以演化，渐渐使笑话成为一种具有讽刺诙谐意味的特殊艺术形式。到汉代，流传下来的笑话作品渐多，出现了许多笑话专家。据司马迁《史记·滑稽列传》载，淳于髡、优孟、优旃和东方朔都是当时说笑话的名家，如鲁迅在《汉文学史纲要》中称东方朔"渐以奇计俳辞得亲近"，是供帝王取乐的"滑稽名臣"。

笑话一般是举说违反常理之事，揭露矛盾荒诞之言行，使人受到启发，在日常生活中有很重要的作用。它可以娱乐身心，亦可用讽刺的形式针砭时弊，所以逐渐引起文人们的重视。他们从民间采录素材进行加工创作，到魏晋小说昌盛的时代，出现了中国最早的笑话专集《笑林》。之后，历代续书不断，遂成为一种独立的文体样式。因笑话所记乃人事，而非鬼怪异闻，所以归入志人小说范畴。

《笑林》的著者邯郸淳，是三国时魏文学家。一名竺，字子叔或子礼，颍川（今河南许昌）人，生于汉顺帝永建七年（132年）。他博学多才，在年轻时就表现出非凡的才气。据《后汉书·曹娥传》注引《会稽典录·邯郸淳传》载，东汉桓帝元嘉元年（151年），上虞县令度尚为孝女曹娥立碑，先使魏朗作碑文，文成未出，欲以之试邯郸淳才华。邯郸淳遂"操笔而成，无所点定。朗嗟叹不暇，遂毁其草"。后大文豪蔡邕在碑背上又题八个字："黄绢幼妇，外孙齑臼。"即称其碑文为"绝妙好辞"，于是出名。

邯郸淳与"三曹"交厚。曹操素闻其名，在曹娥碑下与杨修比智时见过碑文，曾"召与相见，甚敬异之"。时曹丕、曹植都欲招纳他，曹操命之跟随了曹植，颇受曹植敬重。曹丕即位后，于黄初初年（221年）任博士给事中（顾问应对之官）。他曾献《投壶赋》千余言，有文采，也很有感情。自叙奉命随植，又见召于魏。赋中有讨好曹丕之意，但写得又很实在，情真意切，很受曹丕赏识，"文帝以为工，赐帛千匹"。

《笑林》是我国最早的一部笑话集。《隋书·经籍志》著录为三卷，原

书已散佚，今有清马国翰《玉函山房辑佚书》本，鲁迅《古小说钩沉》辑入二十九则，《太平广记》选入十五则。作品文辞犀利，笔调滑稽幽默，刻画人物鲜明形象，故事情节生动有趣，在诙谐的气氛中发人深思。

《笑林》中有的故事刻画了吝啬鬼形象。中外文学史上吝啬鬼的形象如严监生、阿巴贡、葛朗台等都给读者留下了深刻印象。《笑林》中"汉世老人"也是这样一个形象："汉世有人，年老无子。家富，性吝啬，恶衣疏食，侵晨而起，侵夜而息，管理产业，聚敛无厌，而不敢自用。或人从之求丐者，不得已而入内取钱十，自堂而出，随步辄减，比至于外，才余半在，闭目以授乞者。寻复嘱云：'我倾家以赠，慎勿他说，复相效而来！'老人俄死，田宅没官，货财充于内帑矣。"故事讽刺了"汉世老人"。取钱的过程及给钱时的情态、语言都令人捧腹，刻画出了一个吝啬鬼的形象。

有的故事讽刺了财迷心窍、不劳而获的思想意识。如《读〈淮南方〉》云："楚人居贫，读《淮南方》：'得螳螂伺蝉自障叶，可以隐形。'遂于树下仰取叶。螳螂执叶伺蝉，以摘之，叶落树下。树下先有落叶，不能复分别，扫取数斗归。——以叶自障，问其妻曰：'汝见我不？'妻始时恒答言：'见。'经日乃厌倦不堪，绐云：'不见。'嘿然大喜，赍叶入市，对面取人物，吏遂缚诣县。县官受辞，自说本末。官大笑，放而不治。"故事中的楚人迷信方术，妄想用不正当的手段取他人财物，这种想入非非的做法自然显得愚蠢可笑。荒唐的行为中也反映出某种不劳而获的思想意识。

书中还有些嘲讽自作聪明、行事可笑的故事。如《长竿》云："鲁有执长竿入城门者，初竖执之，不可入；横执之，亦不可入，计无所出。俄有老父至，曰：'吾非圣人，但见事多矣。何不以锯中截而入。'遂依而截之。"老父完全依靠经验，不注重实际，自以为聪明，替人乱出主意。故事对自作聪明之人具有警示作用。另如不懂装懂，误读药方而贻笑大方的《某甲》条等，亦属此类。

《笑林》中也有讽刺投机钻营、阿谀奉承之徒的笑话。如《有甲》条载："有甲欲谒邑宰，问左右曰：'令何所好？'或语曰：'好《公羊传》。'

后入见，令问：'君读何书？'答曰：'唯业《公羊传》。'试问：'谁杀陈他者？'甲良久对曰：'平生实不杀陈他。'令察缪误，因复戏之曰：'君不杀陈他，请是谁杀？'于是大怖，徒跣走出。"此人拜谒官长，投人所好，企望以此获得赏识，终因自己不学无术、胸无点墨而狼狈地光脚跑出来，可为投机钻营、溜须拍马者之鉴。

书中还有些故事讽刺了官吏的昏庸无能，很有喜剧色彩。如："甲与乙争斗，甲啮下乙鼻，官吏欲断之，甲称乙自啮落。吏曰：'夫人鼻高而口低，岂能就啮之乎？'甲曰：'他踏床子就啮之。'"昏官的断语似乎是正确的，但他自以为是的庄重推理令人忍俊不禁。

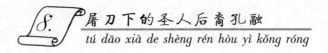

8. 屠刀下的圣人后裔孔融
tú dāo xià de shèng rén hòu yì kǒng róng

一代名士孔融，被送上了礼教的祭坛，死于曹操的刀下。尽管曹操并不是礼教的信徒，却还是以败坏伦常的罪名杀了他，不知九泉之下孔融作何感想。孔融之死引起朝野震惊，可面对只手遮天的一代枭雄曹操，人们实在也无可奈何。而在历史的长河中，却给人留下了悠长的思索。

孔融，生于东汉元嘉三年（153 年），字文举，鲁国（今山东曲阜）人，孔子二十世孙，为"建安七子"之一。他曾做过北海（郡治在今山东潍坊西南）相，故世称"孔北海"。孔融身为"圣人"的后裔，自幼受到良好的教育和传统文化的熏陶，本人又聪慧过人，史书称其"幼有异才"。四岁时，尝与其兄食梨，他先拣小者食之，大者让与其兄，"孔融让梨"成为典故。十岁时随其父来到当时的京都洛阳。当时河南府尹李膺名动京师，士人以被李膺接纳为荣，名为登"龙门"。孔融很想见见此人，可是李膺轻易不接纳宾客，更何况幼小的孔融了。李膺曾告诫过府上的守门人："不是当世的名人及世交，都不得通报。"小孔融于是心生一计，来到李府门前，对守门人说："我是李君世交家子弟。"守门人听后忙去报告李膺，李膺立刻请来相见。孔融进来后，李膺见是一个小孩，又从未见过，于是心存疑惑地问道："您的祖父曾与我有来往吗?"孔融答道："是的!我的先祖孔子和您的先祖老子,德义相同又互相为师友,那么,我孔融和您就是累代世交了。"在座的人无不称叹其机智与辩才。这时太中大夫陈炜进来了,座中有人把此事告诉给他。陈炜随口说道："小时候聪明,长大后未必出奇。"孔融立刻讽刺他说:"听您所说的话,大概您小时候就很聪明吧!"一句话把李膺笑得前仰后合,大为赞叹道:"此子将来必成大器!"

建安七子之一的孔融

孔融十三岁时,父亲去世。孔融悲哀过度,以孝闻名于州里。十六岁时,飞来一场横祸。当时,山阳人张俭得罪了中常侍侯览,侯览追捕张俭。张俭和孔融之兄孔褒有旧交,就逃到孔家。正赶上孔褒不在家,张俭见孔融年少就不打算投奔孔家了,准备离开。可孔融看见张俭面有难色,便说:"哥哥在外,我难道就不能做主人招待您吗?"于是,收留了王俭。后来消息泄露,侯览来捕王俭,王俭逃脱。于是孔融、孔褒兄弟二人被捕下狱。在狱中,孔融说:"张俭是我所藏的,应当治我的罪。"孔褒说:"张俭是投奔我而来的,这不是弟弟的罪过。"而孔融母亲也说:"我是一家之长,应当受罚的是我。"

一家人争着去死,一时传为美谈。判这个案子的官吏,也难以决断,只好上推到皇帝那里,皇帝下诏治罪了孔褒。十六岁的孔融也因此案而名声大振。

少年孔融就博学多览,才华出众,以孝义名显当时。

孔融初仕,在司徒杨赐府中任幕僚。当时隐埋官吏贪浊污行的人,将加以贬黜。孔融对宦官亲属大加检举,以至尚书惧为内宠所逼,召孔融责问，但孔融列举其罪状，不屈不挠。何进由河南尹升迁为大将军，杨赐派孔融持名帖前往贺喜。门人未及时通报，孔融夺过名帖，扔到地下便走了。何进下属感到受辱，私下派剑客欲追杀他。有人向何进进言："孔融名气很大，如果将军和他结怨，天下之士则会引领而去。不如以礼相待，以显示招贤纳士的胸怀。"于是何进辟孔融为侍御史。后历任司空掾、拜中军侯，又迁虎贲中郎将，黄巾起义时任北海相。

及献帝都许昌，征孔融为将作大匠，迁少府、太中大夫等职。在曹操当政时期，孔融因政治态度与曹操不同，常对曹操屡加抨击。官渡之战，曹操打败袁绍，攻下邺城后，曹丕见袁绍之子袁熙妻子甄氏美貌绝伦，私纳为妻。孔融对此颇为不满，便给曹操写了封信，信中称："武王伐纣，以妲己赐周公。"曹操不明其意，问孔融典出何处。孔融说："以今天来猜测古人，想当然而已。"后来曹操又北征乌桓，孔融又讽刺说："大将军您远征荒漠海外，当年肃慎不向周朝贡 矢，汉代匈奴丁零人盗走苏武牛羊，这回可以一并纠察此案了。"

曹操上表禁酒，孔融也上疏和他对抗，且书中多有侮慢不恭之词。孔融察觉曹操奸诈，存心不良，挟天子以令诸侯，必有篡逆之心，便上疏建议恢复"古王畿之制"，即京城周围千里之内不封诸侯，由朝廷直辖，以加强汉室皇权，削弱曹氏。

曹操最初因孔融乃圣人后裔，在当时名气颇大，故对其多次忍让。但由于孔融三番五次与自己作对，所以最终决心将其除掉。他令丞相军谋祭酒路粹罗奏罪状，以图谋叛乱和大逆不道的罪名逮捕了孔融，于建安十三年（208 年）将其处死。孔融时年五十六岁。妻与子女均被杀。当时，孔融的儿子九岁、女儿七岁，因为年幼没有被杀，寄于别处。二人听说父亲被捕的消息时，正在下棋，而且不动声色。跟前的人就问："你们父亲被捕了，为什么不动声色还在下棋？"孩子回答说："鸟巢被毁，怎么会有鸟卵不破的道理呢？"主人拿来肉汤，哥哥因口渴就喝下了。妹妹说："今天遭此祸，岂能长久活下去？怎么还品尝肉味呢？"有人把此事告诉曹操，于是兄妹二人也被收入狱中。妹妹对哥哥说："如果死者有知，能够见到

父母，岂不是莫大的心愿吗?"兄妹二人引颈就刑，声色不变。当时人们无不感到悲伤。

当初，脂习与孔融交往很深，常劝诫孔融要改变刚直的性格。到了孔融被害时，连个敢收尸的人都没有，唯脂习前往收尸。他抚尸痛哭说:"你抛下我死去了，我还有什么活头呢?"曹操闻知大怒，下令把他逮捕，准备杀掉，后因天下大赦，他才免于一死。

曹操杀掉孔融后，为了平息朝野舆论，下了一道《宣示孔融罪状令》，文中说:太中大夫孔融已被正法，然而社会上的人多取其虚名，很少有人考核他的本质。只看到他浮华的文才，变换花样，故弄玄虚，不去仔细考察他伤风败俗之事。州里的人说平原人祢衡接受和传播孔融的谬论，认为父母和子女没有什么亲情关系，十月怀胎不过像瓶子盛东西一样。又说如遇荒年，父亲不好，宁可赡养别人。孔融违背大道，败坏伦理，即使杀掉他，暴尸街头示众，也仍恨太晚。现将孔融的罪状公诸于众，让大家都知道。

孔融也是著名的文学家。其创作以散文见长，语言华美整饬，且刚劲有力，锋芒毕露，气势逼人，显示出鲜明的个性。代表作有《论盛孝章书》、《荐祢衡表》。其诗今存七首，以《杂诗》二首较有名，也表现出慷慨激昂的情调。魏文帝曹丕曾出金帛于天下，征集孔融的文章，并在《典论·论文》中，将孔融列为"建安七子"之首。七子之中唯孔融反曹操，其他六人皆为曹氏效力。曹丕评价孔融:"体气高妙，有过人者，然不能持论，理不胜辞，以至乎杂以嘲戏。及其所善，扬（雄）、班（固）俦也。"刘勰《文心雕龙·才略篇》说:"孔融气盛于笔。"张溥在《汉魏六朝百三名家集·题辞》中论道:"东汉辞章拘密，独少府（孔融）诗文，豪气直上。"这些评价都是合乎实际的。

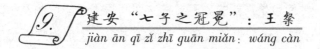

9. 建安"七子之冠冕"：王粲

jiàn ān qī zǐ zhī guān miǎn：wáng càn

建安时期作家蔚起，群星灿烂。"七子"并驾齐驱，驰骛于文坛，然就文学成就而言，王粲当为其首。所以刘勰在《文心雕龙·才略》中评曰："仲宣溢才，捷而能密，文多兼善，辞少瑕累，摘其诗赋，则七子之冠冕乎！"钟嵘《诗品》也将其诗列为上品。

王粲，字仲宣，山阳高平（今山东邹县）人。生于东汉熹平六年（177年）。曾祖父王龚在东汉顺帝时为太尉，名重天下。祖父王畅灵帝时为司空，名在"八俊"。父王谦为大将军何进长史。王粲出身显赫的世族家庭，又以聪明早慧闻名于时，颇受当时宿儒蔡邕的赏识。一次，少年王粲去拜谒蔡邕。当时蔡府正宾客满座，蔡邕闻听王粲到来，急忙"倒屣迎之"。众人以为何等人物驾临，一看却是个容貌短小、年少稚气的小孩，满座皆惊诧不已。蔡邕向众人介绍说："此王公孙也，有异才，吾不如也。吾家书籍文章，尽当与之。"后果送了几车书给王粲。蔡邕的器重使王粲的神童之名更加闻于当世。于是，年仅十七岁的王粲就曾为司徒所辟，又诏授黄门侍郎，皆因时局混乱辞而不就，乃南下荆州投奔

"建安七子"之一的王粲

了刘表。荆州是当时士人避乱所趋之地，荆州牧刘表又是王粲祖父王畅的门生。南下途中"出门无所见，白骨蔽平原"，少年诗人哀痛乱离，写下了著名的《七哀诗》第一首。到了荆州，最初刘表因闻其才名想把女儿嫁给他，但见王粲身材短小，形貌丑陋，转而将女儿嫁给了王粲的族弟。同时，王粲在荆州十五年也一直未得重用。

　　王粲在荆州依附刘表期间，虽在政治上未得重用，但刘表出身太学，也是名士，对其文学才能也是需要的。王粲在这期间写了一些应制及歌颂刘表之作，如《三辅论》，代刘表致袁谭、袁尚的书信，《荆州文学记官志》等。又写了一些抒情言志的诗赋作品，如《赠蔡子笃》："悠悠世路，乱离多阻。济岱江衡，邈焉异处。风流云散，一别如雨。"诗中哀时伤乱，别情惨然。其"风流云散，一别如雨"，"炼得精峭"，"飘渺悲凄"，尤为后人称道。又有名作《登楼赋》和《七哀诗》第二首，诗赋抒发了在荆州抑郁不得志及思乡怀旧意绪。凄怆悲伤之情，怀才不遇之感，流于笔端。这一赋一诗在建安文坛上颇具代表性。

　　建安十三年（208年），刘表病死，子刘琮继守荆州。时曹操南征，刘琮在蒯越等主降派的劝谏下，投降了曹操。王粲也属主降派，他曾劝谏刘琮归降曹操说："如粲所闻，曹操故人杰也。雄略冠时，智谋出世，摧袁氏于官渡，驱孙权于江外，逐刘备于陇右，破乌丸于白登，其余枭夷荡定者，往往如神，不可胜计。今日之事，去就可知也。将军能听粲计，卷甲倒戈，应天顺命，以归曹公，曹公必重将军。保己全宗，长享福祚，垂之后嗣，此万全之策也。粲遭乱世，托命此州，蒙将军父子重顾敢不尽言！"

　　刘琮采纳其言归降了曹操，曹操辟王粲为丞相掾，赐爵关内侯。为表庆贺，曹操置酒汉水之滨，王粲举杯颂扬曹操："明公定冀州之日，下车即缮其甲卒，收其豪杰而用之，以横行天下；及平江、汉，引其贤俊而置之列位，使海内回心，望风而愿治，英雄毕力，此三王之举也。"颂扬曹操任用贤才，在由不得志到被重用的王粲那里，的确是发自心声，并非是无端的溢美之词。从此，王粲便加入了曹氏集团，并成为邺下文人集团的成员。曾任曹操军谋祭酒，曹操封魏王后拜为侍中。

　　王粲的后半生颇为得意，很得曹操的赏识和信任，经常伴随曹操游观出入，与曹丕、曹植的关系也很融洽。所以在创作中像从前《七哀诗》、《登楼赋》那种杰作，那样的悲凉凄怆的情感，就很少见到了。王粲曾随曹操南征北战，写下了一些军旅生活的诗赋，像《初征赋》、《浮淮赋》、《从军诗》五首等。其《从军诗》写于建安二十一年（216年），是其后期较好的诗作。诗中赞美曹军克敌制胜，体现了昂扬乐观的人生精神。

王粲与曹氏父子及其他邺下文人，常游宴相从，吟诗作赋。《文心雕龙·明诗》曰："暨建安之初，五言腾踊，文帝、陈思，纵辔以骋节，王、徐、应、刘，望路而争驱；并怜风月，狎池苑，述恩荣，叙酣宴，慷慨以任气，磊落以使才。"曹丕亦曰："为太子时，北园及东阁讲堂，并赋诗，命王粲、刘桢、阮　、应　称同作。"（《初学记》卷十引《典论·叙诗》）王粲的《公宴诗》、《车渠碗赋》、《白鹤赋》、《鹦鹉赋》等诗赋作品，都是这种环境下的产物。

王粲虽体貌短小，但才华出众，博闻强记。一次，与人同行，读路边碑文。人问："卿能暗诵乎？"曰："能。"于是背诵碑文，一字不差。曾看人下围棋，棋局被碰乱，他为人重摆如故。下棋的人都不相信，又叫他用另一棋盘再摆，结果还是一点不差。王粲博学多通，对经学、典章制度、诗赋、文章乃至数学、棋艺无所不通，又善于应对论辩，聪明绝顶。当时制度废弛，他予以兴建。朝廷奏议，因有王粲在，像钟繇、王朗等位至卿相者都搁笔不敢动手了。《三国志·王粲传》称其："善属文，笔落便成，无所改定，时人常以为宿构；然正复精意覃思，亦不能加也。"

不幸的是建安二十二年（217年），王粲死于征吴的军中，是一场流行传染病夺去了他年仅四十一岁的生命。死后，曹丕亲自送葬。埋葬完毕，曹丕怀念之情似犹未尽，想起王粲平时喜欢驴叫，便叫同来送葬之人，都作一声驴叫，于是坟地里响起一片驴鸣声。王粲喜驴鸣已够怪诞，而曹丕强迫众人学驴叫以送别王粲，就更为反常了。然其中二人交情的深厚，可见于这滑稽之举。

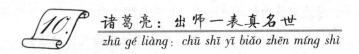

10. 诸葛亮：出师一表真名世

zhū gé liàng：chū shī yī biǎo zhēn míng shì

"出师一表真名世，千载谁堪伯仲间？"（《书愤》）这是南宋大诗人陆游对三国时蜀相诸葛亮的称颂。诸葛亮一生为兴复汉室南征北伐，呕心沥血，功高日月，名垂青史。诗中所言《出师表》为诸葛亮北伐曹魏之前所上奏表，在浩瀚文海中，独树高标，罕有匹者。

武侯高卧图。此图绘诸葛亮未出茅庐、躬耕南阳时的逍遥自乐形象。

诸葛亮，字孔明，琅琊阳都（今山东沂水县南）人。生于汉灵帝刘宏光和四年（181年）。父母早逝，兄诸葛瑾又往江东做了孙权的谋士，十五岁时的诸葛亮就挑起了生活的重担。几经流离之后，他带着妹妹、弟弟终于找到了安身立命之地——襄阳以西二十里的隆中卧龙冈，开始了躬耕垄亩、自给自足的田园生活。

安居隆中后，诸葛亮拜当地名士庞德公为师，潜心苦读，孜孜以学，终于学得满腹经纶。庞德公对他与侄儿庞统十分赞赏，分别称之为"卧龙"、"凤雏"。诸葛亮少怀大志，常以管仲、乐毅自比。但时人不以为然，唯有好友崔州平、徐庶等认为他所言不虚，并非自我炫耀。

"二桃杀三士"出自《晏子春秋》，意在彰表晏子之重礼。诸葛亮反其意而用之，通过对三士的伤悼，谴责了谗言害能的阴谋行径。

刘备以汉室宗亲之名，起而与天下豪杰并争。但人单势孤，终无立足之地。汉献帝刘协建安十二年（207年），经徐庶举荐，刘备亲往隆中，三顾茅庐，拜请诸葛亮，请授霸业大计。诸葛亮虽高卧隆中，却洞晓天下大势。他客观地为刘备指出了唯一可行的道路，先与孙权、曹操成鼎足之势，然后伺机兵出秦川，进取中原，则霸业可成。这就是著名的"隆中对策"。感刘备三顾之诚，诸葛亮出山辅佐。从此，隆中卧龙腾起，四海风云顿生。天下英雄逐鹿，诸葛千载留名。

建安十三年（208 年），曹操挥军南下，意欲并吞孙、刘。诸葛亮审时度势，提出联吴抗曹的主张。并只身游说江东，智激孙权，促成了孙刘联盟，最终取得了赤壁之战的胜利，为三国鼎立奠定了坚实的基础。建安二十五年（220 年），曹丕代汉建魏；次年刘备也在成都称帝，国号汉，史称蜀汉。吴大帝孙权黄龙初年（229 年），孙权也正式称帝，国号吴，史称孙吴。至此，三国鼎立局面正式形成。

诸葛武侯画像

刘备称帝后，任诸葛亮为相，总理内外事物。蜀汉章武二年（222 年），刘备在夷陵之战中惨败，病重白帝城。临终托孤于诸葛亮："若嗣子可辅，辅之。如其不才，君可自取。"并告诫刘禅："与丞相从事，事之如父。"诸葛亮跪拜涕泣："臣敢竭股肱之力，效忠贞之节，继之以死。"如此坦诚托孤，恐怕是前无古人，后无继者。

自此，诸葛亮谨从先主刘备遗命，忠心耿耿辅佐后主刘禅，以完成刘备未竟之大业。依法治蜀，赏罚必信；兴修水利，劝事农桑；七擒孟获，平定南中。这一系列措施的实施，使蜀汉国力大大增强。

自后主刘禅建兴六年（228 年）至建兴十二年（234 年），诸葛亮先后五次率兵北伐，皆因种种原因而失利。诸葛亮也因积劳成疾，终于建兴十二年病逝于北伐途中的五丈原，终年五十四岁，谥曰"忠武侯"。

《出师表》写于后主刘禅建兴五年（227 年）、诸葛亮第一次出师北伐之前。他上此表的目的是希望国内政治修明，后方稳定，使其北定中原的计划得以顺利实现。

此表胜在一个"情"字。第一部分寓情于议，第二部分寓情于叙，最后集中表达感恩图报的心情。情辞恳切，一字一句皆发自肺腑。孔明一片丹心，溢于言表，感人至深，催人泪下。

诸葛亮"受任于败军之际，奉命于危难之间"，运筹帷幄，决胜千里，廉洁自律，事必躬亲，为蜀汉政权披肝沥胆，殚精竭虑。赤壁之战，三足鼎立，平定南中，以法治蜀，木牛流马、八阵图，无一不是他作为杰出的政治家、军事家的杰作。但"出师未捷身先死，常使英雄泪满襟"，也常常令后人叹惋，寄之以诗词文赋，或仰其人格，或颂其伟业，或叹其未终，林林总总，层出不穷。

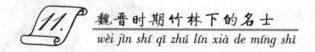

11. 魏晋时期竹林下的名士
wèi jìn shí qī zhú lín xià de míng shì

从枝叶扶疏、青翠欲滴的竹林深处，又传出了悠扬的琴声，不用说，竹林下的名士们又在那儿集会了。他们就是世称"竹林七贤"的七位文人贤士。据《魏氏春秋》记载，魏晋间嵇康"与陈留阮籍、河内山涛、河南向秀、籍兄子咸、琅琊王戎、沛人刘伶相与友善，游于竹林，号为七贤"（《三国志·魏志·嵇康传》裴松之注引）。"竹林七贤"之说即由此而来。他们是继王弼、何晏等正始名士之后，又一次在历史思想舞台上有着出色表演的一群"演艺者"。

嵇康的家乡山阳（今河南省焦作市修武附近）是一个风景优美的地方。太行山的支脉白鹿山横贯其中，山中有天门谷、百家岩等名胜。这儿有着茂密的树林，青翠逼目的修竹。山涧中溪水潺潺，竹林中鸟鸣婉转，一年四季风景如画，令人流连忘返。当时在这里隐居的名士还有阮籍、山涛、向秀、王戎、阮咸、刘伶六人。出于对清谈的雅好、社会现实的共同理解、彼此间的仰慕，他们不约而同地走到了一起。在这里，贤士们头枕青石，卧听竹林涛声；背依绿水，坐饮醇香美酒；抚琴奏高山流水，畅言论三玄五德。这是一方净土，在这远离尘嚣的地方，可以呼吸到清新自由的空气，尽情地陶醉于水光山色之中。

这就是竹林七贤的生活。但是，这只是一种表面现象。竹林七贤绝不是一群无拘无束的神仙，也非韬光养晦的隐士。实际上他们本是一群有着远大理想、宏伟抱负的名士，如逢明世，完全可以有一番作为。但残酷的社会现实使得他们不得不放浪山水，这是一种无奈的选择，作出这种选择的依据首先是血淋淋的社会现实。

正始十年（249年）正月初六，司马懿父子乘少帝曹芳等到洛阳城外的高平陵扫墓之机，发动政变。结果，曹爽兄弟被杀，何晏、邓飏、丁谧、李胜、毕轨、桓范等一大批名士亦惨遭杀害，一时天下名士减半。司马懿大权在握，改年号嘉平。次年，司马师又捕杀夏侯玄、李丰等几位正始名士，株连者亦甚众。不仅如此，司马氏集团还将曹魏几代少帝玩弄于股掌之中，或废或立，任意而为。司马氏集团的残酷暴行不但震撼了名士们的思想，也在他们的心灵深处，留下了难以弥合的创伤。他们似乎感觉到，刽子手的刀，时刻高悬在自己的头上。他们再也不敢或不愿涉足世事了。

痛定之余，便是冷静的思考。传统的以重实践、重人事、重伦理等思想为特征的儒学，发展至西汉，被套上了神学的枷锁，以经学的面目出现。这本身便使儒学陷入了困境。在经历了两汉今古文之争和汉末党锢之祸以后，它再也不能作为士人们的精神支柱了。很自然的，他们要去自由地寻找新的精神依托。在这种情况下，老庄哲学重新复活了。在道家"道法自然"的宇宙观和"清净无为"的政治思想直接哺育下，新时代的哲学——正始玄学产生了。它标举"虚胜"、"玄远"，具有超脱现实，归于自然的性质，恰好符合处于悲观失望中的名士们的心理，借此他们可以全身避祸，还可以保持自尊。这就是竹林七贤遗弃世事，同作竹林之游的哲学出发点。

竹林七贤集会的时间，大约在魏正始末年（249年）至嘉平四年（252年）间。因为此时嵇康正闲居在家，而山涛与阮籍也分别在这时辞官归隐，为竹林之会提供了机会。嘉平四年，阮籍、山涛、王戎相继出仕，再也没有集会的时间。因此，竹林之会当在此间的三四年之内。

他们集会的具体场面我们无法考证，但从发掘的《高逸图》中可以看到当时集会时各人的形象：阮籍赤足箕踞而坐，撮指入口，啸声回荡在山中；嵇康如孤松临风，端坐傲视，从手指间流出的悠扬的琴声在林间萦绕不散；刘伶、山涛酣醉酒中；王戎手执如意，意欲击节而舞；还有锻铁灌园的向秀、善弹琵琶的阮咸，无不情态毕具，栩栩如生。

七位贤士虽然长幼相杂，俗雅不一，聚于林下，却无等级之别，欢娱调侃，酣饮为常。一日，嵇康、阮籍、山涛、刘伶在竹林下尽兴饮酒，正值酣畅淋漓之际，王戎来到。阮籍端着酒杯笑着说："那个一身俗气的东西又来败我们的酒兴了。"王戎也笑着反唇相讥："那么各位的意思是不是也败人兴呢？"七贤除饮酒嘲戏、弹琴赋诗等自娱自乐之外，活动的另一主要内容恐怕就是谈玄了。他们畅言正始以来最为时尚的"三玄之学"——《老子》、《庄子》、《周易》，高谈阔论，发言玄远，或自我吹捧，或互相

图为魏晋名士画像。从汉末开始的品评人物的风气到魏晋时期发展成为清谈，造就出一大批风流潇洒、超然物外的名士，魏晋士人如玉山耸立，琼林摇曳。

标榜。对于政治，他们是敬而远之、避而不谈的。追求隐逸、自视清高，是此时他们共同的价值取向。

司马氏集团地位虽然不断巩固，但七贤中有的还是公开表现出对正统名教和传统礼法的反叛情绪。嵇康在《太师箴》中对传统礼教进行了否

定，尤其是在《释私论》中，他提出了具有较强战斗性和批判色彩的"越名教而任自然"的口号，在客观上指导了名士们对名教礼法的斗争。阮籍则在《大人先生传》、《达庄论》等文章中，表示了对礼法之士的尖锐讽刺。阮籍喝醉了酒，倒在店中女主人的脚下便睡；嵇康蓬头垢面，不分场合搔痒捉虱；刘伶裸衣纵酒；阮咸与猪共饮。诸如此类，不一而足。他们这些奇特的举止，来源于对现实的不满，也是痛苦与悲伤、旷达与超脱、自虐与悔顿等复杂心理的外在显现。

"高平陵政变"后，改朝换代已成必然之势。司马氏集团也隐约感觉到对大批名士的杀戮，对今后统治不利。于是，对待名士的态度也开始缓和，并通过利诱与威胁相结合的手段，争取为己所用。这样，竹林七贤也开始解体。

阮籍虽然终日醉眼蒙　，以酒避祸，也以未尝臧否人物为手段以求自保，但软弱的性格，终于使他接受了司马氏所授予的官职。嘉平四年（252年），出仕大将军司马师从事中郎。后又历经大司马从事中郎、散骑常侍等职。他的后半生是在痛苦与矛盾中度过的，原来的斗争精神虽然没有了，但并没有从根本上妥协，常常通过一些怪异的举止发泄内心的不满。主要文学成就为《咏怀诗》八十二首及《大人先生传》等散文。

竹林七贤解体后，嵇康与向秀继续锻铁。而司马氏集团同时也加紧了对嵇康的拉拢。但不论如何利诱，他始终不为所动，并先后写下《与山巨源绝交书》、《与吕长悌绝交书》，机锋所向，直指司马氏集团。因此，嵇康再也不能为之所容，终以吕安兄弟案件于魏元帝景元三年（262年）被其杀害。嵇康锋芒毕露，嫉恶如仇，无疑为七贤中反名教礼法的一位猛士，深受后人景仰。在文学方面，《悲愤诗》、《与山巨源绝交书》为其代表作。

阮籍出仕后，山涛、阮咸、王戎、刘伶也相继出山，依附了司马氏集团。山涛、王戎本为俗人，当时因仰慕清高，暂入贤列，气候一变，马上入世。山涛官至司徒，今传《乞骸骨表》、《上疏告退》等文。王戎亦官至司徒，但性情贪吝，为人所不齿。阮咸入晋后，曾任散骑侍郎。刘伶在魏

末曾官建威参军,《酒德颂》乃其传世名篇。嵇康被杀后,向秀应诏入洛,官至散骑常侍,曾注《庄子》,文以《思旧赋》名世。

分合本为自然,竹林七贤原本就不是组织严密的整体。人去林空,也是时代的必然。它存在的时间虽然不长,但在中国思想史、哲学史、文学史上,都产生了极其深远的影响。尤其是阮籍、嵇康,发奇响于九皋,声闻达于重霄,异翮而同飞于中国历史文化的时空之中,虽历万世而不竭。

 醉眼蒙眬著华章的阮籍
zuì yǎn méng lóng zhù huá zhāng de ruǎn jí

口作长啸之状的阮籍画像

自古以来,文人与酒便结下了不解之缘,饮酒之风在魏晋文人中已演化为名士风度。饮酒已不再是单纯的满足口腹之欲,而是赋予了更多的文化内涵。实际上,酒已成为文人文化性格的重要组成部分,通过它可以观照人生,观照社会,观照历史。这一点在阮籍身上,表现得尤为突出。

阮籍,字嗣宗,陈留尉氏(今河南尉氏县)人,生于汉献帝刘协建安十五年(210年)。他的父亲阮是东汉末年颇有声望的文学家，是"建安七子"之一。建安十七年，阮　逝世，只有三岁的阮籍成为孤儿。好在有曹操父子的庇护，又有阮　生前好友的照应，阮籍的成长并未受到影响。

陈留阮氏为魏晋间世家大族，累代以儒为业，深厚的家学渊源使阮籍自幼便受到了良好的家庭教育，因而八岁即能属文。少年时期，以古代的两位贤者颜渊、闵子骞为榜样，勤学不辍，除诵读诗书以外，阮籍还练剑习武。可见，少年时期的阮籍不但学识过人，也是一位理想远大、豪气冲天的有为少年。

二十岁前后的阮籍已经出落为一个"容貌瑰杰、志气宏放"的青年了，他满怀治国、平天下的济世之志，希望"四海同其欢，九州一其节"（《乐论》）。此时占据思想主导地位的是传统的儒家思想。然而，魏明帝曹耽于享乐，不理朝政，致使农桑失业，社稷不安。这样，阮籍纵有凌云之志也难以实现。他曾登上广武（今河南荥阳附近）城头，放眼楚汉相争的古战场，历史的烟云仿佛仍在眼前翻卷，慨叹道："时无英雄，遂使竖子成名。"其雄视古今，包举天下的胸襟溢于言表，其中也隐隐流露出一丝无可奈何的悲哀。

阮籍的济世理想碰壁之际，也是清谈之风盛行之时，以老庄思想为主体的玄学，作为一种新的哲学思潮已经成为名士们的精神支柱。阮籍同样受到了巨大的影响也加入了清谈的行列，并在老庄放任自然的思想影响下，表现出一些令人不解的行为举止："或闭户视书，累月不出。或登临山水，经日忘归。"且放诞有孤高傲世之情，不乐仕宦。很显然，阮籍的功名之心已经渐渐冷却了。因为他清楚地看到，司马氏与曹氏两大集团的矛盾日益加剧，他无意卷入政治斗争的漩涡之中，做无谓的牺牲品。

正始十年（249年），"高平陵政变"发生，彻底改变了阮籍的人生观，原来由名教构筑的思想之塔轰然倒塌了。流血的现实，使他更加清醒。出于对生命的忧虑，他选择了"至慎"的处世态度，与世事保持一种若即若离的状态。与世事太近，容易裹胁其中而遭受灭顶之灾；与世事太远，又容易成为异己而遭打击。在此后的十几年中，虽又先后历仕大将军司马懿从事中郎、散骑常侍、东平相、步兵校尉等职，但一直处于仕隐无常的状态。这种处世方式，显然是受了道家清净无为、消极出世思想的影响。为了避免言语构祸，他口不臧否人物，从不论人过，这也是他"至慎"的一种表现。

饮酒致醉，忘却世事，摆脱现实的烦忧。正始前后，阮籍、嵇康等"竹林七贤"集会于山阳竹林之下，除谈玄以外，肆意酣饮是另一重要内容。对于阮籍来说，饮酒还是他避祸的法宝。

南京秦淮区阮籍墓

当初，大将军司马昭曾经打算为其子司马炎求婚于阮籍之女，其中的政治用心十分明显：阮籍在名士阶层中声望极高，将他拉过来，可以壮大司马氏集团的力量。司马昭以为他一定不会拒绝，没想到阮籍得悉此事后，大醉六十余日，求婚者始终没有提出的机会，婚事也只好作罢。世事多艰，他不愿依附于任何一个政治集团，还是作壁上观、明哲保身的好。

任司隶校尉的钟会是一个趋炎附势、仰人鼻息的礼法之士，阮籍不屑与之为伍。钟就想方设法罗织罪名，企图加害于阮籍。钟曾多次以时事询问，企望从他的回答里找出一些破绽，治他的罪，但每次都被阮籍以酣醉避过了。醉酒实在是一条超脱现实、消解矛盾的有效途径。

阮籍不与世事，唯酒是务。生活行为中虽有越礼背俗之举，诗论书赋中也有违名教纲常之论，但还未从根本上对司马氏集团构成威胁，故尚能为其所容。魏元帝曹奂景元三年（262年），他主动向司马昭要求去当步兵校尉。司马昭非常高兴，马上答应了他的要求。谁知他走马上任之后，终日与竹林七贤之一的刘伶在营中痛饮，常常烂醉如泥，营中之事从不过问。原来，他看中的并不是这个秩禄三千石的官职，而是营中有一位善酿的厨师和贮藏有三百斛醇香美酒。饮酒成为他避祸的手段，也是他生活内容的主要表现形式。

然而，阮籍也有以酒不能搪塞过去的事。景元四年（263 年），司马昭进位相国，封晋公，加九锡，完成了"禅让"前的准备过程。通常情况下，加封辞让之后，再由百官劝进，方成大礼。司空郑冲特别指定由阮籍执笔，起草"劝进文"。他十分清楚其用意，仍想用醉酒的办法蒙混过关。百官劝进之时，他正在朋友袁孝尼家里饮酒，已是醉眼蒙　，专使前来催逼。这回他再也推脱不了了，只好乘着酒意，由人扶着，援笔而书，一气呵成，竟无一字改窜。文中多溢美之语，言辞清壮，为时人叹服。

醉酒可以忘忧，但总有醒的时候。醒来之后，心底的苦闷自会涌上心头。嵇康被杀后，阮籍的精神状态就垮了下来。好友泰然赴死，对他不会没有影响，尤其是被迫写过"劝进文"之后，其内心的矛盾更可想而知。他终于在景元四年冬去世了，时年五十四岁，刚写过"劝进文"还不到两个月。

阮籍以酒远祸，与当权者及礼法之士虚与委蛇，好似委曲求全，隐忍苟活，但在他的文章中，却充满反叛精神，尤其是在《达庄论》、《大人先生传》中，对传统名教的批判、对礼法之士的嘲讽异常深刻而尖锐。平日里又善以"青白眼"待人，他确是一位反名教礼法的斗士。

阮籍的内心是痛苦的。这痛苦来自个体与社会不可调和的矛盾，来自理想与现实的强烈反差。皈依老庄，企羡山林，还是不能挣脱世事的羁绊。以高洁之身而入污浊之世，又非己之所愿。与物推移，仕遁无常，这选择本身就是痛苦。那么，只好用酒浇自己心中的块垒。于是他酣饮、痛饮、狂饮，不计时间，不拘场合，有酒必饮，每饮必醉。昏昏然、陶陶然，忘其形骸，飘飘欲仙，在醉眼蒙　中，寻求精神的慰藉。阮籍饮酒，有生存环境的逼迫，有老庄思想的影响，有名士风度的表现，也有理想失落后的自残自虐，这便是阮籍饮酒的文化意蕴。

作为一代思想家、文学家，阮籍留下了宝贵的精神财富。《通易论》、《达庄论》、《大人先生传》等文章是研究魏晋哲学思想的重要资料，而八

十二首《咏怀诗》更是中国文学史上的宝贵遗产。

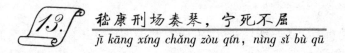

13. 嵇康刑场奏琴，宁死不屈
jī kāng xíng chǎng zòu qín，nìng sǐ bù qū

嵇康是三国魏时的著名思想家和文学家。他正当壮年时，即因拒不与司马氏集团合作和为吕安鸣不平，遭司马昭杀害。其死甚为悲壮。据《晋书·嵇康传》载：魏元帝曹奂景元四年（263年），"康将刑东市，太学生三千人，请以为师，弗许。康顾视日影，索琴弹之曰：'昔袁孝尼尝从吾学《广陵散》，吾每靳固之。《广陵散》与今绝矣！'时年四十。海内之士莫不痛之。"另王隐《晋书》亦云："康之下狱，太学生数千人请之，于时豪俊皆随康入狱。"这两种记载清楚说明了嵇康之死在当时社会产生的巨大影响，更为我们生动地刻画出嵇康顾视日影、手挥五弦的超迈神姿，令人怅然惜之，慕其风烈。

嵇康，字叔夜，谯郡（今安徽宿县西南）人，生于魏文帝曹丕黄初四年（223年）。他的祖先原姓奚，本是会稽上虞人，因避怨迁至谯郡。有嵇山，家于其侧，遂改姓嵇。

嵇康早年丧父，兄嵇喜有当世才，历太仆宗正等职。他身材高大，美词气，有风仪，不自藻饰也有龙凤之姿。嵇康有奇才，学不师授而能博通典籍，好老庄，不拘礼法；喜道教，修养生服食之事；还兼能音乐，善弹琴。

嵇康娶魏沛王曹林之女长乐亭公主为妻，政治上倾向于曹魏，反对司马氏的篡权阴谋。再加之性格高傲刚直，不拘礼法，不受拉拢利诱，使他在政治冲突中缺少回旋余地，终于被构陷杀害了。

嵇康是"竹林七贤"的代表人物，与阮籍、山涛、吕安、向秀都是神交，其逸举风韵可谓方中美范。

嵇康的天资很高，所学无不通，但不以才性缨世，平淡自守。他所做的普通平凡甚至被人认为低贱的事情，恰恰表明了这种心志，表明了他脱俗、宽厚、从容的个性品格。比如，嵇康喜欢打铁，每年夏天都在他家院里的大柳树下干活。东平吕安很钦佩他这种乱世自守、淡泊名利的高卓情趣和从容自得的超俗襟怀，与他结下了深厚的友谊。每一相思，辄千里命驾。嵇康也友而善之。有一次，吕安来，正赶嵇康不在，他的哥哥嵇喜出来，请他进屋坐坐，他谢绝了，在门上写一个"凤"字就走了。嵇喜不明何意，但觉高兴。其实"凤"字拆开乃"凡鸟"之意。由此可见吕安对嵇康人格的钦敬程度，我们亦可由此反观吕安。二人可谓堪托生死的至交。吕安的妻子被哥哥诱奸，自己反被诬流放、入狱。嵇康为他鸣不平，结果双双遭到杀害。虽然此事的背景较为复杂，但直接的导火索确缘于斯。慕嵇康风仪、同为"竹林七贤"之一的向秀是嵇康锻铁的助手，为他拉风箱煽火。嵇康死后，向秀深感失俦丧志的孤弱，入仕洛阳司马氏去了。应郡举归来，到嵇康的故居凭吊了他，并写下伤感隐曲的《思旧赋》。

嵇康有一篇著名的《与山巨源绝交书》，是写给推荐他当官的朋友山涛的。当时山涛调任散骑常侍，就想把自己腾出的官缺给嵇康，试

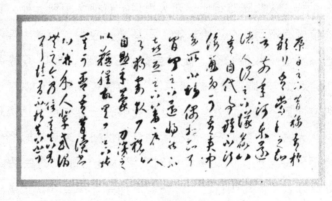

唐代李怀琳书嵇康《与山巨源绝交书》

图让他缓和与司马氏的关系。山涛的想法其实是颇合情理的好意。可嵇康却作出了激烈的拒绝反应，甚至发誓与他断绝友谊。其实，嵇康与山涛的友谊不比前两人浅。当年，山涛与嵇康、阮籍二人一见如故，他钦佩二人才致，二人称其度量，即结竹林之游，深相亲善。即便是在嵇康宣布与他绝交以后，当自己将被处极刑时，也还是把遗孤托付山涛照拂。由是观之，嵇康此书之主要意图似在于借所谓绝交抒愤世嫉俗之情，并表明自己的志趣和政治见解。但此事还是比较清楚完整地反映出嵇康嫉恶如仇、刚

直自任的品格与个性。

在与钟会的交往中，这种性格表现得更是淋漓尽致。钟会也是一个颇有才学思致的人物，他不认识嵇康，邀约了许多时贤去拜访。嵇康正在树下锻铁，向秀为他拉风箱。他看到钟会等人来到跟前，也没有放下手里的活，更没有与他们说一句话。过了很长时间，钟会一伙人感到看得实在无聊了。嵇康在他们将要离开的时候问道："何所闻而来，何所见而去？"钟会答曰："闻所闻而来，见所见而去。"并对嵇康的傲慢无礼怀恨在心。在嵇康因吕安被牵连入狱后，钟会乘机向司马昭进谗言说："嵇康卧龙也，不可起。公无忧天下，顾以康为虑耳。"又把嵇康企图参与　丘俭兵变及其言论放荡、不遵礼法等事告诉了司马昭，并劝他杀掉嵇康，以淳风俗。钟会一番话深中司马昭久欲杀之而不得的下怀。

嵇康被害与他刚直不阿、爱憎分明的性格关系很大。与同是"竹林七贤"的代表人物阮籍相比，两人思想上有很多相似之处，但性格及为人处世态度颇有不同。在正始末年，司马懿执政后，他就脱离了政坛，而阮籍仍虚与周旋，故能自保。阮籍虽好为青白眼，但口不臧否人物，而嵇康"刚肠疾恶，轻肆直言，遇事辄发"。阮籍能在哲学的观照与思考中找到一个独立而自得的形而上世界，从而能够在一定程度上远离现实，至少能保持两相无害、各自相安。而嵇康刚直的性格及火热的心肠使他无法借哲学思考而保持与现实的距离，面对充满伪善与罪恶的生活，他不能保持缄默，必须发言。对于自己的性格弱点他并非不自知，也有一些朋友给予善意的劝告。

嵇康是一个多才多艺之人，他的朋友向秀在《思旧赋序》中说："嵇博综技艺，于丝竹特妙。"但是从他留下的资料看，有关音乐的东西已经不多，倒是作为文学家和思想家的特征更突出些。

嵇康更擅长散文，成就远在诗歌之上。其代表作《与山巨源绝交书》所显示出来的鲜明强烈的个性意识与自由精神在魏晋文学中也是最有典型意义的。

在"竹林七贤"中，嵇康年龄虽小于山涛，但高雅的风度、雄隽的才辩、深邃的思想却使其风誉煽于海内，无疑为众贤的精神领袖。山涛居长，淳深渊默，通简有德，并深受崇敬。正是这两个昔日相交至深的朋友，后来却因道不同而断然绝交，成为历史上的一段逸事，更成就了嵇康伟大的人格形象。

嵇康是魏晋时期最著名的论说文作家。其所著皆思想新颖，论说缜密透辟，有很强的批判精神，如鲁迅所言"往往与古时旧说反对"。代表作有《难自然好学论》、《管蔡论》、《声无哀乐论》等。

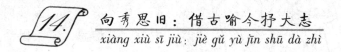

14. 向秀思旧：借古喻今抒大志
xiàng xiù sī jiù：jiè gǔ yù jīn shū dà zhì

唐代诗人刘禹锡《酬乐天扬州初逢席上见赠》的颈联"沉舟侧畔千帆过，病树前头万木春"二句，脍炙人口，传诵不已。其颔联"怀旧空吟闻笛赋，到乡翻似烂柯人"二句，所谓"闻笛赋"，即指向秀经过亡友嵇康故居，听见邻人吹笛，唤起悲伤怀旧之感，写下著名的《思旧赋》。

向秀，字子期，河内怀（今河南武陟县西南）人，生于魏文帝曹丕黄初二年（221年）前后。自幼聪慧好学，少时清悟有远识，为同郡名士山涛所知。二十岁左右时，已闻名遐迩。当时嵇康奇才盖世，风度闲雅，为一时名士领袖，又性好养生服食，曾作《养生论》，主张"清虚静态，少私寡欲"。据说，嵇康持论入洛，轰动京师，皆谓之神人。唯独向秀著《难嵇叔夜养生论》难之："导养得理，以尽性命，上获千余岁，下可数百年。若信可然，当有得者，此人何在，目之未见。此殆影响之论，何言而不得？"小人物向秀责难大名士嵇康，自然无轰动效果。但今天看来，向秀这一观点还是正确的。这篇《难嵇叔夜养生论》，析理透辟，逻辑缜密，可与嵇康论文相匹敌。

魏齐王曹芳正始之末（248年左右），"竹林七贤"聚于山阳，向秀是其中之一。他们常在竹林之下，肆意酣畅。"七贤"活动的主要内容，除纵酒以外，便是谈玄。被称为三玄之学的《老子》、《庄子》、《周易》是

竹林七贤之向秀，他闭目倚树，似乎在深思玄理。

他们清谈的主要内容。向秀"雅好老庄之学"，参与清谈，发言玄远，众莫能难。

正始十年（249年），司马懿父子发动"高平陵政变"后，"竹林七贤"唯有嵇康、向秀仍留在河内，其他人相继出仕。东平吕安，志量开旷，有拔俗之气，与嵇康相友善，每相思，辄千里命驾来访，由是向秀亦与之为友。三人性情爱好各不相同，嵇康傲世不羁，吕安放逸迈俗，独向秀雅好读书，因而时常为二人所嗤。嵇康性绝巧而好锻铁，宅中有一柳树，枝叶繁茂。夏日清凉，嵇康就在树下锻铁。向秀常为之佐，袒右肩，司职鼓排，二人相对欣然，旁若无人。向秀又常与吕安灌园于山阳，收其余利以供酒食之费。不虑家之有无，外物亦不足以拂其心。三人志同道合，相交如水。

当时注解《庄子》者有数十家，但都莫能究其旨要。向秀注《庄子》，于旧注之外，为之解义，发明奇趣，振起玄风。沈约《竹林七贤论》评论说："秀为此义，读之者无不超然，若已出尘埃而窥绝冥，始了视听之表。有神德玄哲，能遗天下，外万物。"向秀将注《庄子》之时，曾告于嵇康、吕安。二人皆曰："此书还须作注？徒然妨碍人作乐罢了。"及成，再示二人，吕安叹曰："庄周可以永生了。"向秀以《庄子注》奠定了他在中国哲学史上的一席地位。

魏元帝曹奂景元三年（262年），嵇康因牵涉进吕安兄弟案中，与吕安一起被司马氏集团杀害。两位好友同时逝去，使向秀悲痛至极。他尚未从悲痛中摆脱出来，又被迫从河内郡赴洛阳应举，司马昭问道："闻有箕山之志，何以在此？"向秀对曰："以为巢、许狷介之士，未达尧心，岂足多慕？"迫于形势，向秀不得不巧言应付。他怀着沉重的心情应举归来，途经山阳嵇康旧居，见人去室空，不禁回想起与嵇康、吕安一起度过的愉快时光，感慨万分，便写下了这篇流传千古的名作《思旧赋》。此赋由序与正文两部分组成。

序文交代了写作缘起。首先说明自己与嵇康、吕安的关系——"居止接近"，此语轻描淡写，但极有分寸。他与嵇康同为竹林中人，又与二人有着锻铁、灌园的难忘经历，其关系岂止"居止接近"？显然欲说而不能。接着概括了各自的个性，暗示了"见法"的原因。然而，好友嵇康留给自己印象最深的还是临刑前"顾视日影，索琴而弹之"的凛然之气。今经其故居，不由得又想起，而此时正是日薄西山，寒凝大地，又有幽远的笛声在空旷中回荡。作者营造了一种凄清悲凉的氛围。

序文写得简洁、流畅，内容频频转换，短短的篇幅中却包含了十分丰富的内容。"日薄虞渊，寒冰凄然。邻人有吹笛者，发音寥亮"，读来如临其境，如闻其声，感慨凄恻之情油然而生。

正文抒发了对故友的痛悼、思念之情。作者落笔从自己的行程写起，暗示了选择的无奈。今看到旧友山阳之故居，怎能不触景伤情，昔日与故友饮宴欢乐的情景又浮现眼前。然而这一切都不存在了，物是人非，"穷巷"，"空庐"一派肃杀、冷落。此情此景，不由得使作者产生了《黍离》之悲，《麦秀》之感。作者引此二诗，既表达了对故友的思念之情，又暗含对魏室行将倾覆的隐痛，以古人伤逝之词表达了自己的怀旧之意。"形神逝其焉如"一句深情的叩问写尽了作者绵绵不尽的哀思。

接着，作者用秦丞相李斯临刑而叹之事，与嵇康相对比，暗示嵇康于临刑前的片刻对于生命的感悟。嵇康临刑，顾视日影，"目送归鸿，手挥五弦"，向秀抓住这一细节，将其彻悟命运之后处变不惊、镇定自若的风采描写得极具神韵，使其俊逸的身姿与生命定格在永恒的瞬间。因此，这

慷慨、悠扬的琴声在作者心中永远挥之不去。琴声与笛声交织，过去与现实混融，造成了一种奇妙的效果，使人感慨万端。至此，作者戛然收笔。

此赋虽然短小，寄意却含蓄深厚。作者表达了对好友的深切悼念，也抒发了对现实政治的不满。但读罢却总有一种言犹未尽的感觉。对此，鲁迅先生在《为了忘却的记念》一文中，联系自己的思想经历作了合理的解释："年青时候读向子期《思旧赋》，很怪他为什么只有寥寥几行，刚开头却又煞了尾。然而，现在我懂了。"残酷的现实和高压的政策，迫使作者只好如此。

应郡举之后，向秀历任散骑侍郎、黄门侍郎、散骑常侍等职，但"在朝不任职，容迹而已"。晋惠帝司马衷永康元年（300 年）前后，卒于任上。其文今仅存《思旧赋》与《难嵇叔夜养生论》两篇，分别是文学史和哲学史上的名篇。

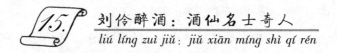

15. 刘伶醉酒：酒仙名士奇人
liú líng zuì jiǔ：jiǔ xiān míng shì qí rén

唐代大诗人李白有诗："古来圣贤皆寂寞，唯有饮者留其名。"这诗用在刘伶身上，可以说是再恰当不过了。刘伶是位饮者，但又不是普通的饮者，普通的饮者是不会青史留名的，而刘伶却是青史留名的饮者之一。他之所以青史留名，还因为他是一个集名士、酒仙、文学家于一身的奇人，一个千百年来几乎家喻户晓的奇人。

刘伶约生于魏文帝黄初二年（221 年），字伯伦，沛（今安徽省宿县西北）人。其父曾经做过大将军司马懿手下的属官，备受恩宠，只可惜刘伶还在幼时，他便离开了人世。因此，刘伶自幼便失去了父爱。谁知天公也不作美，给了他一副极为丑陋的面孔，而且身材矮小，及至长大成人后，身高也不过六尺。刘伶青年时代的经历史无明文记载，因此不得而知。但大体上可以推断，在魏齐王曹芳正始之末（249 年），他已成为当世名重一时的名士，并且常与嵇康、阮籍、山涛、向秀、王戎、阮咸集会于山阳竹林之下，饮酒赋诗，弹琴作歌，当世称他们为"竹林七贤"。大约在晋武帝司马炎泰始初年（265年），他曾做过一段时间的建威参军，不久朝廷下诏，入宫中策问。他大谈老庄，强调无为而治，非但没有得到重用，反而连参军之职也被罢免了。从此再无仕进。大约在晋惠帝司马衷永康元年（300年），以寿而终。

刘伶与诸位贤士所生活的时代，正是司马氏集团与曹氏集团争权夺利的关键时期。正始十年（249年），司马懿发动"高平陵政变"。在此后的

刘伶画像。狂放爱酒的作家，为何有似乎说不尽的忧伤？

十几年间，两大集团之间的矛盾冲突继续加剧，大批名士无辜被杀，沦为政治祭坛上的牺牲品。司马氏集团假倡名教、血腥杀戮的行为，引起了刘伶等众多名士的不满与愤慨。对于这种离经叛道的伪道士，与嵇康、阮籍等一样，他不屑与之为伍，但暂时又要保全自己的性命，因而，同游竹林便成了他们最佳的处世方式。在"越名教而任自然"的思想支配下，他们共同表现出了违礼背俗、荒诞不经的行为倾向。

"天生刘伶，以酒为名。"不知酒选择了刘伶，还是刘伶选择了酒。总而言之，酒成了刘伶赖以生存的精神食粮，成了他须臾不可分离的亲密伴侣，也成为他表现喜怒哀乐的工具和手段。本来刘伶也是胸怀大志之人，但是，残酷的现实将他的理想击得粉碎。现在，他只有与酒为伍了。喜静不躁，沉默寡言，不轻易与人交友，也不轻易与人出游，这是他的性格特征。但如果是与阮籍、嵇康相遇，或他们相邀，他会喜不自胜地欣然前

往，与他们携手入林，一醉方休。家中财产的有无，他从不介意，饮酒倒是时刻挂在心上。平日里常常驾着鹿车，携带一壶酒，优哉游哉，边走边喝，并且让仆人扛着铁锹随后跟着，告诉他们说："如果我死了，随时随地挖个坑将我埋了就是了。"这是何等的放情肆志，何等的达观酒脱，这是在生活失衡、道德失范、生命失去了价值之后，一种对于生与死的态度，对于生命的评价。

他的妻子见他终日耽于酒中，连命都不顾惜，十分痛心，于是倾倒他的酒，砸坏他的酒具，流着眼泪劝他说："夫君饮酒过度，这不是养生之道，您应该马上戒掉它。"刘伶说："很好，但我自己私下戒不了酒，只有在向鬼神祷告时发誓，方能戒掉。你马上准备祷告用的酒肉。"妻子信以为真，不一会儿准备就绪。刘伶十分虔诚地跪下，祷告说："天生刘伶，以酒为名，一饮一斛，五斗解酲。妇儿之言，慎不可听。"祷告完毕，依旧是饮酒吃肉，不一会儿又是烂醉如泥。妻子见他这样，长叹一声，也就无可奈何。刘伶病酒如此，终日沉醉其中，是为了求得暂时的解脱，减轻内心的痛苦。

刘伶饮酒远近闻名，其酒量之大，也无人能比。他对于酒的那份狂嗜，更非一般人所能及。关于他与酒的种种趣闻，也被人广为流传。尤其是"杜康美酒，一醉三年"的传说，至今仍为人们津津乐道。

相传有一次，刘伶来到洛阳城南的杜康酒坊，见门上贴有一副对联，写的是"猛虎一杯山中醉，蛟龙两盏海底眠"，横批是"不醉三年不要钱"。刘伶看后，觉得很不服气：杜康虽是酿酒的祖师，杜康酒也早已如雷贯耳，三杯两盏醉倒别人也许可能，但要醉倒我刘伶，恐怕没那么容易。谁不知我刘伶，喝遍东西南北天下酒，还没有能让我醉上半天的。于是，负气走进了酒馆。一连饮了两大杯，仍要求上酒。杜康劝他说："不要再饮了，再饮就醉了。"刘伶哪里能听得进去，执意要饮，又要了第三杯。三杯酒落肚，他便觉得天旋地转，眼冒金星，这回他是真的醉了。一路上摇摇晃晃地回到家里，醉倒在床上，再也不能起来。他觉得自己就要死了，于是向妻子交代说："我死后，把我埋在酒池内，上面盖上酒糟，酒杯酒壶放在棺材里。"这就是刘伶，临死也没忘了酒。妻子是了解他的，遵从他的意愿将他埋了。

一晃三年过去了。这一天，杜康来到村上找刘伶，讨要三年前的酒钱。刘伶的妻子气愤地指责他说："他三年前喝了你家的酒，回来就死了。你讨酒钱，我还向你要人呢！"杜康连忙说："他只是醉了，并没有死，快去挖墓，救他出来。"众人打开棺材，只见刘伶躺在里面与生前一模一样，气血充盈，面色红润。杜康叫道："刘伶醒来，刘伶醒来！"刘伶果然睁开眼睛，连声叫道："杜康好酒，杜康好酒。"从此，"杜康美酒，一醉三年"的故事就广为流传了。杜康酒也因为刘伶一醉更加出名。据说杜康酒醉刘伶，是专为度刘伶成仙有意安排的，而刘伶也因此成了名副其实的酒仙。

刘伶以酒为命，行为举止也更加放荡不羁。任建威参军期间，曾经在家里一丝不挂地饮酒。有客人来了，也不回避穿衣，还笑着说："我以天地为栋宇，屋室为裤衣，诸君为何钻入我的裤中？"竟然放诞到了如此地步。不能否认，这里面有佯狂的因素，也有自我悔顿的成分。但这种走向极端的行为举止，恰恰证明了他内心的焦虑与困惑。也许，只有通过这种方式，才能将心中久积的愤懑与痛苦释放出来。

实际上，刘伶并不只是酒鬼、酒仙。作为一个大名士，他也是个机敏聪慧、很有才气的文学家。只不过不太留意笔墨文翰罢了。偶尔成篇，却也是特征鲜明的佳作。诗歌仅存五言《北邙客舍》一首。在诗中，诗人比较隐晦地表达了对黑暗政治的不满，对清明社会的期望。风格幽深孤峭，虽有古奥冷僻之嫌，却也不失为一篇上乘之作。明代竟陵派大师谭元春对此诗十分推崇，称其"藏细响于粗服乱头之中，发奇趣于嵚崎历落之外"。

《酒德颂》为刘伶的传世名篇，也是文学史上的一篇奇文，其语言流畅自然、生动形象。文中虚拟了一位大人先生，这位大人先生"以天地为一朝，万期为须臾"，如天马行空，独往独来，"行无辙迹，居无室庐"，但不论何时何地，"唯酒是务"。纷攘的万物，对于他来说，如烟如云。怀抱酒缸，手把酒糟，口衔酒杯，啜饮浊酒，箕踞而坐，旁若无人。这就是大人先生的形象，实际上是刘伶自身的真实写照。他把自己对于生活的态

度与理解，都写到了酒德之中。显然，他所追求的，是一种酒醉之后"无思无虑，其乐陶陶"、"静听不闻雷霆之声，熟视不睹泰山之形"的物我两忘的境界。只有在这种境界之中，他才可以做到对尘世的超越，对流俗的解脱。酒中自有天地宽，在醉乡之中，他才是真正自由的，才能真正体味到生命的本真。

这就是刘伶，一个集名士、酒仙、文学家于一身的奇人。但更多的时候，他的名字是与酒联系在一起的。刘伶离不开酒，酒也同样离不开刘伶了。

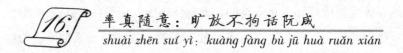

16. 率真随意：旷放不拘话阮咸
shuài zhēn suí yì：kuàng fàng bù jū huà ruǎn xián

从行为价值取向看，"竹林七贤"可以划分为三个不同的派别：嵇康、阮籍为激进派；山涛、向秀、王戎为温和派；刘伶、阮咸为旷放派。仅就旷放派的两位"贤士"而言，刘伶嗜酒成癖，放情肆志；阮咸放荡不羁，任诞疏狂。二人皆有旷放不拘的一面，但就程度来看，阮咸与刘伶相比，可谓有过之而无不及。

阮咸，字仲容，陈留尉氏（今河南尉氏县）人，生卒年不详，"竹林七贤"之一，阮籍之侄，在当时与叔父并称为"大小阮"。他是两晋著名音乐家，曾官散骑侍郎、始平（郡治在今陕西兴平）太守。他与嵇康、阮籍等虽然同作竹林之游，被称为贤士，但他既不信儒，也不崇道，既无济世理想，亦无生活目标，只是随心所欲，率意而为。

陈留阮氏虽为魏晋间世家大族，历代奉儒守业，但各分支也并非皆大富大贵。至魏正始前后，阮籍阮咸这一支已现中落之势。在阮咸总角之时，他们已与富裕的同族分道而居。诸阮居道北，他与叔父阮籍居道南，北阮富而南阮贫。按民间节令习俗，七月初七白天要曝晒衣物和书籍。据说，这些东西在这一天晒过之后，永远不会再生蛀虫。这一年又到了七月初七，富有的北阮将用绫罗绸缎做的衣物都晒了出来，鲜艳夺目，光彩无比。阮咸见状，便取一长竿，将自己的一条大布短裤挂在上面，晒在院子里，与北阮隔道相对，倒也煞是可观。有人责怪他不该如此无礼，他却说："未能免俗，聊复尔耳。"

魏齐王曹芳正始之末、嘉平之初（249年），二十岁左右的阮咸成为竹林名士的一员。他随同叔父阮籍等人，常常集会于山阳竹林之下，纵酒谈玄，抚琴赋诗。阮咸对诗赋哲理无甚兴趣，却对音乐情有独钟，在当时即以"妙解音律，善弹琵琶"闻名遐迩。因此，他人吟诗作赋，高谈阔论，他在一旁弹奏琵琶，也是仪态优雅，风神兼备。

消夏图。画中阮咸袒胸斜歪于榻上，二侍女一旁侍立。

受时代的影响，也受叔父阮籍的影响，阮咸也以自己荒诞无比的行为，对传统的礼教习俗给予无情的嘲讽。阮咸姑母家有一鲜卑婢女，他十分宠爱她，早就与之私通。在他为母亲服丧期间，姑母将要远行移居。当初曾说过将婢女留下，上路时才临时决定将其带走。时方有客来吊，阮咸闻听之后，骑上来客的马，身着守丧重服便拍马追赶。追上之后，与婢女同骑一匹马而返，并且说："人种不可失。"他如此纵情越礼，遭到了世人的纷纷指责。不过后来胡婢果为其生子，即次子阮孚，字遥集，字还是由姑母为其取的。

从子阮修，性情简任，嗜酒酣饮，常常以百钱挂于杖头，至酒店独斟独饮。阮咸与他秉性相投，最为相善。二人在一起，每每得意为欢，有时无言，便欣然相对，坐视良久。诸阮皆善饮酒。除音乐外，阮咸的另一嗜好也是饮酒。有一次，族人共集宴饮。阮咸到了之后，不复用常杯斟酌，更换大盆盛酒，错乱座次，众人坐在一起，相向牛饮。更有甚者，"时有群豕来饮其酒，咸直接去其上，便共饮之"。与猪同盆而饮，闻所未闻，可谓放诞之极。不过，这种放诞之风在魏晋时确实十分盛行，并且一直波及到东晋之初。溯本追源，这种放诞之风是一种道德反常现象。阮咸生逢乱世，儒学衰微。嵇康、阮籍等提出的"越名教而任自然"的理论，未能从根本上解决个体与社会的矛盾。因而士人们陷入极度的痛苦与烦恼之中，继而通过种种越礼悖俗的行为来排遣内心的焦虑与不安。这种时候，人伦纲常也就不复存在了，疯狂的纵欲便是唯一的要求。

阮咸放荡越礼，同宗众兄弟亦以放达为行。唯阮籍不予赞同，他的儿子阮浑长大后，风神韵度颇似乃父，亦欲作达。阮籍说："仲容已入此列，你不得再步其后尘。"阮咸等人的不轨言行，虽然对传统的礼教冲击不小，但相沿已久的规范世人行为的礼教仍然根深蒂固。因而，阮咸的行为也遭到了世人的訾议，更何况他只知弦歌酣宴，不交人事。故自魏末至晋武帝司马炎咸宁初（275年），他仍沉沦湮没于闾巷之中，直至咸宁中，始出任散骑侍郎。

时七贤之一的山涛仕任吏部尚书，主持荐选官吏，权高望重，人称"山公"。经他荐选的贤士多显名于朝廷。他对阮咸十分垂青，有意举其仕任。适值吏部郎史曜出处缺，当选。但是武帝以耽酒浮虚，未加擢用。

魏晋时期，世人雅好音乐。上自君王，下至名士，很多人都解音律，善弹奏。在执政者看来，音乐可以正教化，易风俗，是强化统治的手段；在士人看来，它是个人修养的形式之一。尤其是在正始玄学兴起之后，士人们对于音乐的爱好，便同追求自我理想的人生态度联系在了一起。于是嵇康"弹琴咏诗，自足于怀"，阮籍"嗜酒能啸，善弹琴"，嵇绍"善于丝竹"，阮咸"妙解音律，善弹琵琶"。

阮咸所弹琵琶，属"八音"（金、石、土、革、丝、木、匏、竹）之"丝"类，是汉代发明的一种弹拨乐器，直柄，四弦，十二柱，圆形音箱。初无明确名称。因阮咸善弹，无人能及，故大约自唐后，人们便称此种乐器为"阮咸"或"阮"。直接以善弹者之名给某一乐器命名，音乐史上可能只有阮咸有此殊荣。

当时，宫中执掌乐器的是中书监荀勖。他是一位目录学家，更是著名的音乐家，常常同阮咸一起讨论音律，窃以为远不及阮咸，由是暗生妒意。他又曾考定律吕，修正雅乐，但是，所定音律与古律仍有不合之处。阮咸予以指正说："勖所造声高，高则悲。夫亡国之音哀以思，其民困。今声不合雅，惧非德政中和之音，必是古今尺有长短所致。"（《世说新语·术解》注引《晋诸公赞》）。荀勖一向自矜，知后甚是不快。于是，因事左迁阮咸为始平太守，阮咸以寿终于是职。

阮咸也是一个名教礼法的叛逆者，但他的叛逆走向了极端。虽为竹林名士，徒有名士之名，而无名士之实，他所得到的只是名士的皮相而已。不过，在中国音乐史上，他却是值得一提的人物。

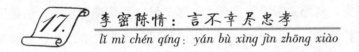

17. 李密陈情：言不幸尽忠孝
lǐ mì chén qíng: yán bù xìng jìn zhōng xiào

古人立世，或以才名，或以德显，然往往以德为先。而德又以孝为本，即所谓"人之行，莫大于孝"，"孝者，德之本也"（《孝经·圣治》）。以孝闻名者，举于朝，授于官，立于传，以示政教之明。《晋书》辟"孝友"一类，以旌西晋孝贤。李密居首，其清风素范，高山景行，令后世慕仰。其《陈情事表》（也作《陈情表》），真情流露，今古名文。

李密，字令伯，一名虔，犍为武阳（今四川彭山县东）人，生于蜀汉后主刘禅建兴二年（224年）。祖父李光，东汉曾为朱提（郡治在今云南昭通）太守，父早亡。四岁时，母亲何氏为舅父所逼，被迫改嫁。李密虽幼，恋母情深，以致成疾。祖母刘氏，念其孤弱，遂躬亲抚养，祖孙相依为命，感情日深。祖母抚养李密，尽心竭力；李密孝事祖母，知寒知暖。年幼的李密渐渐以孝闻名乡里。祖母有疾，李密侍立于侧，常常在哭泣中睡去，从未解衣安然入睡过。祖母饮膳汤药，李密必先尝冷热，然后侍进。李密敏而好学，一俟闲暇则诵读诗书，勤学不辍，废寝忘食。

后主刘禅延熙八年（245 年）前后，二十岁左右的李密拜于谯周门下，从师治经。谯周为益州名士，精通六经，尤善书札，开馆授徒，门庭若市，门人将其比为子游、子夏。时任劝学从事，总理一州之学。谯周耽古，治《尚书》，修古史，对李密影响很大。他"治《春秋左传》，博览五经，多所通涉；机警辨捷，辞义响起"（《华阳国志·后贤志》）。后主刘禅延熙末年（257 年），李密初入仕途，仕蜀为尚书郎。两年后，转任蜀汉大将军姜维主簿。后主景耀四年（261 年），李密迁太子洗马，曾数次奉使骋吴，皆不辱使命。在吴期间，吴景帝孙休曾问他："蜀马有多少？"李密回答："官用有余，民间自足。"吴主与东吴群臣泛论道义，谓宁为人弟。李密说："愿为人兄。"吴主问："何以为兄？"李密说："为兄供养之日长。"吴主与东吴群臣对他大加赞赏。

后主炎兴元年（263 年），魏征西大将军邓艾率军伐蜀，刘禅采纳光禄大夫谯周的意见，向邓艾军投降，蜀亡。邓艾早就耳闻李密才名，由是辟其为主簿。书招数番，欲与相见，李密皆以祖母年高为由辞之，此后居家专心侍奉祖母。

魏晋易祚之后，官吏的选拔有九品中正制与察举制两种方式。九品中正制门阀士族化严重，而察举制仍不失为一般士人入仕的途径。被察举的孝廉或秀才首先要有高尚的德行，然后才能试经或对策授予官职。而评价德行的最佳标准就是是否尽孝。李密早就以孝闻名，又有才辩，可谓德才兼备，时人颇多嘉许。从晋武帝司马炎泰始二年（266 年）起，他连续三次被举或征召：太守逮（姓不详）举其为孝廉，刺史童策举其为秀才，朝廷直接诏拜郎中。但三次皆以祖母年事已高，无人奉养，不应。

晋武帝泰始五年（269 年），李密又被诏征为太子洗马。他仍因祖母需奉养，遂不应命，并上表晋武帝陈述自己的苦衷，这就是名重千载的《陈情表》。他在表中详细陈述了自己与祖母刘氏相依为命的生活处境，说明了暂时不能应诏出仕的原因。感情真挚，催人泪下。

《陈情表》从结构上可分为四部分。第一部分主要叙述自己幼年不幸的遭遇、祖母刘氏的现状。"生孩六月，慈父见背。行年四岁，舅夺母志。""少多疾病，九岁不行。零丁孤苦，至于成立。"幼年失怙，母又改嫁，是祖母刘氏"悯臣孤弱，躬亲抚养"，将自己养大成人。"若无祖母，无以至今日。"祖母的养育之恩可谓大矣。然而现在祖母已近垂暮，且"夙婴疾病，常在床蓐"，需人照料。而自己"既无叔伯，终鲜兄弟"，"茕茕独立，形影相吊"。除自己，再无人照料祖母。此部分将祖孙二人深厚的感情淋漓尽致地表现出来，悲切感人，读之欲涕。极写身世之孤苦，祖母之恩重，为下文蓄势张本，虽无一

儒家以孝为人伦根本。李密即以此为由，婉拒了司马氏的征辟。

语道及辞诏，但其意已显，正所谓言在此而意在彼也。

第二部分，作者笔锋陡转，言适逢明世，浸受清明教化之熏陶。举孝廉、荐秀才、除郎中、拜洗马，荣蒙国恩，虽殒首无以回报，自己也想"奉诏奔驰"，为国效力。可是眼下祖母刘氏病情日笃，如之奈何？自己进入了两难境地。此部分陈情巧妙：先感其浩荡皇恩，以免武帝形成不识时务、有忤王命的印象。后叙其苦衷，曲折委婉地道出自己不能应诏的原因。

第三部分，李密一开始就将晋武帝一贯标榜的"以孝治天下"的施政纲领提出来，并再次申明自己非不愿为官，也非自命不凡，而是祖母刘氏已是"日薄西山，气息奄奄，人命危浅，朝不虑夕"。自己应尽孝侍养，"君子之事亲孝，故忠可移于君"（《孝经·广扬名》）之理武帝自然知晓。这样，李密将自己一人之尽孝与武帝以孝而治天下自然地联系在一起，无形中给武帝出了一道难题。如此一来，武帝恐怕再也难以拒绝他的辞诏要

李密的老师益州名士谯周

求了。

第四部分，李密将陈情再推进一步，表明自己孝奉祖母安度余年之后，当以结草相报，尽孝尽忠可得两全。

此表胜在一个"情"字。祖孙情深，贯注字里行间，反复陈说，语气恳切。《古文观止》评曰："历叙情事，俱从天真写出，无一字虚言驾饰。……至性之言，自尔悲恻动人。"在结构上，逻辑严密，层层推进，祖孙之情，沛然从肺腑中流出，殊不见斧凿痕。正因如此，胡应麟将其与《酒德颂》、《桃花源记》等并称为"第一文章"，殊不为过。晋武帝览后，叹曰："士之有名，不虚然哉!"乃停召，准其所求，并且赏赐奴婢二人，令所属郡县予以资给，以示嘉奖。

祖母刘氏终后，李密尽哀守丧。武帝泰始末年（274年），守孝期满。武帝复征其为太子洗马，赴洛阳上任。某日，与中书令张华对谈，张华问之："安乐公（刘禅）何如?"李密说："可次齐桓。"张华问其故，李密解释说："齐桓得管仲而成霸业，用竖刀而致亡国。安乐公得诸葛亮而抗魏，任黄皓而丧国。由此可知，他们的成败是相同的。"张华又问："孔明言教为何烦碎?"李密说："昔舜、禹、皋陶相与语，故得简约。《大诰》与凡人言，宜烦碎。孔明与言者无己敌，故言教烦碎。"张华大加赞赏。

武帝咸宁四年（278年），李密由太子洗马迁温县（故治在今河南温县）令。在任期间，敷德陈教，政化清明。是时河内（郡治在今河南沁阳）诸县盗贼猖獗，独不敢接近温县。而县内的贵族豪绅，皆惮其公直，亦不敢胡作非为。有一从事，李密甚憎之，尝在与他人信中写道："庆父不死，鲁难未已。"从事将此事告知司隶。司隶以李密在县清慎，未予弹劾。

"王　楼船下益州，金陵王气黯然收。"（《西塞山怀古》）此为唐诗人刘禹锡对西晋大将军王　的赞颂。王　在平吴中功勋卓著，但却受王浑等人辖制，朝廷奖赏亦十分微薄。时人多为之不平。武帝太康二年（281年），李密与博士秦秀、太子洗马孟康等并上表武帝，为王　讼屈。武帝果纳其建议，重封王　为镇江大将军，加散骑常侍。

李密才能兼具，故常希望转至内宫为官。时荀勖、张华皆位高权重，不知缘何，李密为二人所排挤，故朝廷并未加以擢引。武帝太康八年（287年）左迁其为汉中（郡治在今陕西汉中）太守，诸王多以为屈，李密自己更是心怀怨愤。武帝特赐饯东堂，又诏令李密即席赋诗。诗末章为："人亦有言，有因有缘。官无中人，不如归田。明明在上，斯语岂然！"武帝大怒，于是都官从事上表，罢免李密官职。李密仕宦生涯从此结束，不久卒于家中，时年六十四岁。

李密一生，为官不显，政无大成。但《陈情表》孤篇横绝，已足以使其卓立古今文苑，名列大家之林。

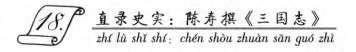

18. 直录史实：陈寿撰《三国志》
zhí lù shǐ shí: chén shòu zhuàn sān guó zhì

东汉末年，诸侯纷争割据，连年烽烟四起，干戈不息。曹操、刘备、诸葛亮、孙权、周瑜等在历史舞台上演出了一幕幕惊心动魄的历史活剧，组成了一幅波澜壮阔的历史画卷。历史学家陈寿的《三国志》将这段令人眼花缭乱的历史清晰生动地再现于读者面前。此书与《史记》、《汉书》、《后汉书》一起，被后人合称"四史"。

陈寿，西晋史学家、文学家。字承祚，巴西安汉（今四川南充市）人，约生于蜀汉建兴十一年（233年）。年少好学，以同郡学者谯周为师。

任蜀国观阁令史时，宦官黄皓专弄权威，大臣都曲意附和，他却独不肯，因此屡遭遣黜。入晋后，司空张华爱其才，举为孝廉，任佐著作郎。后编辑《蜀相诸葛亮集》二十四篇奏上，升为著作郎，领三郡中正。晋平吴后，他撰成《魏吴蜀三国志》（亦名《三国志》），时人称之"善叙事，有良史之才"。当时有"盛才"之称的夏侯湛，正在编写《魏书》，读过陈寿的书后，自愧不及，便中途停止了写作。张华读后，认为有超过司马迁和班固之处，并对他说："当以《晋书》相付耳。"可见他当时受重视的程度。陈寿至孝，曾两次因忧母年老而不去任职。其母临死时，希望能葬在洛阳，陈寿就照遗嘱做了。这样违背当时"人死当归葬故里"的习俗，因而遭到时人非议。陈寿卒于晋惠帝元康七年（297年），时年六十四岁。

《三国志》全书共六十五卷，包括《魏书》三十卷，《蜀书》十五卷，《吴书》二十卷。《魏书》前四卷称纪，君主称帝，后称皇后；《蜀书》、《吴书》则全称传，君主和后，蜀则称主称后，吴唯孙权称主，余均称名，妻均称为夫人。以此表示尊魏为正统。陈寿死时，西晋王室认为该书是一部"辞多劝诫，明乎得失，有益风化"的史书，派人到他家抄出一部，作为"良史"行世。

《三国志》记叙翔实，简明得体，记载三国时期魏、蜀、吴史事，为后世保存了许多当时的珍贵资料。如《魏书》的《张鲁传》与《蜀书》的《刘焉传》，保存了五斗米道的原始材料；《魏书》的《华佗传》保存了古代医学的卓越成就；《魏书》的《张燕传》保存了黄巾起义后张牛角继续斗争的史实；《魏书》的乌桓、鲜卑等传，叙述了外族的社会生活。

由于材料不足，《三国志》中只有纪、传而没有表、志。纪传部分虽文笔简洁，剪裁得当，但因晋代许多资料后出，陈寿尚不及见到，故史实上失于简略，时有脱漏。南朝宋裴松之"上搜旧闻，旁摭遗逸"为其作注，增补了大量史料，足弥其不足。

从《三国志》的笔法说，基本上是直笔实录。在编纂体制上，以蜀、吴二志与魏志并立，取名《三国志》，可见该书虽以魏为正统，但承认蜀、吴二国的合理存在，客观上反映了三国鼎立的历史事实。在叙述一些反司马氏事件时，字里行间较隐晦地流露出对反对者的同情态度。虽然陈寿之父受过诸葛亮的　　刑，但陈寿在书中并不借修史泄私愤，却实事求是、不遗余力地赞扬诸葛亮："诸葛亮之为相国也，抚百姓，示仪轨，约官职，从权制，开诚心，布公道；尽忠益时者虽仇必赏，犯法怠慢者虽亲必罚，服罪输情者虽重必释，游辞巧饰者虽轻必戮；善无微而不赏，恶无纤而不贬；庶事精练，物理其本，循名责实，虚伪不齿……可谓识治之良才，管萧之亚匹矣。"另外，也直接尖锐地揭露了封建社会的黑暗现实。如《魏书·杨阜传》："（魏）明帝（曹　）治宫室，发美女以充后庭，数出入弋猎。"揭露了统治者的荒淫；《魏书·卫觊传》："（明帝）时百姓凋匮而役务方殷，（卫）觊上疏曰：'……当今千里无烟，遗民困苦。'"反映了劳动人民悲惨的遭遇。当然，该书也有缺点。如描写魏晋之际历史事件，涉及魏晋君主往往曲笔回护，对人物褒贬也常投司马氏所好，但这在书中所占比重是较小的。

《三国志》在文学史上的最大影响，是它所记载的人物故事，一千多年来成了民间说唱、戏曲、小说的取材渊薮。唐代李商隐《娇儿诗》曾提到说书人形容张飞、邓艾的神色语态。苏轼《东坡志林》中载，里巷小儿听三国故事，闻刘备败辄愁苦，闻曹操败即开心。至宋、元两代戏曲中，桃园结义、过五关斩六将等三国故事剧目，比比皆是。我国四大古典文学名著之一《三国演义》，也是以此为蓝本，进行大量艺术加工和典型概括而写成的。

总之，《三国志》较全面地记载了三国时期的历史，内容虽失于疏略，但"高简有法"（晁公武《郡斋读书志》），仍不失为一部优秀的历史著作。

19. 一赋三都，洛阳纸贵
yī fù sān dū, luò yáng zhǐ guì

左思写了一篇《三都赋》，当时轰动了整个京城。豪贵之家把《三都

快乐读中外文学故事

kuai le du zhong wai wen xue gu shi

赋》视为至宝，争相抄写，竟使洛阳的纸张突然紧张起来。这就是《三都赋》引起的"洛阳纸贵"的美谈。

《三都赋》是怎样写出来的呢？左思出身于书香门第，少年时期就受到良好的文化熏陶，诗、书、琴、画都学过，但却没有什么显著成绩。有一天，他父亲左雍对朋友说："左思的学识，不及我少年的时候。"左思得知此话后，心里很难过，就暗下决心努力学习，写作水平有了明显的提高。

今日的南京（左思《三都赋》中所描绘的吴都建业），秦淮河风韵犹在。

在临淄老家时，左思曾用一年时间写过《齐都赋》。后来，他妹妹左棻进宫为晋武帝修仪，他也从临淄来到洛阳。良好的读书环境和治学氛围，更加激起他在文学上大干一番事业的想法。他先后仔细读了班固的《两都赋》和张衡的《二京赋》，虽感文字典雅，气魄宏大，写出了汉朝东都洛阳和西京长安富丽堂皇的宏伟景象，但有的景物缺乏事实依据，不免给人以虚假的感觉。于是，他决定超越前人，另起炉灶，把三国时的蜀都益州（今四川省成都市）、吴都建业（今江苏省南京市）和魏都邺城（今河南安阳北）写入赋中，合称《三都赋》。

左思为了做到言必有据，真实可信，查阅了大量有关资料，拜访了许多长期生活在这三个地方的人。他听说张载在四川做过官，又熟悉益州情况，就几次登门求教。张载很喜欢左思的这种勤奋好学精神，总是有问必答，从不厌烦。就这样，左思掌握了大量的益州及附近的风土人物、山川草木的第一手材料。可他仍感材料不足、依据不充分，又借助秘书郎的官职之便，找来了有关蜀都、吴都、魏都的大量史籍、方志、地图，对照研究，力求做到对三个都城的山川城邑的描写都合乎地理所载，鸟兽草木都能在方志上找到依据。

经过一段时间的潜心琢磨与构思，左思开始动手写《三都赋》。为了集中精力写作，他闭门谢客，每天天刚亮就起床翻阅资料，整理笔记，进行写作。他还在书房内、院子里、大门边，甚至厕所外面，摆上小桌，安放好笔墨纸砚，想到一个好词语、好句子，马上就提笔抄在纸上。到了晚上，他又对着烛火，凝神苦思，反复修改。纸上画得密密麻麻的，几乎辨认不出哪些是删去的句子，哪些是要保留的句子。

当时的文学家陆机刚到洛阳时，也曾打算写《三都赋》，听说左思早已动笔，不由抚掌大笑起来。他在给弟弟陆云的信中说："这里有个鄙贱的北方佬想作《三都赋》，等他写完后，我把它拿来盖酒坛子。"左思不仅不气馁，反而更加废寝忘食，发愤写作，字斟句酌，精益求精。整整写了十年，从青年人变成了中年人，才把《三都赋》完成。

十年心血不白流，功夫不负有心人。左思感到如释重负，无比轻松。他认为自己这部著作不亚于班固的《两都赋》和张衡的《二京赋》，定会得到当时文人墨客的赞赏。谁知那些峨冠博带的文人们竟说三道四，吹毛求疵，把这部费了十年心血的杰作说得一无是处。左思愤愤不平，就去找文学家张华品评。张华看了《三都赋》，连声赞好，并安慰他说："你的文章写得非常好，但是你在洛阳没有名声，所以大家都看不起你的文章。皇甫谧先生德高望重，人人敬仰，你能找他写篇文章推荐一下，保证会受到欢迎。"左思立即登门拜访皇甫谧，说明来意。皇甫谧看了《三都赋》，果然大加赞赏，亲自作序。

左思的《三都赋》之所以造成洛阳纸贵、陆机辍笔的局面，并不是因为有些文人的推崇，而是因为他的文章写得确实精美真实。

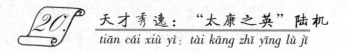

20. 天才秀逸："太康之英"陆机
tiān cái xiù yì: tài kāng zhī yīng lù jī

西晋太康元年（280年），司马炎称帝后灭吴，统一了中国。短暂的统一也带来了社会的安定、经济的发展和文学的繁荣。文坛上出现了"三张"（张载、张协、张亢）、"二陆"（陆机、陆云）、"两潘"（潘岳、潘尼）、"一左"（左思），呈现出一派繁荣景象。其中陆机的诗声文名尤重于当时，钟嵘《诗品》评曰："陆机为太康之英，安仁（潘岳）、景阳（张协）为辅。"并把陆机的诗作列为上品。

陆机字士衡，吴郡华亭（今上海市松江县）人。三国吴景帝孙休永安四年（261年）出生于江南名门世家。祖父陆逊为东吴丞相；父亲陆抗为东吴大司马。陆抗死后，陆机袭"领父兵为牙门将"（《晋书·陆机传》）。陆家为东吴豪门世族，"文武奕叶，将相连华"（同上）。由于家教严格，陆机本人又天资聪颖，勤奋好学，少年时就才华出众，"少有异才，文章冠世，伏膺儒术，非礼不动"（同上）。

陆机少年时，好猎善射。在东吴时，豪客们献给他快犬一条，名曰"黄耳"。此犬黠慧，能解人语。陆机羁旅京师，久无家讯，就对犬说："我家绝无书信，汝能赍书取消息不？"犬摇尾作声应之。他试为书，盛以竹筒，系之犬颈。犬寻路南走，遂至其家。家人开筒取书，看毕，又作答书，放之筒内，复系犬颈。犬既得答，速驰回洛阳。其后犬常往来送家书。后来"黄耳"病死，陆机将其遗体运回老家，葬于离陆家二百步的一棵老树旁边，聚土为坟，村人呼为"黄耳冢"。

280年陆机二十岁时，晋武帝司马炎发兵二十余万，一举灭了东吴。东吴灭亡后，他与弟弟陆云回到故乡，闭门勤学，积有十年。

太康（280—289年）末，陆机与弟弟陆云入洛阳见张华。张华名重一时，又喜奖掖后进。本来就素闻陆氏兄弟大名，且一见如故，曰："伐吴之役，利获二俊。"十分赏识陆氏兄弟，尤其推重陆机，曾叹曰："人之为文常恨才少，而子更患其多。"

陆机天才秀逸，诗文辞藻宏丽，独步当时。弟陆云尝与书曰："君苗见兄文，辄欲烧其笔砚。"后葛洪称机文："犹玄圃之积玉，无非夜光焉，五河之吐流，泉源如一焉。其弘丽妍赡，英锐漂逸，亦一代之绝乎！"（《晋书·本传》）

陆机一生，虽在政治上走的是坎坷之途，与父辈相比未能显示出仕进的高下，但在文学创作上却是身手不凡。所著诗文颇多，陆云《与兄平原书》说："兄文方当日多，但文实无贵于多，多而如兄文者，人不厌其多也。"还说他曾"集兄文为二十卷"。陆机"所著文章凡三百余篇，并行于世"（《晋书·陆机传》）。明张溥《汉魏六朝百三名家集》收有《陆平原集》。

陆机的《平复帖》

陆机的诗文创作可划分为三个时期：少年时期、青年时期和壮年时期。或两个阶段，即以入洛为界。据粗略统计：少年时期诗文现有三十六篇（包括拟古诗十二首在内），青年时期诗文只有八篇（《演连珠》五十首只算一篇），壮年时期诗文现存八十五篇。这八十五篇诗文除去《辩亡论》两篇和《汉高祖功臣颂》是入洛前一年（288年）撰写外，全部是入洛后之作。

入洛前的诗文除去青年时期的十来篇外，三十几篇堆积陈典，羌无故

实，遣词安雅，并无寄意，这是此间诗文的特点。

入洛后的诗文，既有抒发国破家亡的感慨，也有叙写人生离合的悲欢及仕途艰危的苦闷，如《赴洛道中作》二首，写离别故园的心情和对途中见闻的感受；《陇西行》流露出对当时社会现实的不满；《猛虎门》主要借志士的苦闷反衬自己功名无成、进退维谷的处境。文艺批评家们对陆机的诗文褒贬不一，但对入洛阳后诗文肯定者多，对入洛前诗文肯定者少。

陆机工于诗赋，长于骈文，讲求辞藻和排偶，内容及情感略显贫乏。追求形式华美和辞藻宏丽的特点，代表了两晋文坛上的典型文风。钟嵘《诗品》称其"才高词赡，举体华美"。孙绰云："潘（岳）文烂若披锦，无处不善；陆（机）文若排沙简金，往往见宝。"（《世说新语·赏誉》）刘勰称："士衡才优，而缀辞尤繁。"（《文心雕龙·镕裁篇》）可见，在六朝时期对其诗文的评价。

陆机自太康末（289年）入洛阳，开始了在晋的仕宦生活。在文坛领袖张华的引荐下，结识了不少文人名士和达官显贵。一次去拜访侍中王济，王济指着羊酪对陆机说："卿吴中何以敌此？"答云："千里莼羹，未下盐豉。"时人称为名对。陆机的才华与名气，使他很快涉足仕途，卷入政治斗争的旋涡，以至不能自拔。

太熙元年（291年），太傅杨骏辟为祭酒。此时，杨骏与贾后争权已趋白热化，贾后杀杨骏，灭其族。贾后专权，贾谧参预朝政。陆机参与了以贾谧为核心的"二十四友"文人集团，以好结交权门、屈身降节权贵获讥。元康四年（294年），出任吴王司马晏郎中令，迁尚书中兵郎，转殿中郎。赵王司马伦辅政时，被引为相国参军，因参与诛贾谧有功，赐爵关内侯。后赵王司马伦欲篡位被诛，陆机受牵连下狱，被成都王司马颖、吴王司马晏救出。时正处"八王之乱"时，顾荣、戴若思等劝陆机退隐还乡，但陆机负其才名，还想匡时救难，有所作为，又加感念司马颖救命之恩，遂委身司马颖为大将军军事，表为平原内史，后世称为陆平原。太安二年（303年）司马颙联合司马颖起兵反司马伦，陆机为后将军、河北大都督，率军二十万大攻洛阳城。兵败，宦官孟玖等人乘机进谗言，诬告他有异

66

志，遂为司马颖所杀。刑前叹曰："华亭鹤唳，岂可复闻乎？"终年四十三岁。因死非其罪，士卒莫不流涕。

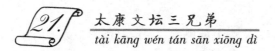

21. 太康文坛三兄弟
tài kāng wén tán sān xiōng dì

"太康中，三张、二陆、两潘、一左，勃尔复兴，踵武前王，风流未沫，亦文章之中兴也。"这是钟嵘《诗品》中的评论。其中所提"三张"是指西晋太康、元康时期著名诗人三兄弟张载、张协、张亢。

张载，字孟阳，安平（今河北安平）人。约生活于晋武帝太康前后。其父张收，曾做过蜀郡太守。他与其弟张协、张亢都以才华闻名，世称"三张"。

张载性情闲雅，学识渊博，善于作文章。晋武帝司马炎太康初年（280 年），他到蜀地探望其父，路经剑阁，有感于蜀人恃险好乱，便写了一篇告诫性的铭文《剑阁铭》。其文曰：

> 岩岩梁山，积石峨峨。远属荆衡，近缀岷嶓。南通邛僰，北达褒斜。狭过彭碣，高逾嵩华。唯蜀之门，作固作镇。是曰剑阁，壁立千仞。穷地之险，极路之峻。世浊则逆，道清斯顺。闭由往汉，开自有晋。秦得百二，并吞诸侯。齐得十二，田生献筹。矧兹狭隘，土之外区。一人荷戟，万夫趑趄。形胜之地，非亲勿居。昔在武侯，中流而喜。山河之固，见屈吴起。兴实在德，险亦难恃。洞庭孟门，二国不祀。自古迄今，天命匪易。凭阻作昏，鲜不败绩。公孙既灭，刘氏衔璧。覆车之轨，无或重迹。勒铭山阿，敢告梁益。

文中以夸张性的语言描写了剑阁之险："岩岩梁山，积石峨峨"，"是曰剑阁，壁立千仞。穷地之险，极路之峻"。又以诚恳口吻劝诫那些怀有不测之心者："自古迄今，天命匪易。凭阻作昏，鲜不败绩。公孙既没，刘氏衔璧。覆车之轨，无或重迹。"文中"一人荷戟，万夫趑趄"，成为流传后世的名句。益州刺史张敏看到此文后，认为这是一篇奇文，便上表朝廷极力推荐，晋武帝便派人将此文刻于剑阁山上。唐代大诗人李白创作《蜀道难》时曾借鉴此文。

张载还作《榷论》一篇，文中大量用事。如伊尹逢鸣条之战而任以国政，吕尚建牧野之功而为太公。"时平则才伏，世乱则奇用。"当今之世，天下太平无事，由此没世而不齿者不可胜数。于谈古论今之中，总结历史，抒发智无所运、勇无所奋的感慨。

后来，又写了《蒙汜赋》。司隶校尉傅玄看后嗟叹不已，以车迎之，言谈终日，并替他广为宣扬，由此知名于时，被任命为佐著作郎，后转任太子中舍人、弘农太守。最后官至中书侍郎。张载见当时天下纷乱，便无仕进之意，不久托病告归，卒于家中。

张载作品除上述三篇外，今存诗作还有《登成都白菟楼》、《赠虞显度》、《失题》、《秋诗》、《霖雨》、《招隐诗》、《七哀诗》等。其中尤以《七哀诗》二首成就最高，两首诗都是借物感怀之作。其一借用了古墓咏怀，见古墓而生悲，在古人诗中甚为多见。《古诗十九首》中的《去者日以疏》一诗中写游子过墓而思乡。《驱车上东门》中"遥望郭北墓"而感慨人生短暂。张载诗中全篇描写墓地，先说汉代帝王陵墓高大，林木茂盛。接下来用大量的篇幅写陵墓遭受的破坏，景象的凄凉，由此点出主题："昔为万乘君，今为丘山土。"诗篇虽处处离不开"凄怆"的古墓，却于腐朽的古墓中渗透出今古变迁的悲怆感叹："感彼雍门言，凄怆哀往古。"凄凉中含有历史的警策。《七哀诗》其二描写了一幅萧瑟的秋景图，咏物抒怀，感叹年华易逝，光阴难驻。

张协，张载之弟，字景阳，约生于魏高贵乡公正元二年（255年）。少有俊才，与张载齐名。最初征召为公府掾，又转秘书郎，补华阴令。后迁中书侍郎，出为河间内使。他看到天下盗寇横行，步兄张载后尘，弃绝人事，退居草泽，以吟咏自娱，拟先人"七"体，作《七命》一篇，洋洋洒洒二千余言，词采富丽，规模宏大，世以为工。晋怀帝司马炽永嘉初年

（307—313 年），征召他为黄门侍郎，托病不就，终于家。

张协在"三张"中文学成就最高，原有集四卷，已散佚。现存诗十三首，内容写闺情怨妇、乡关之思或归隐遁世之志。艺术上凄楚婉约，词清语拔，虽词精韵美，却不失自然之风。钟嵘将其诗列为上品，并评其诗曰："文体华静，少病累，又巧构形似之言。雄于潘岳，靡于太冲（左思），风流调达，实旷代之高手。词彩葱茜，音韵铿锵使人味之 不倦。"（《诗品》）其中以《杂诗》十首为代表作。现举《杂诗》其一为例：

> 秋夜凉风起，清气荡暄浊。蜻蚓吟阶下，飞蛾拂明烛。君子从远役，佳人守茕独。离居几何时？钻燧忽改木。房栊无行迹，庭草萋以绿。青苔依空墙，蜘蛛网四屋。感物多所怀，沉忧结心曲。

这是一首思妇感时怀远之作，采用了传统的借景抒情的手法。开篇四句，营造了一个静态的"无我之境"，用白描手法勾勒出一幅线条清晰的秋夜图景。接下四句，由物及人，写出了因丈夫长久未归致使妻子孤独难耐，用钻木取火，随季节改换用木的生活小事衬出夫妻二人离别之久。最后六句，承上而来，使上文所写之物、所及之人融为一体。妻子因思低头，"凡人所思，未有不低头，低头则目之所触，正在昔日所行之地上"（吴淇《六朝选诗定论》）。所见到的庭草、青苔、蜘蛛网无不触人心怀。情寓物中，以物寄情，情景交融，两者无间。

张协诗歌文体华净，多凄怨之情。何焯评曰："张景阳《杂诗》，于建安能者而外，复变创斯体。"又曰："胸次之高，言语之妙，景阳与元亮（陶渊明）之在西晋，盖犹长庚，君明之丽天矣。"又曰："诗家练字琢句，始于景阳，而极于鲍明远（照）。"（《义门读书记》）钟嵘目其为太康文学的杰出代表："陆机为太康之英，安仁（潘安）、景阳为辅。"

太康"三张"中年岁最小的是张亢，字季阳。生卒年不详。其才不及二兄，在音乐伎艺方面却尤为善长。曾著《述历赞》，是专门论述音律的文章。中兴初，拜为散骑侍郎，领著作郎，累官乌程令、散骑常侍等。

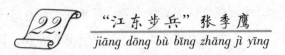
22. "江东步兵"张季鹰
jiāng dōng bù bīng zhāng jì yīng

"使我有身后名，不如即时一杯酒"，反映了一种放旷达观的人生态度，此语出自东晋名士张翰。

张翰，字季鹰。吴郡吴（今江苏苏州）人。约生于魏高贵乡公甘露三年（258年）。其父张俨曾任吴国大鸿胪（主掌礼宾事务的官）。张翰博学有清才，善于作文。他性格放纵不羁，被时人比之阮籍（曾作步兵校尉，世称阮步兵），称其为"江东步兵"。司空贺循到京都洛阳就职，途经吴地的阊门时，在船中弹琴。张翰本与他互不相识，此时正在金阊亭上，听见琴声清朗明澈，便下船寻访贺循，于是互相交谈论说，结果彼此加深了了解。张翰问贺循："您要往哪里去？"贺循回答："去洛阳奉命。"张翰随即说道："我也有事赴京（指洛阳）正好与您同路。"张翰便顺路搭船和贺循一同赴京。他事先并未告知家人，待家里追寻起来，方知他已到了洛阳。

晋惠帝时，齐王司马　出任大司马，主持国政，张翰被辟为大司马东曹掾。司马　独揽权柄，日益骄横，致使局势更加动荡。张翰本无求于世，见世道纷乱，早生归退之意。他曾对同乡顾荣说："天下纷纷，祸难未已，夫有四海之名者，求退良难。吾本山林间人，无望于时。子善以明防前，以智虑后。"顾荣握住他的手，悲戚地说："吾亦与子采南山蕨，饮三江水耳！"一日，张翰见秋风起，忽然思念吴中菰菜、莼羹、鲈鱼，便懊悔地说："人生贵适志，何能羁宦数千里，以要名爵乎？"于是挂冠而去，命驾还乡。这一典故后来成为文人隐居的榜样。不久，齐王司马　发起叛乱，兵败被杀，张翰因离任归乡而幸免于难。由此观之，他的见秋风思鲈鱼，弃官还乡，其实是审时度势之后做出的明智之举。清代文廷式在《纯常子枝语》中评曰："季鹰真可谓明智矣。当乱世，唯名为大忌。既有四海之名而不知退，则虽善于防虑，亦无益也。季鹰、彦先（顾荣）皆吴之大族。彦先知退，反而获免。季鹰则鸿飞冥冥，岂世所能测其深浅哉？"

张翰性至孝，他归乡不久，母亲去世，心中极为哀伤。从此，他自感年老体弱，不宜再入朝为官，遂即寓居于室，以享天年，约于晋元帝大兴二年（319年），病逝于家中，享年约六十二岁。

张翰自小博学有逸才，善作诗赋，提笔立就。刘勰《文心雕龙·才略》中说："季鹰辨切于短韵。"称赞他的小诗写得明辨而切实。其诗以《杂诗》三首较出名。其一云：

> 暮春和气应，白日照园林。青条若总翠，黄花如散金。嘉卉亮有观，顾此难久耽。延颈无良途，顿足托幽深。荣与壮俱去，贱与老相寻。欢乐不照颜，惨怆发讴吟。讴吟何嗟及，古人可慰心。

诗歌开篇写景，春风和畅，白日朗朗，绿枝满园，黄花遍地，一"总"一"散"，尽现春的娇艳、春的妩媚。其中尤以"黄花如散金"一句最为后人称赏，钟嵘《诗品》称赞此句是"虬龙片甲，凤凰一毛"。张翰追求人生的"贵得适志"，不愿在旦夕祸福、瞬间浮沉的宦海中挣扎，而去追寻家乡的风物美味，聊以自慰。但他毕竟少立壮志，意欲有为。只是当他感到仕途无望、万般无奈之际，才归乡寓居以"适志"，将园林山水、美味佳肴作为自己的精神寄托。所以他触景生情，感慨万千。"延颈无良途，顿足托幽深"，含蓄地点出了作者身在山林而心念天下、人归家园而壮志未灭的委曲情怀。感慨之余，诗尾只能以古人的德行事迹作为自身心灵的安慰："讴吟何嗟及，古人可慰心。"钟嵘《诗品》评其"虽不具美，而文采高丽"。李白在《金陵送张十一再游东吴》诗中赞曰："张翰黄花句，风流五百年。"

《杂诗》其二是一首咏物诗，诗云：

> 东邻有一树，三纪栽可拱。
>
> 无花复无实，亭亭云中竦。
>
> 隙禽不为巢，短翮莫肯任。

开头以"三纪"言此树生长时间之长，以此显示其生命的困厄，托物喻人，以抒自己人生坎坷之感。接下来两句，写此树并不因无花无果而自惭形秽，而是以其挺拔的姿态显示自己的傲骨。此句既寄寓着诗人对世俗偏见的轻蔑，又包含着作者对自身价值的肯定和自赏。最后两句以鸟喻人，影射现实中那些趋炎附势的小人，含蓄地表达了心中那种怀才不遇、难为世用的郁闷情怀。

《杂诗》其三云：

> 忽有一飞鸟，五色杂英华。
> 一鸣众鸟至，再鸣众鸟罗。
> 长鸣摇羽翼，百鸟互相和。

诗中写到一鸟飞临，引吭长鸣，众鸟齐鸣相和，其色华丽，其声悦耳。诗中所写似有寄托，但过于含蓄，难以推测。

张翰见秋风起而挂冠归乡时，也曾写下《思吴江歌》一首：

> 秋风起兮佳景时，吴江水兮鲈鱼肥。
> 三千里兮家未归，恨难得兮仰天悲。

前二句重在写景。秋风飒飒，天高云淡，一派佳丽景色。遥念故乡，此时正是鲈鱼肥美的收获季节吧。诗人念及此处，不禁顿生乡关之思。触景生情，情景交融，使诗歌含蓄蕴藉，魅力无穷。后两句因"莼鲈之思"而引发心中的"恨"与"悲"。单从字面上看，此"恨"、此"悲"纯因离乡千里而起，但如果联系写作此诗时的政治处境和动荡局势，其所暗含的政治失望、避祸全身之意也就很明显了。辛弃疾《水龙吟·登建康赏心亭》词云："休说鲈鱼堪脍，尽西风，季鹰归未?"可见张翰的"莼鲈之思"对后世文人的影响之深。

张翰一生能诗善文，尤其精于小诗创作，写得明辨而切实。宋濂曾评价张翰诗，他的诗取法于建安诗人刘桢，精于五言，诗风省净。钟嵘《诗品》中将其诗列为中品，很有道理。其诗除《杂诗》三首外，还有《周小史诗）；其赋有《杖赋》、《豆羹赋》等。现存作品散见于《文选》及《艺文类聚》等书。

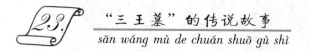

"三王墓"的传说故事
sān wáng mù de chuán shuō gù shì

这一故事在民间流传有着悠久的历史。

故事背景在春秋战国时代。当时的楚国有两位铸剑名师，男为干将，女为莫邪，二人是夫妻。楚王听说他们的绝技后，就命其为自己铸剑。干将莫邪历尽艰辛，三年后把剑铸成了。楚王怒其三年乃成，欲杀之。

干将莫邪铸造的是一对雌雄剑。干将给楚王送剑时，正逢其妻怀孕将产。他临走嘱咐说："我们铸剑用了三年，楚王恐我再为他人铸剑，对他不利，定会借此杀我。我死后，如果生下的是男孩，等他长大，让他替我报仇。"并告之"出门望南山，松生石上，剑在其背"的口诀，然后带剑去见楚王。

他来到皇宫献上宝剑。楚王让人来识别，知道剑本应是雌雄双剑，而现在只带来了雌剑。楚王大怒，就把干将杀掉了。

干将走后，莫邪生下一男孩。这孩子鼻子很红，就取名曰"赤"（又名赤鼻）。及长乃问其母："我父亲在哪里？"莫邪告诉他说："当年你父为楚王铸剑，三年乃成，楚王借口把他杀害。你父临走嘱咐我告诉你替他报仇。"并说了口诀。

赤真想马上寻到宝剑为父报仇。便来到门口向南望，并不见有山，当他看到堂前松木柱子和下面的基石时，马上明白了"松生石上"的隐语。他立即用斧子把松木柱子劈开，果然得到了宝剑。他日夜想着如何杀掉楚王为父报仇。

一天，楚王做了个梦。梦中有一男孩，眉间很宽，要杀他为父报仇。他很害怕，便悬赏千金捉拿这个男孩。

赤听说楚王捉拿他，便逃到山中，边走边哭边唱。有个路人听到就

《三王墓》记叙了干将莫邪的儿子赤为父报仇的故事.

问："你这么小，为什么哭得如此伤心？"赤回答说："我乃干将莫邪之子，楚王杀害了父亲，我欲为父报仇，却又无法实现，心里如何不难过？"这个侠肝义胆的行人听后非常气愤。他说："我听说楚王用千金悬赏你的头颅。我要你的头颅和宝剑，来替你报仇雪恨。"赤高兴地说："只要能为父报仇，要什么都可以。"说完即自刎，双手捧头和剑送与侠客，身体却僵立不倒。侠客知道他的心事，就说："我决不辜负你的希望！"听了这话，赤的身体才倒下。

侠客带着宝剑和赤的头来到王宫，把头献给楚王。楚王非常高兴。侠客说："这是勇士的头颅，应当放在锅里煮烂。"楚王很相信此话，命人架起锅煮了三天三夜，头就是不烂，并且跃出水来瞋目怒视。侠客说："此儿头不烂，大王亲临观之，那头颅就一定会煮烂了。"楚王于是亲临锅前，侠客看准时机，迅速拔出宝剑，砍下楚王的头颅，侠客随即自刎，二人头颅皆落入汤锅中。于是三颗头颅俱烂于锅中，不可识别。最后只好把锅中的骨头和汤分成三份，按照国王的标准埋葬在一起。这个墓便被称为三王墓。

《三王墓》通过神话传说的形式，展示了统治者的凶狠残暴和人民向压迫者复仇的强烈愿望。在艺术上，首先情节曲折，富有故事性。在叙述中善设悬念，起到了强烈吸引读者的艺术效果。文中先写干将留剑、被杀，然后写其子得剑欲报父仇。接着写客得剑于赤。客得剑于赤仅凭一句承诺，并无有效的方式可制约他必代赤报仇，赤能否受骗呢？还得看到结尾。可见其情节曲折，故事完整，可读性强，这在同期志怪小说中是较为突出的。

其次，故事中的人物形象鲜明生动。赤是主人公，为报父仇不惜牺牲自己的生命，反映了他的复仇精神和视死如归的性格。他的头在锅中三日三夜不烂，瞋目怒视，这一虚构夸张的细节描写，刻画了具有强烈反抗精神的典型形象。

侠客代赤复仇，路见不平，拔刀相助，一诺千金，不失英雄本色，最后壮烈地与楚王同归于尽。这一形象，充分表现了被压迫者见义勇为、不怕牺牲的人格精神。

再次，小说善于用对话展示情节的发展变化，并有一定的细节描写。全文对话有莫邪与干将、母与子、子与客、客与王几处，这是全篇情节发展的线索，像一条锁链，一环接一环，环环相扣，每次对话都交代了下文发展变化的原因。为了突出赤这一主要人物，文中有两处细节描写。赤一听客可为他报仇，毫不犹豫地自刎，身体不倒，足见其报仇心切；他的头在汤中三日不烂，且从汤中跃起瞋目怒视楚王，具体描绘出反抗的强烈，突出了他顽强的性格特征。

《三王墓》故事流传极广，六朝唐宋以后的许多地理志中载有三王墓的遗址。

总之，《三王墓》是一篇惊险离奇、脍炙人口的优秀历史传说故事。

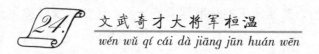

24. 文武奇才大将军桓温
wén wǔ qí cái dà jiāng jūn huán wēn

晋永嘉六年（312年），宣城内史桓彝喜得贵子。好友太原祁县人温峤见之，曰："此儿有奇骨，可试使啼。"闻其啼声洪壮，曰："真英物也！"桓彝因婴儿为温峤所赏，所以起名为桓温，他就是后来专擅朝廷、威震南北的大将军桓温。

桓温，字元之，谯国龙元（今安徽省怀远西）人。少年时孔武有力，胆识过人。晋成帝咸和二年（327年）十一月，历阳内史苏峻勾结豫川刺史祖约发动叛乱。咸和三年二月，苏峻部将韩晃攻陷宣城，杀死了内史桓彝。是年，桓温年仅十五，枕戈泣血，誓报父仇。三年后，韩晃病卒。其子韩彪兄弟三人为父守丧，置刃杖中，用来防备桓温。桓温假装吊丧，挟刀径入，于屋内手刃韩彪，并追杀其二弟。

桓温身体魁梧堂堂，相貌奇伟，博通多闻，富有文才武略，据说面有七星，为世人所奇。沛国人刘　曾赞曰："温眼如紫石棱，须作猬毛磔（磔，分开意），孙仲谋（孙权）、晋宣王（司马懿）之流亚也。"为人豪爽不羁，任意而行，好结交侠义之士，纵谈天下大事，不拘礼法，随心所欲。年轻时，家中贫困，但生性好赌，一次输得极惨，债主登门催债甚急，出于无奈，求救于好友陈郡人袁耽，方为终了。做官后，亦俭省朴素，每次宴请客人时，只备下几盘茶果而已。后被明帝召选，婚配南康长公主，拜驸马都尉，袭爵万宁男，初任琅琊太守，累迁至徐州刺史。庾翼死后，朝廷意欲重用桓温，继任荆州刺史。丹阳尹刘　了解桓温的才华，但也深知他的野心，不无忧虑地说："使伊去，必能克完西楚，然恐不可复制。"最终仍被任为荆州刺史、安西将军，都督荆梁四州诸军事。

此时，蜀主李势无道，臣民不附，凭借蜀地之险，疏于防备。桓温意欲趁其微弱之时伐之，以解除东晋侧翼之威胁。晋永和二年（346年）末，率众西伐。即日上表入都，未待批复，便即西进。晋朝廷接到桓温伐蜀表书，都认为李势在蜀经营已久，上承几代基业，根基牢固，而且蜀道艰险遥远，长江三峡地势险要，易守难攻，桓温兵少无继，孤军深入，恐难成功。刘　却对桓温征蜀深信不疑，谏曰："伊必能克蜀，观其蒲博（一种赌博游戏），不必得，则不为。"

桓温亦深知孤军深入，不宜久战，故命士卒轻装疾进，直趋蜀境，待到蜀军知觉，桓温已突入三峡。行军其中，见绝壁天悬，腾波迅急，叹曰："既为忠臣，不得为孝子，如何！"李势闻知晋军来犯，急令其叔父右卫将军李福、从弟镇南将军李权率卒直趋合水，堵截晋军。桓温采纳袁乔"集中优势兵力，重点突击"的建议，率主力，携带三日粮，弃去餐具，避敌主力，直捣成都。途中与李权相遇，三战三捷，蜀兵大败，逃还成都。晋军四面纵火，焚毁城门。李势见大势已去，派使请降，桓温将其送往晋都建业（今江苏南京市）。至于前蜀将相，一律录用，蜀人闻之，举国皆喜。西蜀已定，桓温置办酒席，宴请巴蜀名流、豪俊。宴饮之时，桓温广征博引，纵论成败存亡自古由人而定。其状磊落豪爽，其情慷慨激昂，满座皆赏。自此，威名大盛，震动朝野，进位为征西大将军。

及北赵石虎死，桓温欲率众北伐。后知朝廷起用殷浩来抵制自己，甚怒。不久，声言北伐，拜表便行。简文帝司马昱此时任抚军，与桓温甚善，行前，桓温作《与抚军笺》。信中写道：

> 北胡肆逆，四十余载。倾覆社稷，毁辱陵庙。遇其可亡之会，实是君子竭诚，小人尽力之日也。江东虽为未丰，方之古人，复为未俭、少康以一族之众，兴复祖宗，光武奋发，中兴汉室。况以大晋之祚，树德长久，兼百越沃野之资，据江汉山海之利，盐铁宝帛之饶，角竽羽毛之用，收英贤之略，尽兵民之力。赋之强也，犹复遵养时晦；及其弊也，不齐力扫灭，则犬贼何由而自平，大耻焉得而自雪？临纸惆怅，慨叹盈怀。

文首桓温力陈胡人之罪，社稷之辱，再写目前北伐的优势，最后慷慨陈词，以表雪耻之志。作品结构完整，言辞恳切，音节和谐，多用铺陈手

法，极富文采，如文中描写"大晋"盛况一段。后司马昱复书一封，以社稷大计晓之以理。桓温随即回军，上疏明志："寇仇不灭，国耻未雪，幸因开泰之期，遇可乘之会。匹夫有志，犹怀愤慨，臣亦何心，坐观其弊！"言辞恳切慷慨，尽透忧国忧时之情。文中借用"乐毅竭诚，垂涕流奔；霍光尽忠，上官告变"的历史典故，希望东晋朝廷体察自己的忠心赤胆。后，殷浩北伐失利，朝野怨愤。桓温趁机上疏要求废除殷浩，自此，内外大权集于一身。

晋永和十年（354年）初，第一次北伐失败。两年后，为统一中原，桓温二次北伐，率军过淮水、泗水时，与诸僚属登上船楼，北望中原，慨然叹道："遂使神州陆沉，百年丘墟，王夷甫诸人不得不任其责！"王夷甫即晋王衍，字夷甫，位至三公，喜好清谈，不以经国为念，而思自全之计，后被赵主石勒俘虏，还劝石勒称帝，以便同江南晋朝抗衡，后终被杀。桓温此话是对中原地区沦为夷地的感叹，同时也是对清谈误国的指责。

太和四年（369年），桓温又率军五万，从姑孰（今安徽当涂）出发，进行第三次北伐。经过金城时，见前为琅琊太守时所种之柳，皆已数围。睹物生情，顿感时光飞逝，转眼已至暮年晚景。抚今追昔，慨然叹曰："木犹如此，人何以堪！"攀枝执条，潸然泪下。后来，因前秦名将慕容垂派奇兵截断运漕粮道，战败退军。

桓温三次北伐，三次落败，但通过北伐活动，提高了声望，掌握了中央朝政，成为显赫一时的铁腕人物。又自矜才力，久怀篡权之心。一次卧床时对亲僚说："为尔寂寂，将为文景所笑。"意思是，像你们那样碌碌无为，只能是被汉文帝、景帝那样的人所耻笑罢了，众人莫敢应对。既而抚枕屈起曰："既不能流芳后世，不足复遗臭万载邪！"曾行经王敦墓，望之曰："可人（意为有长处可取的人），可人！"王敦为东晋的佐命功臣，手握重兵，势力显赫，曾两次起兵作乱，意欲篡夺王位。桓温此言，足见其篡位之野心。桓温本打算先建功于北伐，再受"九锡"（权臣接受帝王禅位前的一种荣典）。然而北伐兵败，威望顿减。于是采纳参军郗超废立之计，废掉皇帝司马奕而立宰相司马昱为帝（简文帝），诛杀政敌，流放异己。是时桓温威势盛极一时，朝廷上下，人人惴恐。桓温回归姑孰不久，便寝疾不起，上表要求朝廷加封自己以"九锡"之礼。宰相谢安、王坦之闻其病重，故意拖延。锡文未及成而死，享年六十二岁，谥号宣武。

风流宰相晋代豪强谢安
fēng liú zǎi xiāng jìn dài háo qiáng xiè ān

"旧时王谢堂前燕，飞入寻常百姓家。"这是唐代大诗人刘禹锡《乌衣巷》中的两句诗，借古抒怀，寄寓着深刻的历史反思。诗中所题"王谢"，乃晋代两大豪门。其中"谢"即以风流宰相谢安为首的谢氏家族。

谢安，字安石，陈郡阳夏（河南太康）人。生于晋元帝大兴三年（320年）。自幼天资聪慧，勤奋好学，精通诗文，善于言辩，还写得一手出色的行书。四岁时，谯郡人桓彝曾称赞说："此儿风神秀彻，后当不减王东海（晋名士王承）。"谢安曾随阮裕学习《白马论》，勤奋好学，凡遇不解之处，反复请教以求全部理解。阮

图为谢安像。淝水之战，在强敌面前，谢安处变不惊，沉着冷静；谢石、谢玄等将领同仇敌忾，主动创造战机，终获全胜。将相的出色表现，不失为军事史上的一段佳话。

裕为之所动，赞叹道："能解释明白《白马论》的人难得，即便像谢安这样寻求透彻了解的人也很难得！"

魏晋时代，清谈之风盛行。世人交谈时，务必追求言谈寓意的深刻，

举止形体的潇洒。士绅名士待人接物，极重言辞风度的修养。谢安出身豪族，善于谈论名理之学，辞论丰富，有时终日不竭。不满二十岁时，第一次到京城，拜访长史王　，二人辨名析理，清谈论对，通宵达旦，心中彼此敬服。谢安走后，王脩（王　之子）问道："刚才之客与父相比何如？"王　回答说："客人娓娓不倦，言谈应对，咄咄逼人。"钦佩之情，溢于言表。

初，谢安被征召司徒府，以疾辞。后寓居东山（今浙江省上虞），与高阳许询、桑门支遁等贤德之人交往甚密。出则渔弋山水，入则咏诗属文，对世事的变幻，无意于心。一次，几人共集王家，谢安环顾诸人，提议一起谈论吟咏，以抒其怀。王　觅得《庄子·渔父》一篇，要求各言其中义理。谢安畅谈时，洋洋万余言，才思敏锐高妙，特异超俗。加之意气风发，多用比拟、寄托，潇洒自如，风流倜傥，满座莫不心服。

在文学创作方面，谢安反对模拟古人，因循守旧。庾阐（庾亮同族兄弟）初作《扬都赋》一篇，献与庾亮。亮以同宗之情，极力抬高其声望价值，声言此文可与班固《两都赋》、张衡《二京赋》、左思《三都赋》相媲美。从此人人传抄，京都为之纸贵。谢安不为所惑，评曰："不得尔，此是屋下架屋耳，事事拟学，而不免俭狭。"意即写文章如果处处模拟别人，自然免不了内容贫乏无味，视野狭窄。

谢安不仅自己喜好文学，且经常召集本族子弟，吟诗作赋，培养他们的文学兴趣，引导他们进行文学创作。《世说新语·文学篇》记载：谢安曾集同门子弟论诗，问曰："《毛诗》何句最佳？"谢玄赞曰："《小雅·采薇》中'昔我往矣，杨柳依依，今我来思，雨雪霏霏'可称佳句。"谢安纠正说："《大雅·抑》中'　谟定命，远猷辰告'当为最佳。"谢玄所言之句，对仗工整，朴实自然，以乐景写哀，以哀景写乐，是从纯艺术角度对其绝妙之处进行评赞的。谢安所引之诗，意思是贤德之人，处世不为一己谋身，而有天下之虑；畴谋不为一时之计，而为长久之规。谢安从内容方面对此句加以评赏，言其文雅高尚，意趣深远。

扬州刺史庾冰（庾亮兄）因谢安久负盛名，迫其应召为吏，月余即归。后虽数次被召，俱以书信拒绝。终日狎妓游赏，放情丘壑，任情行事。曾乘牛车西出都门赌博，结果牛、车输尽，只好拄杖步归。此时，同门兄弟已有富贵者，门庭络绎，名士倾服。妻子（刘　之妹）戏谓谢安曰："大丈夫不该如此乎？"谢安预感朝廷必会继续征召他出仕，故以手掩鼻，无奈叹曰："但恐不免耳。"意指出山为官的结局不可避免。

在其不惑之年，兄谢奕、谢尚先后去世，弟谢万北征失败，削为庶民。谢氏大厦将倾，迫于形势，他始有仕进之意。初为桓温司马，颇受器重。后征拜侍中，迁为吏部尚书中护军。桓温死后，继任丞相。

谢安指挥的淝水之战是临危不乱、创造战机、以弱胜强的著名战例，它启发后人骄兵必败，哀兵必胜。

谢安性情迟缓，素以雅量闻名于世。心胸旷达，似能包容万物，七情六欲皆能容纳于胸中。深藏不露，临危不惧，处变不惊，喜怒哀乐，不改常态。居留东山之时，常与孙兴公、王羲之、支遁诸人泛舟海上。一次游兴正浓，骤然起风，波涛汹涌，孙兴公等人神色俱变，提议调船返归。谢安精神振奋，兴致正高，啸咏不已。船夫见谢安神态安闲，心情舒畅，遂犹进不止。很快，风势更猛，骇浪滔天，船上下飘摇，危险异常。诸人皆骚动不宁。谢安徐徐说道："如此，将无归？"船夫随即调头归岸。由此，众人皆被其雅量所折服。咸安二年（372 年）简文帝病死时，桓温正出征在外，遗诏使桓温辅政，而非禅位于他。桓温疑此事为吏部尚书谢安和侍中王坦之策划，怨恨至深。后入朝，屯兵新亭，传谢、王二人前去相见，欲加害之。王坦之甚惧，向谢安问计。谢安神色不变，曰："晋之存亡，在此一行。"即见，王坦之汗流沾衣，倒执手版。谢安则从容就席，意色举止，不异于常。坐定，谢安谓桓温曰："吾闻诸侯有道，当守于四方，将军何须壁后置人邪？"桓温笑曰："吾不能不如此啊！"随后撤掉伏兵。王坦之原来素与谢安齐名，此后，世人方知二人之优劣。

晋太元九年（384 年），前秦大举伐晋，百万之师投鞭断流。消息传来，京师震恐。面对虎狼之师，谢安神态安闲，举止自若。谢玄入相府问计，谢安夷然无惧色，答曰："朝廷另有诏谕与你。"说完沉默不语。谢玄不敢再言，只好令张玄再次请示。谢安命人备车径往山野，与亲朋好友纵情山水，至夜乃还，指授将帅，各当其任。淝水一战，晋军大获全胜。捷报传至相府时，谢安正与客人弈棋，看完后，乃放于床上，了无喜色，对弈如故。客问之，徐徐答曰："小儿辈遂已破贼。"弈罢客归，谢安心中甚喜，回到内室时不觉屐齿折断。世人方知谢安雅量之高，"谢安弈棋"亦成为千古佳话。

淝水之战后，谢氏家族威望大增。谢安深虑功高盖世，恐为朝廷所疑，三年后，乃上疏告老，请求还乡。他与家人从建康出发，途中金鼓忽破，众人甚觉怪异。谢安时隔不久即去世，享年六十六岁。赠太傅，谥号"文靖"，加封庐陵郡公。

谢安一生著述颇丰。《隋书·经籍志》著录有集十卷，已佚。《文馆词林》及《古今岁时杂咏》中载有《与王胡之》、《兰亭》等诗，皆抒写其放情山水、寄傲林丘的情怀，当属山水诗的早期作品。谢安一生怡情山水，诗中情感真挚，景真意切，对后代谢灵运、谢　等人均有影响。其《简文帝谥议》一文，时人誉为"安石碎金"。另存《与王坦之书》、《与支遁书》等，散见于《晋书·王坦之传》及《晋书·高僧传》。

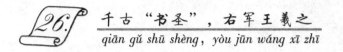

26. 千古"书圣"，右军王羲之
qiān gǔ shū shèng, yòu jūn wáng xī zhī

　　唐代大诗人李白《送贺宾客归越》诗中曰："山阴道士如相见，应写《黄庭》换白鹅。"此句写的是东晋书圣王羲之用《黄庭经》换鹅的事。相传王羲之生性爱鹅，会稽山阴有一道士，善养鹅。王羲之闻后前往观赏，甚为喜爱，执意要买。道士云："为吾写《黄庭经》，当举群鹅相赠于君。"王羲之欣然应允，挥毫泼墨，俄而书成，以笼载鹅欣喜而归。

　　王羲之是东晋时代的文学家和著名书法家，字逸少，小名吾菟，曾任右军将军，故史称"王右军"，琅琊临沂（今山东临沂）人。建兴四年（316年）西晋愍帝司马业被俘，东晋南渡，琅琊王氏亦南迁至会稽山阴（今浙江绍兴）。王羲之生于晋元帝大兴四年（321年）。父王旷曾任淮南太守，叔父王导为元帝司马睿丞相，为东晋王朝立足江南贡献极大，权倾一时。王羲之少时曾患癫症，情志抑郁，不善言语。但自小聪慧机智，沉着冷静。大将军王敦很喜爱他，常与之同眠。一次，王敦先起出帐。须臾，又与钱凤（王敦参军）转回，屏退侍者后，便商议谋反之事。王羲之恰好醒来，听得一清二楚。为防被害，于是抠出口水，涂于脸及被褥，假装睡熟。王敦忽然想起王羲之尚未起床，十分惊恐，曰："不得不除之。"掀开帐子，却见他睡眼纵横，确信正在睡熟之中，羲之这才保住性命。十二岁时，病有所好转。传说曾于病中得二十字："取欢仁智乐，寄畅山水阴。清冷涧下濑，历落松竹林。"既而清醒，口中反复诵之。读完后，乃叹曰："癫何预盛德事耶？"长大后，一改木讷之态，颇善言谈应对，而且风姿清高，刚直不阿。将军殷浩评曰："逸少清贵人，吾于之甚至，一时无所后。"意为王羲之清高贵重，一时无人可比。当朝太傅郗鉴闻王氏诸子皆俊，遣门生前往丞相王导府中求亲。王导曰："君往东厢，任意选之。"门生归后对郗鉴说："王氏诸郎，亦皆可嘉，闻来觅婿，皆饰容以待，咸自矜持。唯有一郎，坦腹东床，啮胡饼，神色自若，如不闻。"郗

王羲之玩鹅图。王羲之为山阴道士书写《黄庭经》，道士以白鹅相酬。玩鹅图是根据这个典故而作。

鉴曰："此真吾子婿也。"访之，乃是逸少，遂以女妻之。

王羲之初任秘书郎，后拜为征西将军庾亮参军，累迁长史、宁远将军、江州刺史。朝廷公卿皆爱其才器，屡召为侍中、吏部尚书，皆不就。后朝廷授之护国将军之职，又推辞不就。扬州刺史殷浩写信劝他应命，才答应出任。后又辟为右将军会稽内史。会稽西南有东山，巍然屹立于群峰之间。王羲之常与孙绰、谢安等人在东山纵情山水，咏诗诵文。山阴有兰渚，其上有亭一座，曰兰亭。永和九年（353年）三月三日，王羲之与孙绰、许询、谢胜等四十一人盛会于兰亭，吟诗咏赋。

兰亭之会是东晋时代一次影响较大的文学集会，文人名士吟诗赋文，各显风流，后世传为美谈。他们所作的诗文有较多清丽的山水景色描写，表现出玄言诗向山水诗（文）转变的倾向。

席间，王羲之兴致勃发，作《兰亭诗》四言、五言各一首。诗中尽述兰亭娱目之景，逸乐之情，抒发了齐物旷达的胸怀抱负。孙绰、许询等人也纷纷作诗，并集为《兰亭集》，王羲之以东道主挥毫作序，并亲自书写了《兰亭序》，笔法遒媚劲健，端秀清新，被誉为"天下第一行书"。谢胜等十五人没有赋诗，各罚酒三斗。

明张溥《汉魏六朝百三名家集题辞·王右军集》曰："兰亭咏诗，韵胜金谷。"其所言"金谷"，是指金谷诗。晋征虏将军石崇于河南金谷涧中建有别墅一座，富丽冠绝一时，常引致宾客，日夜赋诗。惠帝司马衷元康六年（296 年），石崇为送别王诩，乃集苏绍、潘岳、刘琨等好友三十人集于金谷园，行酒吟诗，集为《金谷集》。诗多浮华放纵之辞，内容空洞，但也有写景抒情佳制。文中所言"兰亭咏诗"指的是晋穆帝永和九年（353 年），王羲之、许询等四十一人，在会稽境内的兰亭举行的一次盛大的文人诗酒集会。

晋代会稽郡位于长江以南、茅山以东。其西南有东山，巍然屹立于群峰之间。山上青竹密集，泉水叮咚。登顶远望：西、南、北三面群山拥裹，千嶂林立，姿态各异，或如惊鹤飞舞之姿，或如龙腾虎跃之势。其东：下视沧海，天水相接，堪称世间绝境。当世名士孙绰、李充、许询等，都在此建屋筑室。谢安出仕前，亦居于此，并于山巅筑有白云、明月二堂。王羲之离京任会稽内史时，常与孙绰等人在东山纵情丘壑，赋诗宴饮，于名山胜水之中追求精神上的满足，并通过赋诗撰文以显示其人生观和富贵派头。山阴有兰渚，四周崇山峻岭，森林茂密。渚上有亭一座，曰兰亭。亭旁流水环绕，林竹倒映。晋穆帝永和九年三月三日是传统中举行禊事（一种消除不祥的祭祀风俗）的日子，王羲之集谢安、孙绰、谢万等四十一人盛会于兰亭。是日，天清气爽，春风和畅。兰亭四周山水相映，林竹伴生，浓荫蔽日，春色宜人。众人沿曲水一一列坐，将酒杯从曲流上游放出，顺流浮下，停在谁的面前，谁就得赋诗一首，否则便取而饮之。

王羲之书法名垂青史。他七岁学书于卫夫人（卫铄，晋人卫恒堂妹）和王（王羲之叔父）。其学书用力甚勤，"临池学书，池水尽黑"。他博采

鹅池。浙江绍兴兰亭，是我国书法史上的圣地。兰亭内有"鹅池"石碑，传为王羲之手书。

众长，精研体势，推陈出新，自成一家，开辟了草楷结合的新书风，实现了书法的实用性与艺术性的完美统一。其笔势"飘若浮云，矫若惊龙"；其风格刚健中正，流美自然。王羲之书法为历代学书者所崇尚，尊为"书圣"。他的书法当世就已名扬四海。一次，去一个门生家，见桌几滑净，便提笔书于上，真草相半，门生视为珍品。后为其父误刮去，门生懊悔数日。又有一次，在蕺山遇一老妇，手持六角竹扇沿途叫卖。王羲之书其扇，老妇初有恼怒之色。王羲之说："但言是王右军书，便可以百钱价卖之。"老妇依言而行，人们果真竞相购买。他日，老妇又持扇来求书，王羲之笑而不答。

王羲之的书帖，行书除《兰亭序》外，还有《快雪时晴帖》、《丧乱帖》；楷书有《黄庭经》、《乐毅论》；草书有《十七帖》。这些字帖深受后人喜爱，被视为绝代珍品。南朝梁武帝萧衍非常喜爱王羲之的字，曾让人在王羲之字帖中拓下一千个不同的字，编成了四言韵语的《千字文》。唐太宗亦极为珍爱王羲之的《兰亭帖》，要求死后殉葬于自己的墓中。

孝武帝司马曜太元四年（379年），王羲之病卒，时年五十九岁。一生书迹刻本甚多，散见宋以来所刻丛帖中。行书保存在唐朝僧人怀仁所集《圣教序》内最多。散文除《兰亭序》、《自誓文》外，还有《报殷浩书》、《遗殷浩书》、《遗谢安书》、《游四郡记》等。或议论时政得失，或抒写个人夙志，流畅自然，情真意切。其中《报殷浩书》、《遗殷浩书》是写给扬州刺史殷浩的书信。在信中，王羲之以社稷安危系于内外将相之和，规劝他休兵养息，体察民情，"除其烦苛，省其赋役，与百姓更始"。信中见解非凡，感情真挚，在对形势的分析之中，自然流露出忧国忧民的情怀。原有集十卷，已散佚。明张溥《汉魏六朝百三名家集》，辑有《王右军集》。

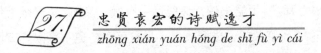

27. 忠贤袁宏的诗赋逸才
zhōng xián yuán hóng de shī fù yì cái

　　大将军谢尚镇守牛渚时，一夜兴致勃发，率左右侍从微服泛江赏月。是时，秋风和畅，江清月明，放眼远望，波光荡漾，令人心旷神怡。谢尚游兴正浓，忽闻江边商船中有人吟咏作歌，声音清畅高扬，文辞藻丽精美，遂即泊舟倾听。久之，遣人询问何人歌咏。回来的人答曰："袁临汝（袁勖，时任临汝令）郎诵诗。"谢尚随即命人迎其登舟，交谈论辩，通宵达旦。此人就是被《晋书》誉为"一时文宗"的袁宏。

　　袁宏，字彦伯，小字虎，陈郡阳夏（今河南太康）人，生于晋成帝司马衍咸和三年（328 年）。其父袁勖曾任临汝（今河南省临汝县）令，时称袁临汝。袁宏少孤贫，曾受雇替人运送租粮。入仕初，任谢尚参军，累迁大司马桓温府记室。袁宏才思敏捷，文章绝美，为世人所赏。桓温北伐途中，命袁宏作告捷公文。袁宏靠立马旁，手不辍笔，俄尔书成七纸，当时东亭侯王　在侧，极叹其才。又作《北征赋》一篇，词采华茂，文韵谐畅。既成，桓温与在座众人共赏，令伏滔诵读，至"闻所传于相传，云获麟于此野。诞灵物以瑞德，奚授体于虞者！疢尼父之洞泣，似实恸而非假。岂一性之足伤，乃致伤于天下"时，全文韵节始换。众人皆感叙事未尽，需增句补韵。时王　在座，云："此赋方传千载，无容率尔。今于'天下'之后，移韵徙事，恨少一句，如用'写'字补韵，就会更好。"袁宏即于座上揽笔补云："感不绝于余心，溯流风而独写。"王　诵味久之，谓曰："当今文章之美，故当共推此生。"

袁宏为人机智善变，每遇窘迫之事，常能巧妙对答，应付自如。后作《东征赋》，尽述吴中人杰地灵，以鼓舞东晋王朝励精图治，以成王业。赋末尽列南渡贤士名流，唯独不载桓彝（桓温之父）和陶侃。友人苦谏，劝其改之，袁宏笑而不语。桓温闻之，甚怒。后出游青山返归时，桓温命袁宏与己同乘一车，众人都为他担心。行数里，桓温问曰："闻君作《东征赋》，多称先贤，何故不及家君？"袁宏回答说："尊公称谓非我敢传，文中未写，只因不敢显之耳。"桓温未信，怀疑话中有假，又问："君欲为何辞？"袁宏当即答曰："风鉴散朗，或搜或引，身虽可亡，道不可陨，宣城之节，信义为允也。"桓温听后，泫然泪下，不再追问。《世说新语·文学》记载，胡奴（陶侃之子陶范的小名）诱袁宏于狭室中，抽刃问曰："先公勋业如是，君作《东征赋》，云何相忽略？"事出突然，袁宏窘迫至极，急忙对曰："我大道（称道）公，何以云无？"因诵曰："精金百炼，在割能断。功则治人，职思靖乱。长沙之勋，为史所赞。"胡奴收刃而去。

对于袁宏的巧对速辩，谢安极为赏识。后袁宏出任东阳太守时，谢安于冶亭为他送行。当时众多贤士名流云集于此，谢安欲试其机变才华。宴饮结束，临别执其手时，回头令侍从取来一把扇子赠给他说："聊以赠行。"袁宏应声答曰："辄当奉扬仁风，慰彼黎庶。"时人对他的直率和应对才华极为赞叹。

袁宏性情刚强正直，开朗美好，王献之有诗评曰："袁生开美度。"每于辩理，慷慨陈词，从不阿屈。由此虽为桓温礼遇，却长久不得升迁。后见汉代傅毅作的《显宗颂》，辞甚典雅，于是拟之作颂九章，颂简文帝司马昱之德，献给孝武帝司马曜。又曾作《三国名臣颂》一篇，文中对三国忠臣贤士给予高度评价，肯定了人才的历史作用，其中也寓含着讽谏之意，希望东晋朝廷能够珍惜人才，重用人才。

晋孝武帝司马曜太元元年（376 年）左右，袁宏卒于东阳太守任上，时年四十九岁。

袁宏著作颇丰。《晋书·袁宏传》称其所著"诗赋诔表等杂文凡三百首，传于世"。逯钦立《先秦汉魏晋南北朝诗》和严可均《全上古三代秦汉三国六朝文》中录有其诗文。其中有《咏史》二首：

> 周昌梗概臣，辞达不为讷。汲黯社稷器，栋梁表天骨。陆贾
> 厌解纷，时与酒梼杌。婉转将相门，一言和平勃。趋舍各有之，
> 俱令道不没。

> 无名困蝼蚁，有名世所疑。中庸难为体，狂狷不及时。杨恽
> 非忌贵，知及有余辞。躬耕南山下，芜秽不遑治。赵瑟奏哀音，
> 秦声歌新诗。吐音非凡唱，负此欲何之。

此二诗即谢尚秋夜赏月所闻之诗。前首大量用事，尽列周昌、汲黯、陆贾诸贤臣，才为所尽，智有所用。"趋舍各有之，俱令道不没"，反衬出自己空有一腔抱负、一身才华而不得重用。后首开篇提出人生处世的两难境况："无名困蝼蚁，有名世所疑。"这也是全诗的中心论题。接下写汉代杨恽一生坎坷不平的遭遇。杨恽是汉平通侯杨敞之子，既有济世之志，又有非凡之才，后遭奸人谗毁，横遭冤屈而死。诗人借古叹今，以倾吐内心的不平之气。《咏史》二首，名为咏史，实是自咏，借史事慨叹处世的艰难。全诗辞采藻拔，情感强烈而真挚，钟嵘《诗品》评曰："彦伯《咏史》，虽文体未遒，而鲜明紧健，去凡俗远矣。"

袁宏随桓温北伐，途经太行山时，写下了《从征行方山头诗》一首：

> 峨峨太行，凌虚抗势。天岭交气，窈然无际。澄流入神，玄
> 谷应契。四象悟心，幽人来憩。

诗中描写了太行巍峨的气势，上插云霄，深远无际。溪流澄碧，峡谷深幽，给人以神奇玄妙之感。最后由山及人，大智之人、隐遁之士皆爱其佳境，来此居住。全诗写景状物，层次清晰，寓理于景。

袁宏诗作中还有一首《拟古诗》和一首咏松诗。咏松诗托物寄怀，表达自己虽出身低微，却有济世之志、"栋梁"之才。

袁宏除《东征赋》、《北征赋》外，还有《罗浮山疏》、《去伐论》、《祭牙文》、《罗山疏》、《丞相桓温碑铭》等文，皆可于欧阳询《艺文类

聚》中找到全篇或片段。此外，袁宏还精通史学，曾撰《后汉纪》三十卷，为范晔撰写《后汉书》提供了有利条件，受到历代史学家的赞赏。

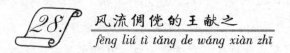

28. 风流倜傥的王献之
fēng liú tì tǎng de wáng xiàn zhī

"书圣"王羲之家族名人辈出，七个儿子中，有五个在当世有高名，其中第七子王献之尤为知名。后世将王羲之与王献之父子并称"二王"，对其书法颇为推重。

王献之生于东晋建元二年（344年），祖籍琅琊临沂（今山东临沂），字子敬。因官至中书令，又称"王大令"，是东晋著名的书法家，也是文学家。琅琊王氏是东晋南渡士族之首。在这样的士族家庭环境中，王献之受到良好的教育，加上他聪慧好学，从小就才华出众。

王献之在八岁时，就已熟读《左传》，对其中典故已烂熟于心。一次看门客赌博，王献之禁不住脱口而出"南风不竞"。此典故出自《左传·襄公十八年》，楚国出兵攻打郑国时，晋乐师师旷说："吾骤（屡次）歌北风，又歌南风，南风不竞（意为南方的曲调不强），多死声，楚必无功。"王献之借此典来喻南面的门客要输。门客说道："此郎亦管中窥豹，时见一斑。"王献之瞋目怒曰："远惭荀奉倩（荀粲），近愧刘真长（刘 ）。"于是拂袖而去。荀奉倩和刘真长二人严于择交，不蓄门生，即令有也不与深交。这里妙用荀粲、刘 事，悔顿自己轻率出言，以致受辱。

王献之的书法师从其父。幼时学书，父授以《笔阵图》，王献之临摹得可与父乱真。曾在墙壁上书写方丈大字，引来数百人观看。王羲之在他凝神练字时，悄悄来到身后，猛然拔其笔，结果没有拔动。事后王羲之赞叹说："此儿后当复有大名！"王献之师承家父，又研习过三国书法家钟繇和东汉书法家张芝的作品。钟繇精于隶、楷、行书；张芝尤善草书。他的书法能兼善各家，融会贯通，自创新体，有其父之风，得钟、张之美，笔法体势之中最为风流，深得后人好评。他精于楷、行、草、隶诸体，楷书以《洛神赋十三行》著名，行书以《鸭头丸帖》为最。尤善草书，在师承其父与学习张芝的基础上，独变自创了一种"连绵体"，如《十二月帖》一气连贯，多字一笔草成，笔势流畅奔放，潇洒风流，被称为"王献之一笔书"。唐代著名书法家张旭、怀素的草书，即本于王献之草书而演成狂草一体。这种对草书的变化与创新，正体现了其人格精神的神韵：疏放不拘，风流倜傥。深而论之，它蕴涵着一种艺术自觉精神，即书法艺术从实用走向审美，而其背后也正是魏晋时代人的自觉。

王献之不仅精于书法，亦善丹青。大将军桓温曾叫他画幅扇面画，不巧墨汁误落扇面，众人甚感为难。他却灵机一动，因势利导，挥毫泼墨，顷刻之间一头体色斑驳、筋骨精壮的犍牛跃然纸上，神态逼真，堪称妙笔。

王献之身出名门，性情高迈，容貌端整，言不妄发。曾与兄长王凝之、王操之一同拜望谢安。座中，二兄侃侃而谈，多为琐碎俗事，王献之寒暄过后，端坐一边寡言少语。三人走后，座中客问王氏兄弟优劣，谢安回答说："小者佳。"客问："何以知之？"答曰："吉人之辞寡，躁人之辞多，由此推知。"谢安本人风宇条畅，志趣高洁，亦颇为尊崇超逸之士。车骑将军谢玄曾质问谢安："刘真长禀性严厉，哪里值得如此敬重？"答曰："此乃未见之故，今见子敬，崇敬之情，吾尚身不能已。"王献之俊爽的风度，横溢的才华，很得谢安的赏识，特意提拔为长史。晋孝武帝太元（376—397 年）中，太极宝殿落成，谢安欲使献之题匾，以此作为流传百代的珍品，然难以言之，便试探地说："曹魏时，明帝筑凌云殿，误先订匾，忘题字，且无法取下，于是高悬木凳，令侍中韦诞题匾。韦诞悬立空中，提心吊胆，完工时，须发皆白。回家后，告诫子弟，不要再学这种玩命的书法。"王献之闻言，深知谢安的用意，正色曰："韦诞，魏之大臣，尚且遭遇此事，由此不难推知曹魏国运不长的原因了。"听完此言，谢安以为名言，遂未强逼，心中对子敬愈加敬服。后有人问曰："子敬可与先辈谁比？"谢安回答说："阿敬近撮王、刘之标。"意思是王献之集中了当世名士王 、刘 二人的风度。中书侍郎郗超亦推崇王献之端庄率直的为

人。范启本性矫揉造作，絮烦多事。一次写信给郗超说："子敬全身干瘪无肉，纵使将皮剥光，也毫无光泽。"郗超回信说道："俱身干瘪无肉者，何如举体非真者？"郗超的回信既嘲讽了范启的为人虚假，又赞美了王献之真淳的人格。

魏晋时代颇为讲究名士风度，举止旷达，宽容平和，处变不惊，方不失名士风流。王献之曾与其兄王徽之同处一室，忽然火起，风助火势，迅速蔓延。王徽之匆忙逃避，连鞋都没穿，光着脚就奔出去了。而王献之神色安详，镇定自若，徐呼左右，扶持而出。世人由此评定二王神情气度的高低。还有一次，王献之夜间睡觉时，有小偷入室，尽盗室中物，内有一毡，先世所传。王献之伏卧未动，若无其事地说："偷儿，青毡乃我家传之物，务请留之。"群贼闻言大骇，竞相逃遁。

王献之为人方正率直，纯真自然，自恃清高，任性不羁，为世人所慕。但有时不免太过。一次，去谢府拜望谢安，适逢习凿齿在座。按礼节，王献之应与其并坐，而王献之鄙其出身寒门，迟迟不肯入座，最后谢安只好拉着他的手，让他坐到了习凿齿对面。客人走后，谢安对谢朗说："子敬清拔卓立，但过于傲慢、自负，足损其天然本性。"王献之由会稽途经吴郡，闻吴地顾辟强有名园，池馆林泉号称吴中第一。他与顾辟强素不相识，然径往其家。正遇主人大宴宾客，而王献之旁若无人，独自遍游花园，指手画脚，品评优劣。顾辟强勃然大怒，说道："傲主人，非礼也；以贵骄人，非道也。失此二者，不足齿人，伧耳！"吴人贬称中原人为伧，随后便把王献之的随从赶出门去。王献之独坐轿中，等待随从，久而未至。然后顾家仆人将其逐出门外，他神情怡然自得，不屑一顾。

孝武帝太元十五年（390年），王献之病重，请道人主持上表文祷告。按五斗米道教规，本人应坦白过错。道人问及王献之一生有何过错，他说："不觉有余事，唯忆与郗家离婚。"王献之所言郗家，指高平郗氏。当年郗昙将女儿郗道茂嫁给王献之，后因奉诏婚配新安公主（简文帝第三女），而与郗氏离婚。他在病危之际深感愧对郗氏，忏悔不已。后病终不愈而死。与新安公主生有一女，后立为安僖皇后。

王献之既尚公主，又缠绵侍妾，风流韵事，世有所传。至陈时其《桃叶歌词》仍盛传江南，歌曰：

> 桃叶复桃叶，渡江不用楫。
>
> 但渡无所苦，我自迎接汝。

诗中采用江南情歌惯用的双关语写法，既写自然之桃叶，又写宠妾桃叶。写出自己对桃叶的宠爱，情感委婉含蓄，联想自然贴切。散文中名作甚少，唯有为谢安表功而上的疏文，情真意切，感人肺腑，可称佳作。明张溥《汉魏六朝百三名家集》中收有《王大令集》。

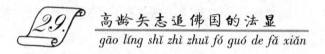

29. 高龄矢志追佛国的法显
gāo líng shǐ zhì zhuī fó guó de fǎ xiǎn

人们都知道，唐僧玄奘历尽千难万险，费时十七载，前往天竺取回佛经六百五十七部，震动中外，名扬一时。后人以此为蓝本，演绎成长篇小说《西游记》，成为文学史上的名著。殊不知，早在东晋时代，我国就有一位年逾花甲的高僧曾求经天竺，一路风餐露宿，跋山涉水，历经十三度春秋，最后携带大量佛教典籍由海路踏浪而归。他就是当时的著名高僧法显。

法显，俗姓龚，平阳郡平阳（今山西临汾市西南）人。约生于晋成帝司马衍咸和九年（334年）。他的三位哥哥皆于幼年夭折，所以在法显刚满三岁时父母便将他送入寺院，度为沙弥（童僧），以求"神佛"保佑，不再夭折。不料想，法显长大后对佛门异常虔诚，决心终生为僧，家人数度相劝也无济于事。二十岁时受大戒，因"志行明敏，仪轨整肃"，后逐渐成为精通佛学的高僧。法号法显，又因原籍平阳人，或称"平阳沙门"。

西汉末东汉初，佛教开始传入中国。由天竺东来传教的僧侣也逐渐增多。东晋以后，社会动荡不安，再加上统治阶级的大力提倡，佛教盛行一时。僧侣潜心研究佛学，但因当时的佛经或经本不全，或转译失真，于是

僧侣意欲亲自奔赴天竺求取真经。汉明帝时，郎中蔡愔、博士弟子秦景等奉命出使天竺，后在西域月氏遇天竺沙门摄摩腾、竺法兰，邀之东还洛阳，并携来《四十二章经》。为了进一步完善戒律，使佛教戒律"流通汉地"，法显决定亲自西上佛教的发源地——天竺（今印度）取经求法。

晋安帝司马德宗隆安三年（399 年）三月，年逾花甲的法显开始踏上西天取经的漫漫旅途。同行的有慧景、道整、慧应和慧嵬。他们由长安出发时，得到了笃信佛教的后秦皇帝姚兴的大力资助，为他们提供了充足的经费和物品。行至张掖（今甘肃张掖），宝云等五人也随之同行。

他们从敦煌西走，出阳关后遇到的第一道难关便是长达千里之余的漫漫"沙河"（今大戈壁沙漠），这里"上无飞鸟，下无走兽"，白日骄阳似火，夜晚寒气袭骨，风起之时，沙浪腾空，遮天蔽日，随时有可能被埋葬。法显等人靠太阳辨别方向，借死人的白骨识明道路，在跋涉了十七个昼夜后，终于走出了"沙河"，经过罗布泊西南的鄯善国（今新疆若羌）到达了乌夷（今新疆焉耆县）。休整了几天后，法显等人又奇迹般地穿越了"中无居民，涉行艰难"的塔克拉玛干大沙漠，进入丝绸之路南道的于阗国（今新疆和田）。然后沿着昆仑山北的古道一路前行，开始翻越终年积雪的葱岭（今帕米尔高原），"其道艰阻，崖岸险绝；其山唯石，壁立千仞，临之目眩，欲进则投足无所"（《佛国记》）。及至手攀长索渡过新头河（今印度河），到达北天竺的弗楼沙国（今巴基斯坦白沙瓦）时，同行的十人中只剩下年迈的法显和患病的慧景了。在翻越小雪山奔往佛教中心——中天竺时，令法显伤心的是唯一的同伴慧景饥冻而死，法显忍住悲伤，继续独自前行。当手拄拐杖、银须飘拂的法显出现在当地僧侣面前时，众僧惊叹不已，对这位孤身一人来到这里的中国老僧钦佩万分。

法显在中天竺、东天竺、南天竺共住了五年，"学梵书、梵语、写律"，专心研究佛法，并几乎访遍了当地的所有佛教寺院和佛迹名胜，着意寻求收集经典戒律。

晋安帝义熙五年（409 年）初冬，法显在天竺求律取经结束后，便从多摩梨底（今孟加拉国）乘船到达狮子国（今斯里兰卡），并在此继续求律。后于一佛殿内偶然看到一柄来自故乡的白绢扇，这位孤处异域的银须老人禁不住热泪盈眶。《佛国记》中追忆法显当年的心情时说："法显去汉积年，所与交接悉异域人，山川草木，举目无旧；又同行分披，或留或亡，顾影唯己，心常怀悲。"

晋安帝义熙七年（411年）秋，在异域他乡度过了七个春秋后，法显终于乘船东归。在经历了海上"黑风暴雨"后，法显漂过台湾海峡，穿越长江口，于晋义熙八年（412年）七月十四日最终在青州长广郡（今山东即墨）的牢山（今青岛崂山）登陆。年近耄耋之年的法显一踏上祖国的土地，就受到了长广郡太守李嶷和当地百姓的热情接待。并于次年夏天，到达东晋国都建康（今南京市），开始了艰苦的译著工作。

法显西天取经，陆去海还，遍游中亚、南亚和东南亚三十四个国家和地区，前后共用十三年零四个月的时间，行程数万里，成为我国僧侣西行求法的著名先驱者之一，也是我国有文字记载的到达中印度、斯里兰卡和印度尼西亚的第一人。对于法显的壮举，时人给予了高度评价："自大教（佛教）东流，未有忘身求法如（法）显之比。"唐代高僧义净亦曾称赞说："观夫自古神州之地，轻生殉法之宾，（法）显法师则创辟荒途，（玄）奘法师乃中开王路。"由此观之，法显的西行取法对于唐代玄奘的西天取经意义匪浅。法显回国后，将随身携带的大量的佛学典籍翻译成汉文，这些都对中国同印度、斯里兰卡等国家的文化交流做出了重大贡献。

为了将这次艰难的旅行记载下来，以供后人参考、借鉴，法显又写成《佛国记》一书。《佛国记》又名《佛游天竺记》、《历游天竺记传》或《法显传》。全书共九千五百多字，以精练流畅的笔调，质朴无华的语言，详细记述了两晋时代中亚、南亚及东南亚诸国的地理环境和风土民情。不仅开阔了中原人的地理文化视野，而且也为研究这些地区的历史原貌提供了珍贵的资料。千百年来由于其资料原始、记事翔实而受到了世界各国学者的青睐。特别是19世纪以来随着中西交通的发展，外国学者纷纷从事此书的翻译、整理和研究工作。迄今为止，它已先后被译成英、法、日等多种文字，成为研究亚洲历史和历史地理的重要文献。

宋武帝刘裕永初元年（420年），法显这位东晋时代著名的旅行家、佛学家、文学家，在荆州（今湖北江陵）辛寺溘然长逝，享年约八十七岁。

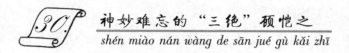神妙难忘的"三绝"顾恺之
shén miào nán wàng de sān jué gù kǎi zhī

晋哀帝兴宁二年（364年），建康的瓦官寺内，寺僧们为了修整寺院，正在募集布施。不少达官贵人纷纷捐钱捐物，以求神灵赐福。但多日以来没有捐过超十万钱的。一天，一位青年后生慷慨解囊，答应捐助一百万。寺僧让他兑现时，他却吩咐寺僧把寺内北小殿的一面墙壁粉刷洁白，关闭殿门，谢绝来客，整日面对那堵墙壁苦思、揣摩、涂描。一个月后，一幅惟妙惟肖的维摩诘士像（维摩诘是佛教中信佛而没有出家为僧的居士，又名"舍粟如来"）赫然出现在众僧面前。全部画完后，他才让寺僧将殿门打开，让大家参观，并且规定：第一天来参观的人每位必须布施十万钱以上，第二天来的要五万以上，第三天来的自由布施。殿门一开，色彩鲜艳的壁画光彩耀目，整座寺院顿时生辉。人们闻知此事，纷纷前往观赏，整座寺院异常拥挤，有些人为了能够一睹这罕世绝笔，不惜重金，一百万钱的捐款很快便收足。后来大诗人杜甫游瓦官寺时，目睹了此画，题诗赞曰："虎头舍粟影，神妙独难忘。"这位作画的青年就是我国东晋时代杰出的画家、诗人顾恺之。

顾恺之，字长康，小字虎头（故世称顾虎头），晋陵无锡（今江苏无锡市）人，大约生于晋康帝建元二年（344年），死于晋安帝义熙元年（405年）。顾恺之出身于江南望族，父亲顾悦之，官至尚书左丞。顾恺之博学多才，精于绘画。青年时代，就已闻名于乡里，人称其为"三绝"：画绝、才绝、痴绝。

"三绝"中，顾恺之的"画绝"最为有名，尤其擅长人物绘画。他的人物画善于表现人物的内在精神气质，尤其善用眼睛来传达人物的神韵。民间流传着顾恺之"点精（睛）便语"的故事：有一次，某人请顾恺之画

几幅扇面。他拿起笔，略一思索便画了几幅嵇康和阮籍的肖像，画中的阮籍容貌瑰杰，志气宏放；嵇康则龙章凤姿，天质自然，形象逼真传神，栩栩如生。主人非常高兴，连声道谢，当接过扇子仔细观赏时才发现没有画眼睛，感到很奇怪，就询问其中缘故。他回答说："点睛便能语也。"是说不能随便点睛，要深思熟虑，揣摩透人物的性情，才能下笔点睛。点睛之后要使人物达到欲语的效果，这样人物才能活灵活现，栩栩如生。

他为求人物的"传神"，有时不惜改变人物的原貌，借助细节的特写来传神达意。西晋名士裴楷风度"神俊"，顾恺之为他画像时，为了表现这一特点，故意在脸颊上点缀了三根毛。看画的人感到奇怪，就问他这是什么原因，顾恺之回答说："裴楷俊逸爽朗，很有才识。"人们再回头品味此像时，顿觉裴楷的"神俊"之气全部集中在三根毛上。从此以后，人们对顾恺之的绘画才能更加钦佩。

荆州刺史殷仲堪瞎了一只眼睛，顾恺之要为他画像时，他担心画像会难看，推托说："我的容貌不佳，就不想麻烦你了。"顾恺之对他说："你只是碍于眼睛罢了，如果明显地点出瞳子，再用飞白画法从上面轻轻掠过，如同一抹轻云遮月，若隐若明，这样不是很美吗？"画完后，殷仲堪细细端详，果然如此，像画得既传神又美观，殷仲堪十分满意。顾恺之神妙的绘画艺术在当世就已受到人们的推崇，宰相谢安曾评价说："顾长康的画，是自有人类以来所没有的。"

他的绘画艺术对后世影响深远，《女史箴图卷》是我国人物画的代表作品，《洛神赋图卷》是现存最早的山水画，它开辟了中国"画中有诗"的绘画艺术风格。

顾恺之除了是一位著名的画家外，还是一位博学多才的诗人，所以时人称之为"才绝"。征西大将军桓温驻守江陵时，城楼久经战火，破败不堪，遂重新修复，在原来的基础上增加了高度，并将城楼粉刷成红色。完工后，桓温和宾客僚属来到汉江渡口，放眼望去，修整一新的江陵城依山傍水，高大雄伟，异常壮观。桓温自豪地说："在座哪位若能说出此城的妙处，将军我必有重赏。"顾恺之当时沉吟了一会儿，咏道："遥望层城，

丹楼如霞。"桓温听后连连夸赞，当即赏赐婢女二人。青年时，顾恺之就才华横溢，雅致清高，尤其擅长用诗一样的语言描写所见到的景物。兰亭之会后，顾恺之回到荆州，人们问他会稽山水如何，他脱口说道："千岩竞秀，万壑争流，草木蒙笼其上，若云兴霞蔚。"意思是那里峰峦层叠，竞相比高；沟壑纵横，争先奔流；茂密的草木笼罩在山野之上，就好像彩云涌动，霞光灿烂。

顾恺之任荆州刺史殷仲堪的参军时，一次请求回乡省亲。按规定，不该为他提供帆船，顾恺之再三恳求，殷仲堪出于无奈，方才答应，条件是不得有任何损坏。不久便升帆起航，行驶到破冢（今湖北江陵市）时，江面上狂风大作，波涛汹涌，帆船在风浪中上下颠簸，岌岌可危。众人齐心协力总算避免了船沉人亡的结局，但船帆却被大风吹坏了。事后，顾恺之给殷仲堪回书一封，写道："地名破冢，真破冢而出。行人安稳，布帆无恙。"顾恺之为了避开帆坏的事实，但又不能说谎，很机智地将"无恙"与"安稳"的位置做了颠倒，其中原因，留待殷仲堪自己猜想。

顾恺之性格既天真狡黠又朴实愚钝，故人称其"痴绝"。桓温曾评价他说："恺之体中痴黠各半，合而论之，正得平耳。"晋安帝义熙（405—418 年）初年，顾恺之任散骑常侍，一次与谢瞻在月下咏诗作赋，谢瞻假意夸赞他的文才，顾恺之信以为真，兴奋异常，夜已很深，却一点倦意都没有。谢瞻极度困乏，欲眠，便找来一人替代自己。顾恺之专心凝志，一直到天亮，对于谢瞻的离去丝毫未觉。顾恺之为人朴实憨厚，颇讲信义。有时友人故意开他玩笑，欺骗他，也从不计较。有一次，他把自己认为画得较好的作品装入一木橱中，用纸将橱口封好，交给桓玄暂且保管。桓玄打开木橱，取出画卷，又封好还给了他，骗他说没有开橱取画。他见木橱封纸依旧，但里面画卷已失，自言自语地说："妙画通灵，变化而去，亦犹人之登仙。"实际上他早已心中有数，只是毫不在意罢了。据说，顾恺之吃甘蔗也很特别，每次都从尾部吃起，再吃本部，别人感到很奇怪，他却说这叫"渐入佳境"。

两晋时代，阴阳五行、道教方术盛行。顾恺之也很相信方术，认为非常灵验。一次，桓玄送给他一片柳叶，说道："传说这是蝉用来蔽身的柳叶，人如果用它来遮蔽自己，别人就会看不见。"顾恺之信以为真，并当场用它来遮匿自己，桓玄为了蒙骗他，便在跟前解衣小便，毫不避讳。顾恺之见此，更加深信它的灵验，对这片柳叶愈加珍惜。

晋安帝义熙元年（405 年），顾恺之任散骑常侍时，死于任上，享年六十二岁。一生所著文集二十卷、《启蒙记》三卷，行于当世，后皆散佚。现存有《神情诗》、《观涛赋》、《冰赋》、《虎丘山序》、《祭牙文》等各体诗文，散见于《艺文类聚》等书。

东晋大才女谢道韫
dōng jìn dà cái nǚ xiè dào yùn

东晋时期，等级森严，门阀制度极其盛行。史载晋代的官爵制度有王、公、侯、伯、子、男六等之封。同时，东晋王朝还继续推行和发展了曹魏以来的"九品官人法"，家世、门第等成为选官的重要标准。在东晋政治舞台上交替把持政权的世家望族经常官至公卿等显位。其中，由陈郡阳夏（今河南太康）南迁的谢氏，便是掌握东晋朝政大权的四大士族之一。谢安、谢琰父子高居宰辅，谢石、谢玄等也都在朝廷中担任较高的职务，谢安的哥哥谢奕曾经担任过安西将军。

谢奕有个宝贝女儿叫谢道韫，小时候就已经显示出过人的才气，十几岁时，就能信口吟咏出优美的诗句。

一次，谢道韫去叔叔谢安家中做客。对于侄女的才华，谢安早有所知，便有意考一考她，问道："《诗经》三百篇中，你认为哪一篇最好？"谢道韫稍稍沉思了一会，回答说："歌颂尹吉甫的《小雅·六月》和夸赞仲山甫的《大雅·嵩高》，是我最喜欢的两首诗。"谢道韫所说的尹吉甫和仲山甫都是西周末年周宣王时候的贤臣良将。其中尹吉甫在征讨猃狁（生活在我国西北地区的一个游牧民族，周宣王时，经常骚扰周朝统治的周边地区）的战争中立下了赫赫战功。仲山甫是一位贤德的忠臣，他经常冒着罢官获罪的危险强谏周宣王要爱惜民力，减轻老百姓的负担。在这两位大臣的辅佐下，周宣王曾励精图治，使西周末年一度出现中兴的局面。谢道韫虽身为女子，但时刻关注东晋的社会现实，希望在东晋也能出现尹吉甫和仲山甫那样的贤德忠臣，实现国家的南北统一。而当时的北方中原地区已经沦落在匈奴、鲜卑、羯、氐、羌等外来民族的统治之下，东晋朝廷的重臣大员们，只倾力于权力的争夺，无心关注中原的收复。谢安深知侄女之所以喜欢这两首诗的原因，不禁连连点头，夸赞她志趣高洁，有雅人深致。

有一年冬天，谢安召集本家族的人，举行家庭宴会。开始不久，天气突变，风起云涌，随后昏暗的天空中飘起了鹅毛大雪，雪花被风吹荡，在空中上下飞舞。谢安兴致勃发，高声问道："白雪纷纷何所似？"话音刚落，谢朗（谢石之子）抢先站了起来，很自负地和道："撒盐空中差可拟。"谢朗的话刚一说完，引得大家哄堂大笑。大家觉得把飘柔的雪花比作坚硬的盐粒，未免太生硬了。这时，谢道韫从一边不慌不忙地站了起来，轻声咏道："未若柳絮因风起。"意思是说，把雪花比作盐粒，倒不如比作空中那些随风飘舞的春日柳絮。空中飘扬的雪花和因风而起的柳絮，在本身形态上极为相似，同时也创造出一种优美的意境，给人以无限的遐想。谢安听后，哈哈大笑，连声夸赞谢道韫的过人才华。

后来，大书法家王羲之听说了这段咏絮佳话，对谢家的这位闺房才女极为赞赏，恰好自己的次子王凝之尚未婚配，于是便请人为王凝之提亲。谢家对这门亲事也非常满意，两家一商量，不久便择定黄道吉日将谢道韫嫁到了王家。

谢道韫虽为女儿之身，但性格爽朗，有男儿之气，经常谈论养生之道，服食石髓，极推崇魏晋时代的竹林贤士，对名士嵇康尤为倾慕，曾经模拟嵇康的《游仙诗》作《拟嵇中散咏松诗》，诗曰：

> 遥望山上松，隆冬不能凋。
>
> 愿想游下憩，瞻彼万仞条。

腾跃未能升，顿足俟王乔。

时哉不我与，大运所飘摇。

这是一首咏怀之作，作者借用山上松，表达了自己坚韧挺拔、无所畏惧的高尚人格。同时，通过王子乔乘鹤升天的仙话传说，写出了自己对于人生苦短、命运难测的伤感。全诗语言劲挺有力，善于化用典故来抒写自己真实的情感，表现了女诗人卓越的艺术才能，因而深受世人称赞。

谢玄极为推重自己的这位才华横溢的姐姐，常常为之而骄傲。名士张玄也常常称赞自己的妹妹（当时已嫁到顾家，故称顾妇），想拿她和谢道韫比较一下。当时有个尼姑叫济尼，与张、谢两家都有交往，别人问她这两个人的高下，她回答说："王夫人神情散朗，故有林下之风气。顾家妇清心玉映，自是闺房之秀。"意思是说谢道韫神态风度潇洒爽朗，放达自然，有隐士的风采和气度。而张玄的妹妹心地清纯善良，洁白光润，应当是妇女中的佼佼者。

谢安在东山隐居，朝廷多次下令征召他出仕，都不应命，后来在别人百般劝邀之下才离开东山，入仕为官。一次，桓玄针对此事问谢道韫说："太傅东山二十余年，遂复不终，其理云何？"意思是说，谢安在东山隐居了二十多年，但最终还是没坚持到底，这应该如何解释呢？谢道韫看了看桓玄，说道："亡叔太傅先正，以无用为心，显隐为优劣，始末正当动静之异耳。"说的是，谢安是先代的贤人，他把无用当作自己为人立世的根本，入仕和隐居都有好坏之分，就如同事物由始至终都必须经历动和静两个方面。桓玄原本是想借挖苦谢安来难为谢道韫，没料到她的回答如此机智而恰当，桓玄听后，哑口无言。

王凝之的弟弟王献之，风流倜傥，谢太傅非常器重他，着意提拔为长史。王献之向来善谈玄理。有一次，与辩客叙议，理屈词穷，无法应付。谢道韫在内室闻知此事后，派婢女去对王献之说，想替他解除眼前的困境。宾客们听到此言后，满座皆惊。王献之指挥婢女们在客厅中用青绫围成一道屏障，谢道韫端坐帐内，接着王献之中断的话题与宾客隔障对答，

旁征博引，论辩有力，最终辩客们无言以对，狼狈不堪。

后来，王凝之调任会稽太守，携同妻子及两个儿子一起前往。刚过半年，孙恩起义爆发，直逼会稽城下。王凝之素来信奉张道陵的五斗米道，兵临城下之时，既不调兵，也不设防，在厅室中设立天师神位，每日焚香诵经。及至城破，方才惊起，急忙携带二子仓皇出走，行至十里左右，被乱兵追上杀死。谢道韫听说王凝之父子遇难后，失声恸哭。随即命婢仆各自携带刀械，带上外孙刘涛离开官府，刚出署门，迎面遇上乱兵，谢道韫持刀搏杀，砍倒乱兵数人，后来力尽被缚。面对孙恩，谢道韫毫无惧色，从容对答，令孙恩暗暗称奇，不敢加害。刘涛当时只有几岁，孙恩想把他杀死，谢道韫大声喊道："他是刘氏后人，今天的事情只涉及王姓家族，与其他人有什么关系呢？"保住了他的性命。

孙恩事变平息之后，谢道韫寡居会稽，矢志守节，整日把自己关在屋内，六年中从未走出一步。当时会稽太守刘柳对谢道韫的大名早有耳闻，于是登门请求拜见。谢道韫也素知刘柳才气过人，便坦然出来接待。一身孝服的谢道韫坐在帷帐之中，刘柳整冠束带坐在帷帐外面。谢道韫谈吐高雅，语言慷慨有力，流畅自然，应酬对答，词理无穷。刘柳叙谈片刻，便自告退，及至府中，喟然叹曰："巾帼中罕见此人，只要耳闻她的谈吐，目视她的举止、气质，就足以令人心形俱服了。"

谢道韫一生所著诗、赋、诔、颂等文章并行于世，但多已佚失，现仅存诗二首：《拟嵇中散咏松诗》和《登山诗》。

32. 陶渊明不为五斗米折腰
táo yuān míng bù wèi wǔ dǒu mǐ zhé yāo

晋安帝义熙元年（405 年）冬，彭泽（今江西彭泽）县衙内外忙碌，收拾一新，准备迎接专管督察下属各县乡吏治政务的督邮的到来。可是此地县令，却官服不整，衣带松乱，不以为然。熟悉内情的县吏唯恐县令的装束引起督邮的不满，急忙提醒县令："您要打扮得衣冠齐整，以显谦诚之心、恭敬之意。"县令沉思良久，慨叹说："我岂能为五斗米折腰向乡里小儿！"当日，解职挂印，离境而去。

这位不为五斗米折腰的彭泽县令，就是我国古代的伟大诗人、著名的辞赋散文家陶渊明。

陶渊明，又名陶潜，字元亮，浔阳柴桑（今江西九江）人。他出生于晋哀帝兴宁三年（365年），宋文帝元嘉四年（427年）去世。

陶渊明的曾祖陶侃是东晋王朝的开国元勋，官至大司马，祖父陶茂官至太守。父亲闲居在家，"淡焉虚止，寄迹风云"，很早就去世了。无官无禄的父亲没有给陶渊明留下丰厚可观的家产，从少年时代起，他就过着贫困的生活。但穷苦并没有压倒陶渊明，他志趣高洁，广闻博学，《老子》、《庄子》无所不诵，儒家六经精研深习，尤其是对"异书"更是情有独钟。所有这些文章典籍对陶渊明思想性格和文学创作都产生了重要影响。

《五柳先生传》是陶渊明弃官后于晚年写出的作品，历来被看作是陶渊明一生情性的最好写照，因而后人又称陶渊明为"五柳先生"。"先生不知何许人也，亦不详其姓字。宅边有五柳树，因以为号焉。"闲静少言的五柳先生喜好读书，每当在书中领会到精深意旨，便会欣然忘食。他也喜欢饮酒，不拘小节，率真任情，但居家窘困，房屋简陋，衣衫破旧，米瓮常空。即便如此，五柳先生仍是安然自在，"常作文章自娱，颇示己志，忘怀得失，以此自终"。

东晋时代是一个讲究门第出身的时代，即所谓"上品无寒门，下品无世族"。对于寒门出身的人来讲，姓字几乎是无意义的。陶渊明的曾祖陶侃，虽有功于东晋，但由于出身寒门，所以经常遭人嘲笑。五柳先生的无姓无字，既显示了陶渊明真正的隐士品格，更表达了他对门阀特权和世俗虚荣的傲然鄙视。另外，五柳先生少言不利辩，读书不求甚解，再加上不慕荣利的品性，更使得他不能同流于世族阶层。所以，五柳先生以坦荡的情怀著作言志，矢志不渝。

但是超脱的五柳先生——陶渊明，在内心深处还有着强烈的兼济天下的政治情怀。少年时"猛志逸四海"，老年时"猛志固常在"，使得他几次出仕，以实现兼济天下的雄心壮志。晋孝武帝太元十八年（393年），二十九岁的陶渊明做了江州祭酒，但不堪吏职，少日自解归。晋安帝隆安四年（400年），陶渊明又来到窥伺东晋政权的荆州刺史桓玄的府上做了一名幕僚，隆安五年借母病故之由，又辞职还乡。晋安帝元兴三年（404年），建武将军、下邳太守刘裕起兵讨伐桓玄。在刘裕的聘请下，陶渊明做了镇军参军。不久，又做了建威将军江州刺史刘敬宣的参军。晋安帝义熙元年（405年）三月，随着刘敬宣的离职，陶渊明又重归故里。同年秋天，出任彭泽令，在官八十余日，后永绝仕宦生涯。

陶渊明不为五斗米折腰，看似突然，实则必然。在门阀世族制度的时代，陶渊明像其他许多出身寒微的士人一样，虽勉强入仕，但官职低微，壮志难酬，只能屈沉下僚，仰人鼻息，于是愤而归隐成了无言的抗议。另外，受儒家"达则兼济天下，穷则独善其身"及忠君思想的影响，陶渊明以道家的"自隐无名"保持个人的名节和人格的自由。此后，那发自灵魂深处的呼号在无数志士文人那里产生了共鸣，"须信此翁未死，到如今凛然生气"（辛弃疾《水龙吟》）。

陶渊明辞官归隐之初，过着一种夫耕于前，妻锄于后，余暇较多，无忧无虑的生活。但随着时间的推移，各种天灾纷至沓来，陶渊明的家境越来越坏，贫居稼穑不能自持，甚至只能借贷度日。即使这样，陶渊明依旧不改自己的品行节操，不结交豪门贵族，只与村夫隐士相往来。当时人们即把陶渊明与慧远法师的著名弟子刘遗民、周续之，共称为"浔阳三隐"。

在中国古典诗歌这部恢宏的交响乐中，陶渊明创作的田园诗可谓是一个不可或缺的永恒乐章。它那自然冲淡的舒缓旋律，奠定了陶渊明田园诗之祖的地位。

"世人皆醉，唯我独醒"的陶渊明一生都在追求着旷达、超脱、卓然于世的人生境界，田园躬耕是其必然选择。这种生活既是诗人社会理想有限的寄托，又是诗人主观理想世界的本真之一。在他一系列理想与现实相交织的田园诗歌中，我们可以发现大量的有别于农事诗篇的新内容与新创造。他笔下的田园生活是美好的。

几经出仕与弃官的往返，陶渊明终于发现自己的理想境界应该是什么样的。当从"尘网"中回归"自然"时，一切都是那样的平和与宁静，如他自己笔下的"桃源"一般。方宅草屋，绿树掩映，远村近烟，狗吠鸡鸣，在诗人的眼中全无世俗的喧嚣与纷扰。主观情思倾注于笔端，整个画面显出悠邈、虚淡、静穆、平和的韵味。

但是我们知道，东晋末年是一个政治污浊、战乱纷起的年代。陶渊明自得其乐的田园躬耕生活不可能不受到它的干扰，然而他的田园诗创作好像对此视而不见，听而不闻。是什么原因使其以安详静谧的田园取代了骚乱动荡的现实呢？对此，我们可从陶渊明《饮酒》其五中寻到答案：

结庐在人境，而无车马喧。

问君何能尔？心远地自偏。

东篱赏菊图

105

图为江西九江陶渊明纪念馆全景。"方宅十余亩，草屋八九间，榆柳荫后檐，桃李罗堂前。"（陶渊明《归园田居》之二）这是陶渊明对自己居处的自我欣赏。

采菊东篱下，悠然见南山。

山气日夕佳，飞鸟相与还。

此中有真意，欲辨已忘言。

"心远地自偏"实质上是诗人对一种人生哲学的概括。心灵对外物与尘俗纷扰的滤除使得诗人目之所见、心之所想，均为理想化的生活之美，客观的现实环境中更多地渗入了主观精神的因素，纯然客观的外部环境注入了自我的、理想化的心灵色彩。因而在陶渊明的田园诗中，主观与客观、理想与现实相结合，诗人疲惫的身体得到休憩，忧愁的心灵得到慰藉，激愤的情绪得到释放，田园景色之美得到发现。

描绘了陶渊明辞官归田后清苦生活的几个场面。田园景色的美好与凋敝，农事劳动的希望与忧虑，诗人与知己间的美好真情，通过陶渊明的田园诗得到生动的反映、充分的显现。在他的诗作中，传统的"劳心者治人，劳力者治于人"的思想遭到了否定，躬耕之苦中蕴涵着陶渊明人生的欢乐。明钟惺在《古诗归》中有言："陶公山水朋友诗文之乐，即从田园耕凿中一段忧勤讨出，不别作一副旷达之语，所以为真旷达也。"在《桃花源诗并记》中，陶渊明更为千百年来的农人描画了一个理想的精神家园。在他的影响下，后人对田园生活吟咏不绝。"田园诗之祖"的称号，陶渊明当之无愧。

田螺姑娘的传说
tián luó gū niáng de chuán shuō

中国古代农耕社会的经济形式，是封建的自给自足的封闭式经济。这种自给自足的自然经济和小农生产方式，是以家庭为基本的生产单位的，所以家庭关系是非常重要的。在家庭关系中，男主外，女主内，夫耕妻织，和谐美满，其乐融融。这是典型的自然经济条件下的理想家庭生活。

在自然经济的农业社会中，形成了人们固有的道德观念和人格评价：忠厚本分，吃苦耐劳，守法循德。但生活常常并不因勤劳而富足如意，人格忠厚也不一定就有很好的结果。因而善良的人们便以幻想的方式在理想世界里褒奖他们心中的理想人物，体现着他们对美和善的追求。尤其在佛教深入人心的时代，释氏的因果报应之说，极易与中国人传统的善恶观念相结缡，好人好报，恶人恶报，深入百姓心中。胡应麟所言"齐、梁弘释典，故多因果之谈"（《少室山房笔丛》），的确道出了佛教流泛对小说的影响。"田螺姑娘"这类优美的民间传说，即产生于这种背景下。

"田螺姑娘"传说最早见于西晋束皙《发蒙记》。其书记载："侯官谢端，曾于海中得一大螺，中有美女，云：'我天汉中白水素女。天矜（怜）卿贫，令我为卿妻。'"这里故事极简略，且主题是怜悯孤贫。后来的种种传说，多是在这一故事的基础上不断加工扩展的。托名陶渊明的《搜神后记》有《白水素女》条，是这一时期"田螺姑娘"传说最详细完整的。故事云：

晋安郡侯官人谢端，少丧父母，被邻居养大。至十七八岁，始出居。恭谨自守，不履非法。邻居为其谋划娶妻，未得。

谢端夜卧早起，躬耕力作，不舍昼夜。后于邑下得一大螺，如三升壶，以为异物，归贮瓮中。后连续十余日，谢端每归来，饭已做好。他以为邻居所为，往谢之。邻居曰："吾初不为是，何见谢也？"他以为邻居不说实情。如此又过了数日，又问邻居。邻居曰："你已娶妻，密藏室中，为你做饭，却说我为你做饭！"谢端生疑，平明鸡鸣，佯出而潜归，窥见一少女自瓮中出，至灶下燃火。他入门直奔水瓮，只见螺壳。至灶下问新妇从何而来，女大惶惑，欲还瓮不能。答曰："我天汉中白水素女也。天帝哀卿少孤，恭谨自守，故使我为君守舍炊烹，十年中可使君致富得妻。现已被看破，不宜复留，当去。今留下螺壳贮米，当可不乏。"谢端请留不肯，乘风雨而去。谢端为之立神位祭之，居常饶足，乡人以女妻之。后谢端官至县令。

这则故事与《发蒙记》相比，记述生动，情节丰富完整，增加了许多细节描写。在原有怜悯孤贫的主题上，增加了道德人格的审美取向。农民谢端恭谨自守，不履非法，躬耕力作，不舍昼夜，但生活贫困，无力娶妻。天帝派仙女来为之炊烹守舍。谢端勤劳质朴，心地善良，于是才有天帝派天女下凡作为褒奖。这一情节反映出劳动人民的朴素美好的愿望，只有勤劳、善良才能得到善报。尽管这只是美好的幻想，但它包含着人们的道德评价、人格审美及对幸福生活的向往。

《白水素女》是优秀的类型化的民间传说，它具有古代神话的浪漫性的奇思妙想，亦具有现实生活的实在性与人情味。白水素女这一形象是神性与人性的结合。白水乃指银河，白水素女即银河女神。她能从天下凡，变化出入于田螺之中，又能乘风雨而去，这是其神性的一面。但小说更多更成功的描写还在她人性的一面。她能屈己下凡，为孤贫的农民谢端守舍炊烹，是吃苦耐劳的农妇形象。她心地善良，具有同情心。当形迹暴露不得不返归天庭时，她叮嘱谢端要"勤于田作，渔采治生"，并留下螺壳，以贮米谷，常可不乏，关心体贴颇有人情味和同情心，且不图回报。这是劳动妇女所具有的典型品质。其实这正是劳动人民按照自身的审美观念，借助于神话的外衣，所创造的理想的形象。当然天帝的安排与因果报应，使小说并不具有爱情的因素，却具有宿命的观点。

天女下凡的故事，在《搜神记》中也有一则，即后来演绎成《天仙配》的董永与织女的故事。情节略似《白水素女》，主题是悯孤表孝。织女临行，谓董永曰："我，天之织女也。缘君至孝，天帝令我助君偿债。"

语毕，凌空而去，不知何在。可见，织女也是天帝的安排，旨在表彰董永之孝，也毫无爱情可言，并缺少白水素女的人情味。只是到后来的民间传说中，才演化成了优美动人的爱情故事。

《白水素女》故事在民间传布甚广。梁代任 《述异记》也有记载："晋安郡有一书生谢端，为性介洁，不染声色。尝于海岸观涛，得一大螺，大如一石米斛。割之，中有美女，曰：'予天汉中白水素女，天帝矜卿纯正，令为君作妇。'端以为妖，呵责遣之。女叹息升云而去。"任 记下了这一流传，但加以改编，把勤劳淳朴、忠厚孤贫的农民谢端，置换成耿介高洁、不贪声色的书生谢端。优秀的民间传说，变成了道学家的女色为妖、君子正色不淫的宣教。

到唐朝，小说创作进入比较自觉的时代，"田螺姑娘"传说更具有小说特点，情节也有很大变化，增加了仙女利用自己超人的手段同恶势力斗争的内容。如唐皇甫氏《原化记》中《白水素女》事就是如此。书载：常州宜兴县吏吴堪，因常保护荆溪，不使污染，忽于水滨得一白螺，拾归以水养之。每自县归，则饮食必备。吴堪察知乃白螺中之少女所为。原来是天帝怜其鳏独，令仙女下凡，给他为妻。后县宰知吴堪妻美，几次三番欲寻其过，夺其妻，都由仙女化解。最后仙女用一"食火、粪火"的奇兽烧死县宰一家。

另外，民间也有许多附会"田螺姑娘"传说的地名、江名，更扩大了传说的影响。

随着历史的发展变化，"田螺姑娘"传说已发展成民间文学中的一种故事类型："获妻型"。这种类型化的故事内容已不再限于由田螺变成美女了。如越剧《追鱼》，田螺换成鲤鱼来演化这一故事。故事中的鲤鱼精善良而多情，为了爱情，可以忍痛去掉鱼鳞，以村姑身份与穷书生厮守一生。"百折不回坚贞心，终于赢得自由身"，女主人公勇于追求美好爱情的勇气和坚贞执著的性格，得到了完美的体现。这比秉承帝命下凡助人的题旨自然是前进了一大步。

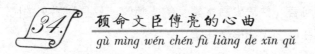

34. 顾命文臣傅亮的心曲
gù mìng wén chén fù liàng de xīn qǔ

东晋末年，司马氏王朝政局动荡，桓玄称帝，孙恩、卢循造反，江北夏王赫连氏等骚扰不断，真可谓内忧外患，霜雪交加。在各政治集团的角逐中，刘裕异军突起，南征北战，逐渐确定了稳固的政治地位。晋安帝司马德宗义熙十四年（418 年），刘裕担任相国，被封为宋公。

晋恭帝司马德文元熙二年（420 年）四月，屯兵寿阳（今安徽寿县）的刘裕终于决定要以"禅让"的形式取代司马氏王朝。但是，此种心事他难以启齿。于是，在会集群臣的酒宴上，刘裕不慌不忙地说："桓玄暴篡，鼎命已移，我首唱大义，复兴皇室，南征北伐，平定四海，功成业著，遂荷九锡。今年将衰暮，崇极如此，物戒盛满，非可久安。今欲奉还爵位，归老京师。"群臣不明真意，随声附和，盛赞刘裕的武功。傍晚时分，宴会散后，方有一人悟透刘裕的真意，他就是中书令傅亮。傅亮掉转头来，叩门求见，刘裕开门迎候。傅亮说："我最好暂时返回京城。"刘裕内心高兴，不再多言。由于傅亮的努力，六月，刘裕便被召回朝中辅政，为称帝迈出了关键性的一步。

傅亮，字季友，北方灵州（今宁夏灵武西南）人，出生于晋孝武帝司马曜宁康二年（374 年）。父亲傅瑗，哥哥傅迪。一次，他父亲的朋友郗超见到这两个孩子后，命人脱下傅亮衣服并做出拿走的样子，傅亮毫无吝色。郗超对傅瑗说："卿小儿才名位宦，当远逾于兄。然保家传祚，终在大者。"

傅亮博涉经史，尤善文辞，深得刘裕的赏爱。在晋义熙年间（405—418 年），刘裕因傅亮忠于职守，曾想让他出任东阳太守，并先把这个意思透露给了傅迪。傅迪大喜过望，忙将此讯告诉给傅亮。傅亮闻听此言，策马去见刘裕，并诚言不愿外出，而愿永随刘裕左右。刘裕笑道："谓卿之须禄耳，若能如此，甚协所望。"在政治权力的核心，傅亮尽情地施展自己的文笔才华。

义熙十二年（416 年），刘裕平定洛阳后，奉旨拜谒并修缮晋代五陵，傅亮代笔作了《为宋公至洛阳谒五陵表》，上表皇帝司马德宗。虽是奉命公文，但叙事、写景、言情、达志完美地融为一体：

表面上看，整个表文是在实录刘裕拜谒修缮五陵的过程，形象生动，情感真挚。但细细思来，每一句、每一笔都无不在为刘裕歌功颂德。开篇四句自然的叙述，意在表彰刘裕的赫赫战功。接下来极写路途之险远、艰难，以见出其人之忠。自"山川无改"句始，以形象化的笔法写出故国的凋敝，山川的凄凉，国家之危难，见出良将的不可或缺。至五陵荒废令故老掩涕、三军愤慨的描写，更渲染出刘裕等众将士的报国之志、雪耻之情。这篇表写得如此情辞恳切，皇帝读之，定会感激涕零。傅亮以自己的绝妙文词，为皇帝司马德宗塑造了一个忧国忧民、对司马王朝忠心耿耿、丹心一片的忠臣形象。这样的生花妙笔怎能不讨得刘裕的欢心呢？

刘裕称帝后，傅亮因辅佐王命有功，被封为建成县公，食邑二千户，入直中书省，专典诏命。自此以后，朝中表策文诰，均出自傅亮之手。可见，刘裕的帝王之路无不与傅亮的丹书妙笔有关。

由于宋武帝刘裕的赏识信任，此时的傅亮已是权倾朝野。刘裕死后，傅亮、徐羡之、谢晦、檀道济共为顾命大臣。宋文帝刘义隆元嘉元年（424 年），傅亮等人谋划废黜少帝刘义符为营阳王，后又将刘义符及庐陵王刘义真杀害，立宜都王刘义隆为帝。刘义隆见到威容甚盛的傅亮时，痛哭不已，哀动左右；当他问及刘义符、刘义真的死因时，更是呜咽悲号。众大臣不敢仰视，傅亮更是汗流浃背，无法回答。元嘉三年（426 年），宋文帝刘义隆以害死刘义符、刘义真的罪名，诛杀了傅亮。

当年傅亮贵极一时，其兄傅迪每每诫其不可骄纵，而傅亮不从。及见到世路险恶，祸难骤至，方才醒悟，于是作《演慎》一篇，文意与同罪被杀的谢晦《悲人道》如出一辙。"大道有言，慎终如始，则无败事矣"，"故语有之曰：诚能慎之，福之根也。曰是何伤，祸之门尔。言慎而已矣"。

傅亮曾创作很多篇赋，如《感物赋》、《喜雨赋》、《登龙冈赋》、《征思赋》等，其中最能展示他后期矛盾心境的作品是《感物赋》。赋前有序，道出了写作意旨，"述职内禁，夜清务隙，游目艺苑"，见飞蛾起舞，投火自焚，"怅然有怀，感物兴思"。赋的前半部分写自己醉心于文苑翰墨之中，后半部分写目睹飞蛾投火而引起对人生的感悟。全文通篇对偶，辞采工丽，很能让人感受到这位佐命文臣的文学功力。

傅亮被捕后曾言："亮受先帝布衣之眷，遂蒙顾托。黜昏立明，社稷之计。欲加之罪，其无辞乎。"一代佐命文臣，就这样在一种无奈的心境中结束了自己的一生。

元嘉文豪颜延之
yuán jiā wén háo yán yán zhī

南朝宋代诗坛上闪烁着两颗璀璨的巨星，那就是颜延之和谢灵运，世称"颜谢"。

颜延之，字延年，琅琊临沂（今山东临沂）人，出生于晋孝武帝太元九年（384年），宋孝武帝孝建三年（456年）去世。

颜延之年少孤贫，喜读经史子集，文章冠绝当时。他好饮酒，不拘小节，年过三十，犹未婚娶。当年，他的妹妹嫁给了刘裕的得力将领刘穆之的儿子，刘穆之闻其才名，便约他相见，想要任用他，而他却拒绝前往。可见其狂放、不慕豪势的性格。宋武帝刘裕称帝后，颜延之补太子舍人。

"浔阳三隐"之一的周续之，以精通儒学著称于世。宋武帝永初年间，周续之被征召到都城，开馆讲学。宋武帝刘裕亲临学馆，朝臣毕至。颜延之官职低微，却被引入上席，刘裕请颜延之向周续之讨教儒家经义。周续之文辞汪洋恣肆，而颜延之却每每以简约言辞连挫周续之。刘裕又让颜延之解释自己的观点，颜依然是要言不繁，理义通畅，在场的人莫不拍手叫绝。刘裕升他为太子中舍人。当时重臣尚书令傅亮自认为文章第一，时人莫及。而颜延之却自负其才，不以为然，引起了傅亮的嫉恨。由于和庐陵王刘义真交好，颜延之又招来了徐羡之的猜疑不满。少帝刘义符即位，颜延之被贬为始安太守。领军将军谢晦戏言："昔荀勖忌阮咸，斥为始平郡，今卿又为始安，可谓'二始'。"黄门侍郎殷景仁感叹地说："人恶俊异，世疵文雅，大概就是如此吧。"赴任时，颜延之途经汨罗江畔，撰写了《祭屈原文》以抒发胸中抑郁之情。

宋文帝元嘉三年（426年），傅亮、徐羡之等人被诛，颜延之重新受到赏识重用。但是狂放疏诞的性格使得颜延之不为当世所容。他看到朝中刘湛、殷景仁专当要任，意有不平，常言"天下事岂一人之智所能独了"。后来他又到刘湛父亲手下为官，见到刘湛时说："吾名器不升，当由作卿家吏耳。"意在讽刺刘湛父子。肆意直言、辞意激扬的颜延之因此被贬为永嘉太守。颜延之愤愤不平，写下了著名的《五君咏》，这样便更加惹恼了权臣，被黜官七年。

颜延之狂放傲诞，但在朝中也有些好友。深受宋文帝刘义隆重用的何尚之就是一个。二人自幼交好，且均矮小丑陋，体又不直。何尚之戏称颜延之为"猿"，颜延之戏称何尚之为"猴"。一次，二人同游西池，颜延之问路人："吾二人谁为猴？"路人指向何尚之，颜延之高兴得笑了起来，这时路人又说："彼似猴耳，君乃真猴。"率情的颜延之再也笑不起来了。宋文帝曾经问起过颜延之："你的几个儿子才能如何？"颜延之答道："竣得臣笔，测得臣文，㗱得臣义，跃得臣酒。"何尚之戏之说："谁得卿狂？"颜延之说："其狂不可及。"颜延之与何尚之关系虽然不错，但颜延之对喜好阿谀的何尚之的儿子何偃也不放过。何偃曾称颜延之为"颜公"，颜延之训斥道："身非三公之公，又非田舍之公，又非君家阿公，何以见呼为公？"其倨傲率性常如此。

颜延之一生好酒，常独饮郊野，旁若无人，如遇旧友，更是一醉方休。前朝晋恭思皇后去世，邑吏送信请他参加葬礼。时值颜延之酩酊大醉，投信于地说："颜延之未能事生，焉能事死。"即便是宋文帝召见，他也是醉醒乃见。一天，颜延之醉访何尚之，何尚之假装睡去。颜延之熟视良久说："朽木难雕。"待他离去，何尚之对左右人说："此人醉甚可畏。"

颜延之年少家贫，一生俭约。他的长子颜竣在孝武帝刘骏时权倾朝野，但颜延之从不借儿子的权势奢侈无度，并拒绝儿子的资供。他常乘牛车行于路上，一旦碰上气势煊赫的颜竣，便回避路旁，并说："平生不喜见要人，今不幸见汝。"他不慕豪势，更鄙视钻营仕宦的小人。有人曾谋求吏部郎的官职，何尚之感叹说："此败风俗也。官当图人，人安得图官。"颜延之大笑说："我闻古者官人以才，今官人以势，彼势之所求。子何疑焉？"嬉笑之间表现了他对腐败社会现实的不满。

颜延之与谢灵运在当时均以文章辞采驰名。据说，宋文帝让二人各做乐府诗一首，题为《北上篇》。谢灵运很久才完，颜延之顷刻便成，文思奇速，才华极高。

关于他和谢灵运的创作，颜延之曾请鲍照点评优劣。鲍照说："谢五言如初发芙蓉，自然可爱。君诗若铺锦列绣，亦雕缋满眼。"自然之美的呈现、人工之美的展示正是二人的风格所在。颜延之因鲍照的评价终生遗憾不已。

颜延之的诗歌创作确实缺少谢灵运的自然英旨，错彩镂金、精雕细刻的形式美的追求使得他的诗缺少真实的内蕴。《应诏观北湖田收》中有这样的诗句：

> ……桃观眺丰颖，金架映松山。飞奔互流缀，缇毂代回环。神行坼浮景，争光溢中天。开冬眷徂物，残翠盈化先。阳陆团精气，阴谷曳寒烟。攒素既森蔼，积翠亦葱仟……

多数诗篇中都充满了这样流光溢彩、绚丽华美、巧制精工的诗句。

虽然颜延之的诗从总体上看缺少"自然英旨"，但是显示他刚劲不阿性格的《五君咏》却非谢灵运的山水诗所能及。《五君咏》借述"竹林七贤"（除出仕的山涛、王戎）之事，抒发心中的积愤。诗中形象刻画鲜明，性格把握准确，于华美繁密中尽显慷慨激昂之气，以"五君"之形，显己之志。沈约《宋书·颜延之》中称："咏嵇康曰：鸾翮有时铩，龙性谁能驯？咏阮籍曰：物故不可论，途穷能无恸？咏阮咸曰：屡荐不入官，一麾乃出守。咏刘伶曰：韬精日沉饮，谁知非荒宴？此四句盖自序也。"如沈约所言，这几句诗确实也是他一生情性的最好写照。

除以上一些作品外，颜延之还有一首咏史叙事诗《秋胡行》。诗篇将离别之恨、相思之苦、羁旅之愁一并收入笔底，笔法灵活多变，工于渲染烘托，显示了颜延之诗歌的一贯风格。

《昭明文选》选录颜延之诗十六首，文六篇。谢灵运诗三十二首，文一篇没有。可见颜延之的文章写作有着很高的成就。这六篇文章是：《赭白马赋并序》、《三月三日曲水诗序》、《阳给事诔》、《陶征士诔》、《宋文皇帝元皇后哀策文》、《祭屈原文》。颜延之文章赋作的艺术特点也近于诗歌：文辞绮丽，铺锦列绣，多用典事，征古繁博。仅以《赭白马赋·序》为例，序文对仗工整，文词华美，声韵和谐，气势夺人。而其中，几乎无一句无来历，有语出《礼记》、《论语》的；有语出《尚书》、《诗经》的；有语出《吕氏春秋》的，也有语出沈约《宋书》的。有化前人之句意，有承他人之精髓，征事繁博，语出有据，令人慨叹。不仅文与赋如此，即使是《庭诰》这样的教子家书，也是骈言俪语，雕花镂叶，用心至极。

颜延之有一爱妾，非此人侍奉食不饱腹，寝不安席。爱妾恃宠，摇床令颜延之坠床受伤，颜竣一怒之下杀了她。颜延之经常哭诉："贵人杀汝，非我杀汝。"一日痛哭之际，忽见爱妾推倒屏风向己压来，颜延之惊惧落地，一病不起，不久病逝，时年73岁。

由于颜延之的创作更符合当时人们的审美情趣，所以人们称他为"元嘉文豪"。颜延之原有文集，后散佚。明张溥《汉魏六朝百三名家集》收有《颜光禄集》。

36. 元嘉文坛之雄谢灵运
yuán jiā wén tán zhī xióng xiè líng yùn

谢灵运，南朝宋著名诗人。祖籍陈郡阳夏（今河南太康附近）；南渡后，迁到会稽始宁（今浙江上虞）。他出生于晋孝武帝太元十年（385

年），死于宋文帝元嘉十年（433年）。

谢氏家族是东晋王朝门阀世族的领袖。谢灵运的曾祖谢奕在东晋王朝官拜安骑将军；曾叔祖谢安、祖父谢玄是淝水之战的策划者和指挥者。但是他的父亲却生性愚讷，官拜秘书郎，因为很早就去世了，所以没有什么功名。

谢灵运从幼年时起便勤勉好学，博览群书，聪颖过人，深受祖父谢玄的喜爱。由于家庭的特别宠爱，唯恐不能养育成人，谢家便把谢灵运寄养在钱塘（今杭州）的道观中，人们称他为"客儿"，"谢客"的名号由此而来。祖父谢玄去世后，谢灵运大约在晋安帝元兴二年（403年）左右，袭封康乐公，所以后人又称谢灵运为"谢康乐"。

承袭了康乐公后，按当时朝中惯例，谢灵运又被任命为员外散骑侍郎。这是一个没有具体事务的闲散之官。可能是由于当时桓玄造反，进入建康（今南京），也可能是他认为这个官职没什么意思，谢灵运没有到任。晋安帝元兴三年，刘裕打败了桓玄。第二年，谢灵运被任命为琅琊王大司马行

图为谢灵运画像。谢灵运是中国古代第一位大量创作山水诗的作家，他热爱自然，依恋山水，描绘了多姿多彩的山水之美。

参军。从此，谢灵运走上了不平坦的政治旅途。晋安帝义熙二年（406年），谢灵运又做了抚军将军刘毅的记室参军。

南朝宋的开国皇帝刘裕，原来是谢安、谢玄手下的将领，他因击败桓玄而成为东晋政权的实际掌握者。出于政治集团利益的需要，谢灵运的族叔谢混和刘毅联合起来对抗刘裕。义熙七年（411年）刘裕打败了谢混、

刘毅。刘裕为了在政治上取得门阀世族的支持，没有株连谢混的家人，谢灵运也被任命为太尉参军。第二年，改任谢灵运为秘书丞，但不久以后又免了他的职。

刘裕对谢灵运既威吓又拉拢。义熙十四年（418年），谢灵运又被任命为宋黄门侍郎，迁相国从事中郎、世子左卫率。然而刚被起用，又发生了一件意外的事情。谢灵运有一个门人叫桂兴，他和谢灵运的小妾私通，谢灵运发觉后，下令处死了桂兴，把尸体扔到河中。御史王弘上奏刘裕，要求严惩。刘裕并未深究，只是免去了谢灵运的官职，以显示对他的宽宏忍让。

420年，刘裕通过禅让的形式做了皇帝。历史上这一年是宋武帝永初元年。不久，刘裕下了一道诏书，除了有功于天下苍生的王导、谢安、温峤、陶侃、谢玄五家外，晋代封爵一律废除，但他们五家的爵位也要降一级。这样，谢灵运被降为康乐县侯。事后，谢灵运并不情愿地写了《袭康乐侯表》，感谢圣恩。

在刘毅手下七年的官场生涯，决定了谢灵运不可能得到刘裕集团的真正信任。但是门阀世族的传统、急近功名的心理使自认为才能足可以参与国政的谢灵运不甘寂寞。政治上的需要加上文学上的爱好，谢灵运与刘裕的次子庐陵王刘义真走到了一起。永初三年（422年），刘裕病危。为了防止皇子间争斗，刘裕下令将刘义真调离建康。同年，年仅十七的太子刘义符即位，朝政大权落在了徐羡之、傅亮等人的手中。为了铲除刘义真的势力，他们罗织谢灵运搬弄是非、毁议朝政的罪名，将他外放为永嘉太守。

谢灵运在永嘉（今浙江温州）任上只一年多的时间，便称病辞职，并在宋文帝元嘉元年（424年）回到会稽始宁。两年多的时间，他写了大量的描写山水的诗篇，每有一首传到都城，大家竞相抄录，远近敬仰，名声大振。

元嘉三年（426年），宋文帝刘义隆除掉徐羡之、傅亮，并下诏征召谢灵运为秘书监，谢灵运百般推辞，在光禄大夫范泰的书信劝说下，才重新返回京城。入京后，宋文帝问他在路上写了些什么东西，谢灵运回答说：

"写了一首《过庐陵王墓下作》。"这使宋文帝大为尴尬，也让人看出谢灵运在政治斗争中实在缺少韬略。

在秘书监任内，谢灵运的主要工作是整理古代典籍。宋文帝命他撰写《晋书》，他只是粗略地立了些条目，并未成书。不久他又被宋文帝任命为侍中。谢灵运无论书法还是诗文，在当时都是一绝，因而深受宋文帝的喜爱，被他称为"二宝"。文学侍臣的角色使自视才高的谢灵运深为不满。于是他不管公务，又寄情山水，这引起了宋文帝的不快，暗示他辞官算了。元嘉五年（428 年）谢灵运上表称病，重归故里。临行前，通宵达旦地游乐欢宴之余，谢灵运还上书宋文帝，建议北伐。

回到会稽始宁，谢灵运与族弟谢惠连等人游山玩水，吟诗作赋。由于出游时兴师动众，骚扰民众，引起地方官员孟　等的不满。

会稽太守孟　笃信佛教，谢灵运讥笑他说："得道要有佛缘，您升天一定在我的前面，但成佛必定在我的后面。"还有一次谢灵运等人在千秋亭饮酒，喝到尽兴时裸身大叫，恣肆放纵。孟　派人前去制止，谢灵运大怒说："我愿意光着身子大喊，与那个傻瓜有什么关系。"会稽城东和始宁附近分别有回踵湖和休　湖，谢灵运上书想放水为田，宋文帝准奏。可是孟　考虑到湖中丰富的水产是百姓的生活来源，没有准许。谢灵运说："这个孟　根本就不是考虑百姓的利益，而是出于信佛的目的，害怕杀生而已。"这样，孟　与谢灵运结下了深怨。不到三年，孟　上疏告他蓄意谋反。

谢灵运听说此事，飞奔京城，上疏文帝说明事情原委。宋文帝也知道孟　纯属诬告，就没有治他的罪。为了不让他再惹是非，宋文帝把谢灵运留在了建康。半年多的时间，他编定了六万多卷国家所藏图书的目录，并和名僧慧严、慧观为《大般涅磐经》的译文润色文字。

元嘉八年（431 年）谢灵运被任命为临川内史。来到临川（今江西临川），谢灵运仍是优游玩乐，放任自得。第二年，被人弹劾，朝廷派人前来逮捕谢灵运。他反倒抓住来使，带领兵马逃跑，并写了"韩亡子房奋，秦帝鲁连耻"的诗句，表明自己要仿效张良、鲁仲连，不与刘宋王朝合作。很快谢灵运就被捉拿到了建康。宋文帝深爱其才，打算仅免其官职罢了，但彭城王刘义康认为坚决不能饶恕。最终宋文帝以谢玄立过大功为由，免了他的死罪，发配广州。

到广州不久，一个叫齐宗受的武将告发说，在去涂口的路上，走到桃墟村时，听到几个人在路下偷偷私语，抓住审讯，其中一个叫赵钦的人交代，谢灵运出钱让他们购置兵器，纠集勇士，然后在三江口把他劫持下来。不管此事是真是假，宋文帝据此下诏处死谢灵运。

元嘉十年（433 年），谢灵运在广州被处死。临刑前，谢灵运作诗一首："龚胜无余生，李业终有尽。嵇公理既迫，霍生命亦殒。"（龚胜、李业、嵇康、霍原均为历史上不与当权者合作而被杀害的人）从这首诗中，我们可以看出，谢灵运认为自己完全是政治斗争的牺牲品。开一代诗风的大诗人谢灵运，就以这样的悲剧结束了自己的人生旅程。

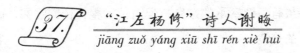

37. "江左杨修"诗人谢晦
jiāng zuǒ yáng xiū shī rén xiè huì

谢晦，字宣明，东晋末年、南朝初年著名的政治人物、诗人。陈郡阳夏（今河南太康附近）人。他的曾祖父谢据和谢灵运的曾祖父谢奕，及东晋著名的军事将领谢安都是同胞兄弟。谢晦出生在晋孝武帝太元十四年（389 年），死于南朝宋文帝元嘉三年（426 年）。

谢晦风姿秀美，倜傥潇洒，喜欢谈笑。他广泛涉猎文章典籍，博学多通，时人比之杨修。杨修是曹操手下的才子，才华横溢，足智多谋。虽以杨修比之，人们认为他还是稍逊一筹。为此谢晦深感遗憾。可是，以杨修比之，这已是很高的评价了。

谢晦的族叔谢混也俊逸洒脱，气度非凡，被人们认为是江左第一。当谢晦与谢混一同出现在刘裕的面前时，刘裕神情为之一振，不禁赞叹道："一时顿有两玉人耳。"

谢晦在刘裕的政治集团中特别受到重用，深得刘裕的欢心。

晋安帝义熙十一年（415年），刘裕率兵与司马休之交战。当时刘裕手下的大将徐达之战死，情况危急。刘裕要亲自登岸参加战斗，将领们百般劝说，无济于事。这时谢晦抱住刘裕，刘裕说："快放手，不然我杀了你。"谢晦说："天下可以没有我谢晦，但不能没有将军您。我死了有什么可惜的。"后来大将胡藩出战，取得了胜利。

第二年，刘裕在军事上节节胜利，抵达彭城（今徐州）。在庆功宴会上，刘裕开怀畅饮，略有醉意。他让左右笔墨伺候，准备即席赋诗。谢晦唯恐刘裕在属下面前出丑，急忙起身主动替刘裕写了一首诗：

　　先荡临淄秽，却清河洛尘。

　　华阳有逸骥，桃林无伏轮。

这首诗用华阳奔腾的骏马比喻刘裕，用桃林中没有停止的战车表现众将一往无前的决心；以扫荡污秽、清去尘土歌颂刘裕的武功，所以深得刘裕等众人的欢心。全诗虽有阿谀奉承的嫌疑，但对仗工整，音韵铿锵，确实充满刚劲、昂扬向上的气魄。

晋义熙十四年（418年），夏军攻占咸阳。刘裕想兴兵收复失地，谢晦却认为，兵马疲惫，不易打仗。刘裕采纳了他的建议。于是众人登上城墙向北方眺望，刘裕心中悲伤不已。他让手下的人吟诗，谢晦当即吟诵了王粲的"南登霸陵岸，回首望长安。悟彼下泉人，喟然伤心肝"，刘裕听了痛哭流涕。

420年，刘裕做了刘宋王朝的开国皇帝，谢晦被加封为武昌县公。后来他又做了领军将军散骑常侍，负责皇宫保卫工作。但是，正如俗语说："伴君如伴虎。"刘裕在病危时嘱咐太子刘义符："谢晦随我征战多年，机谋善变。我死后一旦出现问题，肯定就是此人。"刘裕死后，谢晦和徐羡之、傅亮共同辅佐少帝刘义符，谢晦被加封为中书令。少帝被废，徐羡之为防不测，令谢晦为外援，领护南蛮校尉、荆州刺史、加都督。谢晦意识到自己卷入了是非之中，心中非常忧虑。

果然，元嘉三年（426年），宋文帝刘义隆开始清算徐羡之、傅亮、谢晦杀害少帝刘义符、庐陵王刘义真的罪行。当时朝政混乱，很多事情经常泄密，谢晦的弟弟谢　派人送信给他，让他多加防范。谢晦并不相信，因为不久前傅亮还写信给他，议论朝中对北伐的态度。可是后来发生的一切证明了传闻的准确，徐羡之、傅亮被杀，谢晦不得不面对现实。

谢晦认为，荆州（今江陵县）地势险要，兵员粮食补充方便，决定与朝廷拼上一拼。他对属下说："我不是怕死，那样会有负先帝的托孤之情，但现在又能怎样呢？"

谢晦上疏文帝，又发表征讨檄文。表书与檄文写得慷慨激昂，尽显谢晦的文章辞采。当他看到旌旗相照、战舰待发时，不禁慨叹："恨不得以此为勤王之师。"不知真是忠心耿耿，还是随随便便做做样子，总之这一句话着实让人感动万分。

出征前，谢晦安排南郡司马庾登之："现在让你领三千兵马把守南郡，抵御来犯之敌。"庾登之回答说："我的父母亲戚都在京城，又没打过仗，难当如此重任。"谢晦又问其他将领："三千兵马，能否守城？"南蛮司马周超回答说："不但能够守城，如果真的有来犯之敌，还可破敌立功。"庾登之急忙说："这件事周超能胜任，我请求辞去司马职务，把南郡交给周超。"于是谢晦任命周超为南郡司马，改任庾登之为长史。也就是这个三千兵马可破敌立功的周超，在谢晦兵败时投降了刘宋王朝。谢晦在逃跑途中，被他原来的手下光顺之捕获。

当初谢晦深受刘裕赏识重用时，曾从彭城回京去接家眷。当时宾客云集，高朋满座，他的哥哥谢瞻十分惊讶，他对谢晦说："你的名望不大，官位不高，可你却权倾朝野，一些人对你趋炎附势。这对我们谢家来说，并不是什么好事。恬淡退让，不干时政，这才是我们谢家福份所在。"因为不愿看到这种情势，谢瞻用篱笆把院子隔开。谢瞻临终前写信给谢晦："我侥幸得以善终，没有什么遗憾的。你可要既为国又为家，勉励自己，好自为之。"可惜谢晦没听从谢瞻的劝说。

谢晦在被押送京城的路上有感于自己的一生，写了一篇赋，题为《悲人道》。其赋首先阐明宗旨："悲人道兮，悲人道之实难，哀人道之多险，伤人道之寡安。"然后沉痛地说，自己本是豪门贵族的世家子弟，应该树美德，做学问，积善延福。但为什么被朝廷缉拿呢？实在是祸惹得太大了。

接着叙说了天下大乱时随宋武帝刘裕东征西杀，建功立业，取得了赫赫威名。但徐羡之、傅亮令他招祸，不得已兴兵造反，"苟成败有其数，岂怨天而尤人"。自己无怨无悔，但兄弟子侄都受到了牵连，实在愧对家人。所有的一切都灰飞烟灭了，罪比山高，百死难雪。

赋的结尾又回到对世事人生的感叹。以前害怕躬耕，追逐名利，但是现在看到宦海沉浮；以往认为获取功名实在简单，今天临死才知道并非如此。最后，谢晦与庄子的"无为"思想发生了共鸣。由此看来，谢晦完全堕入了虚无主义的人生境界。全文音韵委婉，其情伤感，令人心叹。思想虽然消极，但也确是发人深思。

谢晦的女儿是彭城王刘义康的妃子。当谢晦被押赴刑场时，她光着脚，披散着头发追到车前。她对父亲说："大丈夫应该战死在疆场，今天父亲怎么落到了这般地步？"说罢，大声哭叫，气绝身亡。围观的人无不为之落泪。

谢晦的侄子谢世基与他一同赴死。谢世基作诗说："伟哉横海鳞，壮矣垂天翼。一旦失风水，反为蝼蚁食。"谢晦续道："功遂侔昔人，保退无智力，既涉太行险，斯路信难陟。"

颇有文才的谢晦，再一次申明了《悲人道》的意旨：仕途险恶，此路难行。

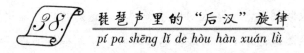

38. 琵琶声里的"后汉"旋律
pí pa shēng lǐ de hòu hàn xuán lǜ

范晔，字蔚宗，出生在晋安帝隆安二年（398年），于宋文帝元嘉二十二年（445年）去世。范晔一生著有《后汉书》八十卷，集十五卷，录一卷，《百官阶次》一卷。除《后汉书》外，其他的都散佚了。

史书记载，范晔是在母亲去厕所时生下来的。当时额头被砖碰伤，所以家里人给他取了个小名叫"砖"。范晔长大成人后，个头矮小，身宽体胖，皮肤黝黑，眉发稀疏。虽然相貌丑陋，但是才气过人。从少年时代起，他就勤奋好学，博览经史，文章写得非常华美。在书法（主要是隶书）方面范晔也有很深的造诣。

范晔的音乐天赋极高。他不仅能谱写新的曲目，而且弹琵琶的技艺在当时也属一流。宋文帝刘义隆听说此事后，几次委婉地向范晔透露，想听一听他演奏的琵琶。可是范晔总是假装不懂，始终没有满足宋文帝的愿望。一天，宋文帝在皇宫中饮酒，他高兴地对范晔说："我想唱上一首歌，你来给我伴奏。"范晔奉旨弹起了琵琶，悦耳的琵琶声令人如醉如痴。可是宋文帝歌声一停，范晔的琵琶声也就终止了，宋文帝非常扫兴。即便如此，元嘉五年（428年），范晔仍被任为尚书吏部郎。

元嘉九年，彭城王的太妃去世了。许多官吏和老朋友都前往东府吊唁。可是范晔却同司徒左西属王深、弟弟司徒祭酒范广在夜晚大呼小叫地喝起酒来。他们打开北窗，听到挽歌阵阵，哀声不绝，便更加兴奋，笑声不断。彭城王刘义康听到这事非常气愤，范晔被贬为宣城太守。

从此，抑郁不得志的范晔在孤寂的琵琶声中，开始潜心研究各家关于后汉的历史著作，最后编写成了著名的史学著作《后汉书》。

我们现在看到的《后汉书》包括：十篇本纪、八十篇列传、三十篇志，共计一百二十篇。这部历史著作记载了从东汉光武帝刘秀到汉献帝刘协近二百年的历史，但范晔只写成了"纪""传"部分就被杀了。后来，人们把西晋司马彪写的《续汉书》中的"志"与范晔的"纪""传"合刊在一起，就成了现在的《后汉书》。

由于范晔不满现实，不肯媚事权贵，所以他在《后汉书》的写作上贯穿了这样一个宗旨：弘扬美德仁义，鞭挞权贵奸雄。因而除了《史记》、《汉书》所设的列传外，范晔又新增加了《党锢传》、《文苑传》、《宦官传》、《方术传》、《列女传》、《逸民传》、《独行传》等。

《后汉书》虽然是历史著作，但有一些人物传记写得真切感人，文学色彩特别浓厚。

除了"纪""传"有一些精彩的篇章外,《后汉书》中还有一部分表现对后汉历史人物和历史事件评价的"序"和"论"。《昭明文选》根据内容要充实、形式要华美的原则,对史书中这类文章作了收录,其中有班固《汉书》一篇,干宝《晋纪》二篇,沈约《宋书》二篇,而范晔的《后汉书》共被收进四篇。可见在这类文章中范晔的创作有很高的文学价值。这些序、论在思想上推崇儒学,表彰忠义节行、仁人志士,对那些追名逐利、苟且无行的小人大加挞伐。艺术上,在简练生动、自然流畅中,追求一种华美雅洁的风格。对此,范晔在《狱中与诸甥侄书》中有这样的解释:"……吾杂传论,皆有精意深旨,既有裁味,故约其词句。……笔势纵放,实天下之奇作。"虽然范晔对自己的评价有些过高,但佳妙之处确实不少。

做了一段时间的宣城太守后,范晔又来到长沙王刘义欣的手下做了镇军长史。这期间,范晔的嫡母(嫡母是妾生的子女对其父的正妻的称呼)即将病故。范晔知道消息后,没有及时动身,临行前又带上了歌女和小妾。为此,被其他大臣参奏。由于宋文帝欣赏他的才华,没有追究这件事。范晔为嫡母服丧期满,又被任命为左卫将军、太子詹事。

当时朝中有个员外散骑侍郎孔熙先。他常为自己不能受到重用而愤愤不平。孔熙先为了报答彭城王刘义康对他父亲的救命之恩,在刘义康被贬时,便产生了拥立刘义康的想法。他知道范晔很不得志,便想拉拢范晔,然而范晔又看不起他。在范晔喜欢的外甥谢综的帮助下,他接近了范晔。他常约范晔赌博,每次都故意输给范晔很多财物,渐渐地两人的关系融洽起来。于是孔熙先劝范晔和他一同杀掉宋文帝,拥立刘义康。范晔惊讶之余犹豫不决。孔熙先又说:"你家门望清高,但不能和皇室通婚,人家对你像猪狗一样,你却不以为耻,还打算为人家卖命,这不是太糊涂了吗?"由于范晔家有闺帷秽事,孔熙先便用这番话激他。范晔虽默不作声,却下定了反叛的决心。谋反的事情终于被人告发,孔熙先、范晔、谢综等人被捕入狱。

在狱中关押时,宋文帝派人交给范晔一把非常漂亮的白团扇,让他在扇面上题诗。范晔在白团扇上写道："去白日之　　，袭长夜之悠悠。"既是题扇，也是写己。宋文帝见了也大为伤感。

范晔本以为入狱后便会被处死，所以写诗道："虽无嵇生琴，庶同夏侯色。"决心像嵇康、夏侯玄一样慷慨赴死。可是过了二十多天还不见动静，范晔以为有生还的希望了。一个狱吏戏弄他说："外面传您要被长期关押，可能会免除死刑。"范晔听了非常高兴。谢综、孔熙先嘲笑他说："事发前，你言辞激烈，怒目圆睁，自认为是大英雄，现在怎么倒怕死了呢？做臣子的要忠于主人，即使不让你死，你又有什么颜面活着呢？"范晔对狱吏说："把我处死太可惜了。"狱吏说："不忠的人，有什么可惜的。"范晔神色怅然地说："你说得也对。"

宋文帝元嘉二十二年（445 年）冬，范晔被押赴刑场。他的妹妹姬妾前来告别，范晔哭得泪水涟涟。谢综说："舅舅比夏侯玄临刑前的神色可差多了。"范晔想到了自己写的诗，马上止住了哭泣。范晔被处死，时年四十八岁。

范晔在《狱中与诸甥侄书》中总结了自己一生的创作，提出了"以意为主，以文传意"的创作主张。当谈到一生喜爱的琵琶时，他说："吾于音乐，听功不及自挥。……其中体趣，言之不尽。……亦尝以授人，士庶中未有一毫似者，此永不传矣。"

范晔优美的琵琶声，永远消失在历史的长河里了，但《后汉书》的旋律却始终回响不绝。

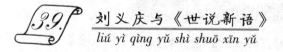

39. 刘义庆与《世说新语》
liú yì qìng yǔ shì shuō xīn yǔ

"读其语言，晋人面目气韵，恍然生动，而简约玄澹，真致不穷。"这是明代学者胡应麟在《少室山房笔丛》中，对一部魏晋南北朝志人小说的高度评价。该书广录博采，成璀璨之作，堪称小说林中的一支奇葩。这就是蜚声文坛的志人小说集——《世说新语》，作者是南朝宋时的刘义庆。

　　刘义庆，文学家，彭城（今江苏徐州市）人。生于东晋安帝司马德宗元兴二年（403 年），卒于宋文帝刘义隆元嘉二十一年（444 年），是取代东晋的刘宋王朝的宗室。年幼即为其伯父刘裕（宋武帝）所赏识，宋武帝永初元年（420 年）袭封临川王，征为侍中。后历任散骑常侍、秘书监、度支尚书、丹阳尹等职，累加尚书左仆射、中书令，进号前将军。因在宗室享有美名，宋武帝刘裕于元嘉九年（432 年），派他到军事重镇荆州任刺史，在荆州八年小有政绩。元嘉十六年（439 年）改任江州刺史，一年后又改任南兖州刺史，寻加开府仪同三司。后因病回京城建康（今江苏南京），不久去世，时年四十二岁。

　　刘义庆生性谦虚简素，寡嗜欲。史书说他每次到任或离任时，地方迎送的财物他一概不受。爱好文义，才词虽不多，但足为宗室之表。喜延纳才学之士，远近必至。在江州时，曾请文冠一时后升至太尉的袁淑为卫军咨议参军，吴郡陆展、东海何长瑜、鲍照等也被他引为佐吏。

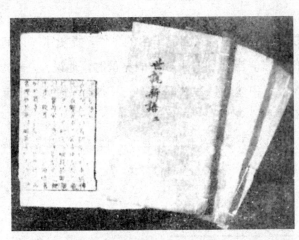

明代万历刻本《世说新语》。《世说新语》主要是记录魏晋名士的轶闻趣事和玄虚清谈，是一部魏晋风流的故事集，所记晋代故事尤为详细。

　　刘义庆少年时善于骑马，但刘宋皇帝猜忌异常，杀戮宗室，因骑马容易被视为政治上抱有野心，他怕引起猜忌就放弃了这个嗜好。晚年奉养沙门，颇致费损。一生著述丰富，有《世说新语》八卷、志怪小说《幽明录》三十卷、《徐州先贤传》十卷、《集林》二百卷、《宣验记》十三卷、《后汉书》五十八卷、《临川王义庆集》八卷等。还仿班固的《典引》著《典叙》，大抵是叙述刘氏家族或刘宋王朝的历史。除《世说新语》较完整地流传下来外，其他多亡佚。

《世说新语》是魏晋南北朝志人小说中最优秀的代表作。约成书于南朝宋文帝元嘉（424—453 年）时。原书称《世说》，书名取自刘向《世说》一书（刘书已佚），也称《世说新书》，宋朝改称《世说新语》。原本八卷，今通行本为六卷。共分三十六个门类，略依由褒到贬的顺序排列。每门各条又大致按时代先后顺序排列，只"文学"门暗分为两部分，前半部分谈玄学、史学，后半部分谈纯文学。各门内容的多寡悬殊，多的达一百五十六条，少的仅两条。

该书多取材于《郭子》、《语林》、《魏晋世语》、《名士传》、《先贤传》等小说和杂事书，可以说是当时以记言为主的轶事小说的集大成之作。由刘义庆组织其门下文士编写而成，非他一人所撰，但历来即署其一人之名。书中主要记载了东汉末至南朝刘宋之间士族阶层的遗闻、轶事、琐语，而以晋代为主。所谈及的人物，上自帝王将相，下至士庶僧侣无不记载。对当时的士人生活处境、时人清谈之风、道德品行、人物品藻、机辩趣闻、上层统治者的奢侈吝啬等等更是录述颇丰。

魏晋时代的名士们曾表现出一种不同于一般流俗，甚至不同于其他任何历史时期的"魏晋风度"。他们或事清谈，或重雅量，或作任诞，或作豪爽，还十分注重自己的仪容举止，无不展示着迷人的名士风姿。《世说新语》中对此作了大量的记载。

书中《文学》第六则就描述了正始名士王弼的机辩风姿。在清谈论辩时，没人能和他相辩驳，于是他就自己充当辩论双方，反复辩论多次，与座之人，无一可及。与之同时的名士夏侯玄曾随从魏帝拜祭皇陵，倚于松柏之下作书。时暴雨霹雳，破所倚之树，衣服都烧焦了，而他却神色不变，作书如故。其他宾客随从都跌跌撞撞，站立不稳。为人熟知的竹林名士更是脱俗不凡。他们高蹈尘外，肆言老庄，以对抗虚伪污浊的现实；他们相聚于竹林之下，饮酒赋诗，弹琴吟咏，会其得意，忽忘形骸。汉末至魏晋，天下动乱，军阀混战，割据称雄。尤其西晋时，统治阶级内部更是矛盾重重，王室衰微，赋役繁重，民不聊生，暴动迭起。这些虽不是此书所反映的内容，但个别地方也有所透露。如《识鉴》第二十二则讲到前秦欲吞东晋，虎视淮阴；《方正》第二十二则讲到东晋大将军王敦谋逆，举兵东下京都，欲废晋明帝司马绍；《雅量》第二十九则记述东晋大司马桓温欲杀谢安、王坦之之事；《德行》第四十五则提到了声势浩大的孙恩起义。

政局动荡，弊端迭起，有讥议政事者，常遭镇压。如《言语》第五、八则记载了汉末名士孔融因触犯曹操而被杀害，中散大夫嵇康是曹魏宗室的女婿，因拒绝与当时控制朝政的司马氏合作而遭不测（见《雅量》第二则）。在这种形势下，士大夫都感到前途渺茫，个人生命无所保障，许多人为全身避害而隐逸或崇尚清谈不问世事。如《栖逸》第十四则记德行高洁的范宣"未尝入公门。韩康伯与同载，遂诱俱入郡，范便于车后趋下"。《文学》第三十一则记孙盛与殷浩清谈，"奋掷麈尾"，情绪激昂，终日无暇进食，乃至互相嘲讽。而另有一些士人表现方式则为"作达"，纵酒寻乐，蔑视礼法，放诞不羁，以全身避世。如《任诞》记载阮籍等纵酒放诞之事。

和崇尚清谈之风密切相关的是魏晋重视对人物的品评。《识鉴》、《赏誉》、《品藻》、《容止》诸篇有不少这方面的记载。通过品评，统治者可以确立选才的标准，士人则以此为晋身之阶。士族名流的品评更是一言九鼎，常可左右一个人的仕宦前途。如《品藻》第二十五则记评论界评温峤"是过江第二流之高者"，"时名辈共说人物，第一将尽之间"，还未提到他，温峤竟紧张"失色"。可见魏晋士人对品评的重视。

书中《德行》、《贤媛》等篇注意记载了许多道德品行方面的事；另有许多篇章则展示了魏晋名士的雅量风度和名流风姿，如《雅量》、《容止》诸篇；还有一些篇目反映了当时士族、庶族的森严界限，如《忿狷》第六则、《方正》第五十八则等；《言语》、《文学》、《排调》等篇记述了许多魏晋士人的机辩趣闻，如《言语》第三则讲述陈韪说聪明机敏的小孔融（十岁）"小时了了，大未必佳"，孔融则回敬了一句"想君小时，必当了了"，词锋锐利噎人；《汰侈》、《俭啬》两篇则对贵族统治者的奢侈吝啬等作了一定程度的暴露，如《汰侈》第三、四则分别记述了王武子用人乳喂猪和石崇用蜡烛当柴烧，《俭啬》第四则写"王戎有好李，卖之，恐人得种，恒钻其核"。

除此以外，书中还有许多其他方面的记载，提供给我们的知识极为广泛丰富，具有珍贵的历史价值。该书所记多为短小精悍的佳作，具有较高的艺术性。语言精练含蓄，隽永传神，极富表现力，注重传达人物的精神气韵。如《德行》第十一则，对待黄金，管宁视同瓦石，华歆却"捉而掷去之"。"捉而掷"的动作就刻画出华歆的内心活动，经不起黄金诱惑，情不自禁捡了起来，又要故作清高，只好强压欲念而掷去。该书擅长即事见人，寥寥几笔，即可传神，使人物风貌历历在目。鲁迅对其评价道："记言则玄远冷俊，记行则高简瑰奇，下至缪惑，亦资一笑。"（《中国小说史略》）

自该书问世后，模仿其体裁的笔记小说渐多，如北宋王谠的《唐语林》，明代焦竑的《玉堂丛语》等等，且本书对后代其他文学作品也很有影响，一些小说、戏曲取材于此，或学习其手法，如《三国演义》中击鼓骂曹和望梅止渴等故事即取材于此。

该书曾得梁朝刘孝标作注，注文引证史传杂著四百多种，对了解该书内容大有裨益。

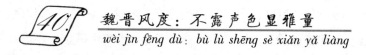

魏晋风度：不露声色显雅量
wèi jìn fēng dù：bù lù shēng sè xiǎn yǎ liàng

雅量指宽宏的气量。魏晋时人讲究名士风度，就是要求注意言行举止的旷达、潇洒，七情六欲都不能在神情态度上表现出来。不论内心活动如何，表面上都应是宽容平和、若无其事，也就是喜怒不形于色、临危不惧、处事不惊。这才不失名士风流。《世说新语》中专列《雅量》一篇，记载了这风靡一时的魏晋风度。

既要做名士，就要时时持有大度之风，处处显示出宽容之态。倘若或为物喜，或为己悲，就不免有失风度了。如《雅量》中载西晋太尉王衍比侍中裴　年长四岁，关系却不太好。一次聚会，在座的都是当时名士，有人就对王衍说："裴令（裴　的叔父，时任中书令）的名望有什么呢？"王衍便称裴　为"卿"。这显然是把裴　看成晚辈，是不合礼仪的称呼。然而裴　却毫无愠色，答道："自可全君雅志。"意思是说，我自然可以成全您的高雅情趣！真可谓无故加之而不怒了。

　　最令人佩服的，还当属篇中所载东吴丞相顾雍。其子不幸死在豫章郡太守任上，消息传来时，顾雍正大聚僚属饮酒作乐，自己则在与人对弈。外面禀报说豫章有送信人到，却没有他儿子的信。顾雍虽神气不变，而心里已明白了其中缘故，他悲痛得"以爪掐掌，血流沾褥"，直到宾客都散去了以后，才叹气说："已无延陵之高，岂可有丧明之责！"因为春秋时吴国的延陵季子（即季札）最熟悉礼制，其子死时，葬丧都合乎礼，而孔门高徒子夏曾为丧子哭瞎了眼睛，受到孔子的责备。顾雍的语意是，自己既没有季札那样合乎礼义的高尚境界，也不要因为丧子哭瞎眼睛而受人责备。于是他放开胸怀，驱散哀痛之情，神色自若，真可谓名士之雅量。

　　由顾雍对弈，不禁让人联想到另一位名士，他也在下棋时表现出超人的镇静，那就是东晋宰相谢安。东晋太元八年（383年），前秦王苻坚发兵南侵。谢安被任为录尚书事、征讨大都督。他派其弟谢石、侄谢玄于淝水布阵，阻击前秦之军。一天，谢安正在与人对弈，淝水战场上派来的信使到了。谢安看罢书信，默然无语，又慢慢地下起棋来。客人沉不住气，忙问他淝水战况，谢安徐徐答道："小儿辈大破贼。"意色举止，不异平常，不能不令人叹服其将相之才。谢安与顾雍相比，一喜，一悲；一为公，一为私，但二者镇定从容的表现却是一致的。当然，由于前者关系到国家的存亡、民族的安危，因而也就更为后人传颂。据《晋书》说，谢安下完围棋回内室去，在跨越门槛时，因为内心实在太高兴了，竟没有察觉鞋上的木屐齿都碰断了。可见，名士虽追求矫情镇物的弘度雅量，他们内心的感情却往往是非常复杂的。

　　处变不惊往往可以化险为夷。东晋成帝咸和三年（328年），苏峻作乱。中书令庾亮率军与之作战，大败，率左右十余人乘小船奔逃。其时，叛军正在抢掠百姓，船上的士兵就向他们射箭。不料，失手误中舵工，舵工应弦而倒。全船人都惊慌失色，争相散逃，唯独庾亮神色自若，缓缓说道："此手那（哪）可使箸贼！"意思说，这样的射技，怎么可以用来杀敌破贼呢？轻描淡写一句责备，便稳住了人心，使全船皆安。这也显示了他的大将之风。

在生死关头体现这种气度雅量极为出色的，还得推谢安。东晋简文帝司马昱死时，桓温出镇在外，遗诏让桓温辅政，但没有满足他更大的篡位野心，他就以为是吏部尚书谢安和侍中王坦之（字文度）从中作梗，十分愤恨。后入朝，屯兵新亭，要谢安、王坦之前去迎接，想借机杀掉二人。据《雅量》第二十九则记载，当时桓温伏甲设馔，遍请朝中百官，欲诛谢、王。王坦之甚惧，问谢安："当作何计？"谢安神意不变，回答说："晋祚存亡，在此一行。"意思说晋朝的存亡，就决定于我们此去的结果了。于是一同赴宴。王一时间的恐惧之情见于颜色，而谢却镇定从容不改平常。当谢安走上台阶，快步入席时，他模仿洛阳书生的吟咏之声，朗诵"浩浩洪流"的诗句。这是嵇康《赠秀才入军》中的句子，气魄颇为雄壮。桓温惊慑于那种旷达的气量，连忙撤去了伏兵，二人于是脱险。有趣的是，王坦之本来与谢安齐名，自此以后，便分出了高下，被人们认为远逊于谢。

魏晋名士的这种雅量，不仅风靡一时，也为后人所仿效。其实，雅量需要深厚的修养，也与个人的禀赋、品格相关，并非骤然模仿可得。虽为父子不可以相传，兄弟不可以移易。如《雅量》中记述王徽之、王献之兄弟，为世瞩目，不相上下。一次，二人所在房间起火，"子猷（徽之）遽走避，不惶取屐，子敬（献之）神色恬然，徐唤左右，扶凭而出，不异平常。世以此定二王神宇"。

另外，只要没有虚伪的表现，纯任自然，不为外物所累，都可以看成雅量。一次，东晋太傅郗鉴派人到丞相王导家选女婿，王家子弟"咸自矜持"，只有王羲之"在东床上坦腹卧，如不闻"。结果恰恰因此而被选中。

此即"东床快婿"典故的由来。又如东晋时祖约（曾任豫州刺史）和阮孚（曾任吏部尚书）二人，前者好财，后者嗜屐，并各自经营，同是为外物所累。但前者处置失当，当收拾钱财而被人看见时，即"倾身障之，意未能平"；后者处置得宜，于人前蜡屐仍"神色闲畅"。相形之下，人们就认为后者颇有雅量。可见雅量还须从对比中来。

《世说新语·雅量》中共记有四十二则故事，大多都写得生动精彩，令人佩服。当然，篇中也记载了有些士族厚颜装出的"雅量"，只不过是提供笑料而已。

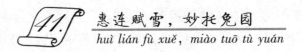

41. 惠连赋雪，妙托兔园
huì lián fù xuě，miào tuō tù yuán

《雪赋》是魏晋南北朝时期咏物赋中的名篇佳作。全赋不仅在雪景的描写上极尽铺排渲染之能事，而且在结构安排上也有独到精妙之处。

> 岁将暮，时既昏。寒风积，愁云繁。梁王不悦，游于兔园。乃置旨酒，命宾友。召邹生，延枚叟。相如末至，居客之右。俄而微霰零，密雪下。王乃歌北风于卫诗，咏南山于周雅。授简于司马大夫，曰："抽子秘思，骋子妍辞，侔色揣称，为寡人赋之。"

赋的开篇，假托梁孝王于寒风四起、愁云密布之日，游于兔园，文人邹阳、枚乘、司马相如伴驾，于是三人在兔园上演了一曲联翩飞洒的瑞雪赞。

这篇结构独具匠心、辞章华美飘逸的《雪赋》作者，就是令著名山水诗人谢灵运梦中觅得佳句"池塘生春草"的谢氏子弟——谢惠连。谢惠连是南朝宋诗人，祖籍陈郡阳夏（今河南太康），出生于晋安帝隆安元年（397年），宋文帝元嘉十年（433年）去世。因为谢灵运与他都以词藻见长，风格又相近，所以后人又称二人为"大小谢"。

谢惠连的父亲是谢方明，《南史·谢方明传》称："方明严恪，善自居遇，虽暗室未尝有惰容。""承代前人，不易其政；必易改者，则渐变使无迹可寻。"贵族豪士面对严于律己、深达政务的谢方明，均莫敢犯禁。谢方明在江陵（今湖北江陵）为官时，曾做了一件令朝野震惊的事情。年终岁尾，除夕将至，谢方明下令将狱中关押的囚徒暂放归家，让其与亲人团聚，并规定正月初三返归县狱。有人力谏此事不妥，并称："以为昔人虽有其事，或是记籍过言，且当今人情伪薄，不可以古义相许。"谢方明没有采纳，轻重罪犯，悉放回家。期限一到，果有二犯未归。众人慌恐，唯有谢方明镇定自若。其中一重犯醉不能归，过二日返回。另有一犯，徘徊墟里，有人想带兵擒拿，谢方明不准。最后，乡村邻里将此人送归县狱。仕官乡民无不叹服谢方明的仁义之心、大胆之举。

谢方明为政清明，但却没有发现儿子谢惠连的少年才气。宋文帝元嘉元年（424 年），谢灵运辞去永嘉太守，返回老家始宁（今浙江上虞），见到了俊逸洒脱的谢惠连，很少敬佩他人的谢灵运与谢惠连结为刎颈之交。每当谢灵运读到谢惠连的新作时，都不免要大加赞赏，并经常说："张华（晋文学家）重生，不能易也。"

在会稽，谢惠连与何长瑜、荀雍、羊璿之一起赏玩山水，吟诗作赋，时人谓之"四友"。其中何长瑜是谢方明请来教谢惠连读书的老师，他也是当世颇有才学的文人，曾作四句韵语："陆展染白发，欲以媚侧室。青青不解久，星星行复出。"来嘲讽临川王刘义庆手下的墨客文人。世人仿效，又写了很多言辞刻薄的语句，流传四方，致使临川王刘义庆大为不满。在谢方明的府上，何长瑜并未受到应有的重视。谢灵运对谢方明说："阿连才悟如此，而尊作常儿遇之；长瑜当今仲宣（王粲），而诒以下客之食。尊既不能礼贤，宜以长瑜还灵运。"于是，车载而去。

深受谢灵运推重赏识的谢惠连在生活中也有放荡的一面。会稽郡吏杜德灵是谢惠连的男宠。即使是在谢惠连为父居丧期间，两人也来往密切，并有酬答之作——五言诗十余首。此事为朝廷所知，意欲治罪。多亏深爱其才的尚书仆射殷景仁从中周旋，方才免于处治。殷景仁对宋文帝说：

"臣小儿时便见此文，而论者云是惠连，其实非也。"宋文帝说："若此便应通之。"

元嘉七年（430 年），谢惠连做了彭城王刘义康的法曹行参军，所以后人又称他为谢法曹。在任法曹参军期间，"义康修东府城，城堑中得古冢，为之改葬，使惠连为祭文，留信待成，其文甚美"（《南史·谢惠连传》）。谢惠连的《祭古冢文》因为所祭之人不知为谁，所以文章中流露出的人生意趣显得更为普泛。文中有言"追唯夫子，生自何代？曜质几年？潜灵几载？为寿为夭？宁显宁晦？铭志湮灭，姓字不传。今谁子后？曩谁子先？功名美恶，如何蔑然？"这一连串的发问，岂止是对冢中之人，吊古之辞亦充满伤今之意。

谢惠连工于诗赋。关于他的诗，钟嵘在《诗品》中这样评说："小谢才思富捷。恨其兰玉夙凋，故长辔未骋。《秋怀》、《捣衣》之作，虽复灵运锐思，亦何以加焉。又工为绮丽歌谣，风人第一。"当然时代及个人的审美趣味不同，对一个人的创作成就的评价自然有所差异。就今天来看，谢惠连的诗歌成就并不算高。词采华美，内容贫乏，但诗中自有一些佳句奇境。如为钟嵘看重的《捣衣诗》有这样的诗句："白露滋园菊，秋风落庭槐。肃肃莎鸡羽，烈烈寒　啼。夕阴结空幕，宵月皓中闺。"冬衣剪就，但"腰带准畴昔，不知今是非"。意境幽远，浑然天成。

谢惠连的赋基本上为咏物之作。《甘赋》、《橘赋》、《白鹭赋》等，虽然形式工巧，但缺少思想内容上的深度。在后代影响最大的是《雪赋》，这篇赋可算得上是他的代表作了。

全赋最精彩的部分，是托司马相如描写雪景的文字。

　　于是河海生云，朔漠飞沙。连氛累霭，掩日韬霞。霰淅沥而先集，雪粉糅而遂多。

　　其为状也，散漫交错，氛氲萧索。蔼蔼浮浮，瀌瀌弈弈。联翩飞洒，徘徊委积。始缘甍而冒栋，终开帘而入隙。初便娟于墀庑，末萦盈于帷席。既因方而为珪，亦遇圆而成璧。眄睐则万顷同缟，瞻山则千岩俱白。于是台如重璧，逐似连璐。庭列瑶阶，林挺琼树。皓鹤夺鲜，白鹇失素。纨袖惭冶，玉颜掩婷。

在这段描写中，我们看到：片片飞雪弥漫于天地之间，随风四起，联翩飞洒。如 如璧，在白雪的笼罩下，万顷旷野如同白练，座座山峰皑皑茫茫，好一派银装素裹的世界。在这样的白雪面前，皓鹤白鹇失去颜色，玉女佳人羞惭难当。

当太阳升起照耀天地的时候，天地陡增无限光辉：

若乃积素未亏，白日朝鲜，烂兮若烛龙，衔耀照昆山。尔其流滴垂冰，缘溜承隅。粲兮若冯夷，剖蚌列明珠。至夫缤纷繁骛之貌，皓皫曒洁之仪，回散萦积之势，飞聚凝曜之奇，固展转而无穷，嗟难得而备知。

其貌、其仪、其势，辗转无穷，真是用语言都很难把它的全部神姿展现出来。邹阳听了司马相如的渲染铺排，"懑然心服"，续《白雪歌》一首。梁王也兴致勃发，欣然作结："白羽虽白，质以轻兮。白玉虽白，空守贞兮。未若兹雪，因时兴灭。玄阴凝不昧其洁，太阳曜不固其节。……值物赋象，任地班形。素因遇立，污随染成。纵心皓然，何虑何营？""素因遇立，污随染成。"这都是外物使然，我心自有浩然正气，存于天地之间。

全篇由雪及人，由"雪性"写到"人情"，表现出一种超脱旷达，随化委运的人生境界，与散漫浩洁之白雪相互生发。意境空阔高洁，语言轻巧艳丽，用典精切，描写自然。"兰玉凤凋，长辔未骋"的谢惠连为后人留下了一篇赏心悦目之佳作。司马相如、邹阳、枚乘施展才华的白雪"兔园"更是令人回味无穷。

42. 《月赋》：空明世界的真情抒写
yuè fù: kōng míng shì jiè de zhēn qíng shū xiě

南朝宋武帝永初二年（421 年），孕育了无数风流人物的江南谢氏门阀家族又诞生了一位名垂后世的俊杰人物，他就是《月赋》的作者谢庄——谢希逸。谢庄风姿端庄，气度非凡，宋文帝曾评价道："蓝田生玉，岂虚也哉。"

谢庄和众多的谢氏家族中的名人一样，幼年聪慧，少有才名。他的父亲是宋文帝时代的名臣谢弘微，南朝梁文学家沈约曾盛赞他"简而不失，淡而不流，古人所谓名臣，弘微当之"。

谢庄为官也和其父一样，尽职尽责，进退有度。元嘉二十九年（452年），宋文帝任命他为太子中庶子。元嘉三十年，宋太子刘劭弑父篡位，江州刺史武陵王刘骏（宋孝武帝）兴兵讨伐。军中所有檄文、书信均秘密交给谢庄改正，然后布告天下。可见刘骏对其人、其文的信任。宋孝武帝孝建元年（454年），谢庄官至左将军。此间他鉴于朝廷选拔人才的路途狭窄，曾上疏建议广开贤路，但未被采纳。第二年，官拜吏部尚书。时年三十五岁的谢庄，疾病缠身，自请辞官。

大明五年（461年），又为侍中，领前军将军。这时的孝武帝耽于游猎，不加节制，常常是旦出夜归。一天夜间，孝武帝狩猎归来，正值谢庄在守城。他担心所递信符可能作假，拒不打开城门，直至见到孝武帝亲笔敕令，方才开门放行。事后，孝武帝询问此事，谢庄答道："我听说，帝王祭祀、打猎，出入往来都有个法度。现在陛下晨往宵归，我担心有不法之徒诈称圣旨，制造事端，所以唯见陛下亲笔手令，方敢开门。"既是解释，又是规劝，出语颇为机智。

谢庄不仅精于政事，而且还素有辩才。孝武帝曾问颜延之："谢希逸《月赋》何如？"颜延之不以为然地说："美则美矣，但庄始知'隔千里兮共明月'。"孝武帝不久即将此言说与谢庄。谢庄朗声答道："延之作《秋胡诗》，始知'生为久离别，没为长不归'。"针锋相对地反唇相讥，令孝武帝拍掌叫绝，大笑不止。朝中大臣王玄谟向谢庄讨教：何者为双声，何者为叠韵。谢庄马上回答："玄护（人名）为双声，　　（地名）为叠韵。"其机辩、敏捷每每如此。

出于对谢庄的赏识，孝武帝曾赐给谢庄一把宝剑。谢庄又将宝剑转送给了豫州刺史鲁爽。后来鲁爽反叛朝廷，孝武帝有意难为谢庄，便问剑在何处。谢庄从容地答道："昔以与鲁爽别，窃以为陛下杜邮之赐。"杜邮（今陕西咸阳）是秦昭王令手下名将白起拔剑自刎的地方。谢庄借典巧辩，说剑是让鲁爽用来自刎的。闻听此言，孝武帝非常高兴，众大臣也认为这是最明智的回答。

谢庄在文学上的才华，也为时人所称赞。元嘉二十九年（452年）他任太子中庶子时，南平王刘铄向朝中贡奉了一只红鹦鹉，宋文帝命朝臣们以此为题作赋。文冠当时的太子左卫率袁淑读了谢庄的《赤鹦赋》后，慨叹道："江东无我，卿当独秀；我若无卿，亦一时之杰。"说完，收起了自己的赋作。一篇《赤鹦赋》为他赢得才名，后来却因一篇《殷贵妃诔》险些送掉了性命。

殷贵妃，《南史·后妃传》中称她或是为刘义宣之女或是殷琰家人。入宫后，一直为宋孝武帝宠幸。她去世后，孝武帝精神恍惚，悲不自胜。谢庄作哀策文《殷贵妃诔》一篇，孝武帝读后泪流满面地说："不谓当今复有此才。"可孝武文穆王皇后的儿子、太子刘子业却大为不满，怀恨在心。宋孝武帝大明八年（465年）刘子业（前废帝）即位，旧账重提。他派人诘问谢庄，"卿昔作《殷贵妃诔》，有'赞轨尧门'之言，知有东宫否?"《汉书》中记载，赵婕妤怀昭帝十四月乃生，又因传说中的五帝之一"尧"，也是其母怀胎十四月出生的，所以汉武帝刘彻把赵婕妤居住的钩弋宫的宫门叫做尧母门。"赞轨尧门"就是谢庄引此典故，以盛赞殷贵妃之德。刘子业把对殷贵妃的怨恨发泄到了谢庄身上，欲诛谢庄。刘子业的宠臣孙奉伯谏道："死对于人来说都是一样的，受一次苦也就算了。皇上您暂且把谢庄关押起来，让一生顺达的他尝一尝人生的所有苦处，然后再杀他不迟。"不料宋明帝刘彧旋即取而代之，谢庄得以大难不死。刘彧即位，命谢庄作诏书以大赦天下。回府休息的谢庄带着稍许醉意，挥笔成篇，其文甚工。

宋明帝泰始二年（466年），谢庄去世，赠右光禄大夫，因生前还曾任金紫光禄大夫，所以后人称之为"谢光禄"。

谢庄一生著作甚多。《宋书》本传称"所著文章四百余首行于世"。张溥《汉魏六朝百三名家集》收有《谢光禄集》。诗作《怀园引》抒写其怀念中原、欲归不得的悲愁，寄寓了对元嘉北伐失败的深深哀痛之情。诗中杂用三、五、七言，又间用楚辞体，形式独特。但在空明世界中抒写真情的《月赋》，尤为后人称道。

《月赋》在结构上和谢惠连的《雪赋》一样，假设陈思王曹植和王粲为主客，叙写有关月的故事和月夜景物。但是这篇作品不像《雪赋》那样专注于雪的形态的描绘，而是在广阔的自然景象描写中，着力体现月夜空明悠远的精神境界，给读者无限美的感受。

王粲受命作赋，他先叙述了一系列有关"月"的故事，表明皓月在人事上所显示的意义。然后描写明月笼罩下的万物景观：

> 若夫气霁地表，云敛天末，洞庭始波，木叶微脱。菊散芳于
> 山椒，雁流哀于江濑，升清质之悠悠，降澄辉之蔼蔼。列宿掩
> 缛，长河韬映，柔祇雪凝，圆灵水镜，连观霜缟，周除冰净。

天地澄明，萧疏宁静，菊散芬芳，雁流哀响。大地上的气氛被渲染得如此精美。明月升起，月光流照于天地之间，万物都被融融的月色净化得雪水冰霜般的莹洁。如雪的大地，如水的夜空，无不渲染出皓月的光辉，无一字写月，但无一字不包容着无限的月色清辉。

月夜景色是迷人的，却又是清寂空冷的。在这孤寂美妙的空明世界里，不由得使人悲怀伤远，不禁歌道：

> 美人迈兮音尘阙，隔千里兮共明月；临风叹兮将焉歇，川路
> 长兮不可越。
> 月既没兮露欲稀，岁方晏兮无与归；佳期可以还，微霜沾
> 人衣。

这反复的吟唱与开篇"怨遥"、"伤远"相呼应，充溢着对贤友的无尽哀思与惆怅情怀。

这篇赋构思新颖奇特，意境清丽优美，文辞流畅精湛。从写景方面

看，"不着一字，尽得风流"；从抒情方面看，"深情婉致，具有味外之味"。叙事与抒情紧密融合，勾画出了月夜的静谧深邃，细腻中尽显飘逸之格调。

"玉生蓝田"的谢庄，终以《月赋》一作名垂青史，千百年间余音绕梁。

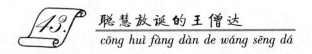

43. 聪慧放诞的王僧达
cōng huì fàng dàn de wáng sēng dá

王僧达，琅琊临沂（今山东临沂）人，南朝宋文学家。生于宋少帝景平元年（423年），去世于宋孝武帝大明二年（458年）。

王僧达的父亲就是参奏谢灵运杀死门人桂兴的王弘。东晋灭亡后，王弘在刘宋王朝为官。称帝后的刘裕志满意得，对群臣说："我本来是个平民百姓，没想到会有今天啊！"傅亮及众臣听后，均跃跃欲试，想撰文赞刘裕的文治武功。王弘说："此所谓天命，求之不可得，推之不可去。"这样一句沉稳简洁的话语就打消了众人的念头。

王僧达的叔叔王昙首深受宋文帝刘义隆的赏识。他去世时，王弘泪流不止，悲痛欲绝，可是在外人面前他从不将悲伤流露出来。彭城王刘义康问伤心至极的宋文帝："昙首既为家宝，又为国器，弘情不称，何也？"宋文帝答道："贤者意不可度。"

王僧达身为王弘之子，既继承了其父聪慧捷敏之性，但又有很多方面与其父大相异趣。

当年王弘在扬州为官时，王僧达只有六七岁，常偷览讼状。王弘认为他是个小孩子，开堂审案时，就把他留在了身边。在公堂上，年幼的王僧达把诉状倒背如流，一句不差。十几年后，宋文帝听说王僧达早慧，便在德阳殿召见了他。应对答问之间，王僧达尽显机敏自如之灵气。宋文帝爱其才华，将临川王刘义庆之女许配给了他。

王僧达喜好驾鹰逐犬，常和乡里少年进山打猎。他还有个特殊的嗜好，就是宰牛。临川王刘义庆感到将女儿嫁给这样一个人，很不放心，于是派名僧慧观前去访察。王僧达陈书满席与慧观谈文论道，常令慧观应对不暇。慧观回去后，在刘义庆面前美言相加。这期间，宋文帝任命他为太子洗马。

王僧达有个哥哥叫王锡，为人朴实木讷，缺少潇洒气度。王僧达和这个哥哥向来不和。王锡在离任回京时，积攒的钱财达百万以上。王僧达便让手下人劫掠一空。后来，在任吴郡太守时，他又犯劫掠恶行。吴郡（今浙江杭州）有一座西台寺，庙里的僧人非常富有。王僧达求要不得，便派主簿顾旷率领一班人马劫掠寺中僧人，得钱数百万。从他两次劫掠之事，人们可以看到王僧达是个喜爱钱财、不受任何礼义法度约束的狂人。

为母服丧期满，王僧达被任命为宣城太守。来到宣城（今安徽宣城），他游猎的嗜好依旧如故，肆意驰骋，多则五日，少则三天。民间诉讼大多在游猎处办理。有不认识他的百姓向他询问：“太守在哪儿？”王僧达回答：“很近，就在你的身后。”待到来人回转身去，王僧达哈哈大笑，放诞之中蕴含着幽默。

元嘉二十八年（451年），北魏拓跋氏危逼京城，王僧达请命进京护驾，立下功劳。然后到义兴（今江苏宜兴）为官。

元嘉三十年，宋太子刘劭杀死宋文帝刘义隆。武陵王刘骏（宋孝武帝）兴兵讨伐，檄文遍达州郡。镇北大将军沈庆之对人说：“虏马饮江，王出赴难（指元嘉二十八年之事），见其在先帝前，议论开张，执意明决，以此言之，其必至也。”果如此言，此间王僧达被授为长史。刘骏即位，他被任命为尚书右仆射；不久受命出使南蛮，任南蛮校尉，加征虏将军。

两次关键时刻的赴难，并未给王僧达带来好运。不久，他又被任命为护军将军，很不得志。于是他又要求到徐州（今江苏徐州）为官，孝武帝不准。力陈之下，孝武帝任命他为吴郡太守。一年之内五次迁官，使他很不开心。王僧达自恃才高，颇为自负。他曾认为，自己在一年之内可官至宰相。从他的“亡父亡祖，司徒司空”（父王弘官至司空，祖父王　官至司徒）的言语中，就可看出他在仕途上的雄心壮志。

孝武帝孝建元年（454 年）、孝建二年，王僧达两次被免官，官场不称意的王僧达更加狂放。孝武帝刘骏单独召见他。王僧达神色傲然，颇不谦恭，两眼直瞪瞪地注视孝武帝。待他走后，孝武帝气愤地说："王僧达非狂如何？乃戴面向天子。"同僚颜师伯听说此事，急忙赶到王僧达府上劝说他。可是王僧达说："大丈夫宁当玉碎，安可以没没求活。"颜师伯见到此情此景，生怕再讨没趣，犹豫一阵，便告退了。

对皇帝如此，对大臣更不例外。朝中显宦何尚之曾于元嘉二十年（443 年）辞官归隐，并作《退居赋》以明其志。孝武帝时，复又为官。此时官拜尚书令的何尚之在自家建了一座八关斋，朝中大臣都来行香。见到王僧达，何尚之说："愿郎且放鹰犬，勿复游猎。"可王僧达故作接受地说："家养一老狗，放无去处，已复还。"一语双关，显然是在骂何尚之为去而复来的老狗。众人面前，何尚之大惊失色，威风扫地。

黄门侍郎路琼之是路太后兄路庆之的孙子，他的府第和王僧达相邻。路琼之深慕其名，前去拜访已因文学名望官至中书令的王僧达。这时，王僧达已经换好衣服，准备出去打猎。路琼之进屋坐下后，王僧达心中不快，不愿多语。他见路琼之没有走意，便问："以前我家有个马前卒路庆之，他是你的什么亲戚呀？"路琼之闻听此言，发觉事情不妙，急忙离去。可是王僧达不肯罢休，又下令烧了路琼之坐过的床。路太后闻之，大怒，向孝武帝哭诉："我尚健在，就有人敢欺负他；我死后，琼之还不得去要饭啊！"孝武帝无奈地说："琼之也太小孩子气了，没事去看什么王僧达，被他污辱纯粹是自找的。王僧达是贵公子，岂能因这点小事治罪呢。"路太后听了这话，狠狠地说："我与王僧达不共戴天。"

皇帝、大臣、太后均不在他的眼里，才高气傲、率情任性的王僧达为自己埋下了祸根。宋孝武帝大明二年（458 年），高阇等人聚众谋反。孝武帝因王僧达屡次犯上，而无改过之心，便把他定为高阇同党，收捕入狱。

孝武帝下诏，诏书中说，王僧达"轻险无行，暴于世谈"，"公行剽掠"，"倚结群恶，诬乱视听"，"朕每容隐，思加荡雪，曾无犬马感恩之志，而炎火成燎原之势……"，"朕焉得轻宗社之重，行匹夫之仁"。赐其

自尽，时年三十六岁。

聪慧令他走上了仕宦之途，放诞让他送掉了性命。

放诞的王僧达在生活中还有另外一面，他在做太子洗马时，宠爱军人朱灵宝。做宣城太守时，朱灵宝年龄已长，王僧达诈称朱灵宝已死，偷偷地把他带到宣城，改名换姓，并为他谋官。事情败露后，王僧达遭到拘禁。拘押期间，他上疏孝武帝，自称得罪了权贵，方有此难。另外王僧达的族中子弟王确，美貌英俊，王僧达对他也是宠爱有加。后来，王确的叔叔王休出任永嘉太守，准备带走王确。王僧达想把他强行留下。王确知道他的意思故意躲避他。恼羞成怒的王僧达，偷偷地在屋后挖了一个大坑，准备坑杀王确。但此事被王僧达的叔伯兄弟王僧虔劝止。可见王僧达的放诞不羁，已接近于一种疯狂的病态。

钟嵘在《诗品》中将王僧达与谢瞻、谢混、袁淑、王微放在一起论评，共为中品。钟嵘认为，这五个人的诗风"其源出于张华。才力苦弱，故务其清浅，殊得风流媚趣"。而五人中，谢瞻、谢混居次，袁淑、王微殿后，王僧达当居群俊之首。

王僧达一生著述颇丰，也曾结集，但均散佚，留传至今的五言诗有四首，其中《答颜延年》、《和琅琊王依古》较为著名。在《和琅琊王依古》中有这样的诗句："仲秋边风起，孤蓬卷霜根。白日无精景，黄沙千里昏。"王僧达用自然清浅的诗句，为我们勾画了一幅壮阔的"北方秋日风沙图"。其文也是辞采飞扬，声情并茂，代表作品当属《祭颜光禄文》。

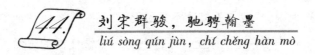

44. 刘宋群骏，驰骋翰墨
liú sòng qún jùn，chí chěng hàn mò

提起刘宋文学，人们自然会想起"元嘉三大家"——谢灵运、颜延之、鲍照，其他很多骚人墨客常被湮灭在他们的光辉之中。那些被湮灭的骚人墨客，虽不璀璨夺目，但也星光闪烁，为浩瀚的银河增添了无穷魅力。钟嵘在《诗品》中对宋豫章太守谢瞻、宋仆射谢混、宋太尉袁淑、宋徵君王微、宋征虏将军王僧达等作过这样的评价："其源出于张华。才力苦弱，故务其清浅，殊得风流媚趣。课其实录，则豫章、仆射，宜分庭抗礼。徵君、太尉，可托乘后车。征虏卓卓，殆欲度骅骝前。"不管这些人在钟嵘心目中地位如何，他们的创作终如群骏驰骋，翰墨飞扬，为后人勾画出无数新的文学风景。

谢瞻，字宣远，出生于晋孝武帝司马曜太元十二年（387 年）。他六岁能文，作《紫石英赞》、《果然诗》，为当时才士所赞赏。一次，友人相聚，谢瞻作《喜霁诗》一首，谢灵运妙笔书之，谢混朗声诵之，在座人等莫不叹服，赞为"三绝"。

谢瞻是有江左"杨修"之称的谢晦的哥哥，虽是同母所生，但心性不同。在动荡的时局中，谢晦追功求名，谢瞻力图自保。在族中子弟欢宴时，谢灵运曾问众人："潘岳（字安仁）、陆机（字士衡）与贾充（字公闾）相比，谁优谁劣？"谢晦抢先回答："安仁诌于权门，士衡邀竞无已，并不能保身，自求多福。公闾勋名佐世，不得为并。"谢灵运颇有不服，说道："安仁、士衡才为一时之冠，方之公闾，本自辽绝。"谢瞻听罢二人此番辩论，正色说道："若处贵而能遗权，斯则是非不得而生，倾危无因而至。君子以明哲保身，其在此乎。"三人的心性不同，由此可见一斑。谢瞻就是常以这种人生观念教导其弟谢晦的。他曾多次向宋武帝刘裕陈请："臣本素士，父祖位不过二千石。弟年始三十，位任显密，福过灾生，特乞降黜，以保衰门。"惧祸心理无不弥漫。宋武帝欲任用谢瞻为吴兴太守，在他的百般推脱下，最后出任了豫章太守。

谢晦声名越来越盛，谢瞻忧惧之情也越来越深，甚至生病后也不加疗治，于宋武帝永初二年（421 年）去世，时年三十五岁。他临终前嘱咐谢晦说："吾得归骨山足，亦何所多恨。弟思自勉，为国为家。"然而谢晦对此置若罔闻，终招杀身之祸。

袁淑，字阳原，出生于晋安帝司马德宗义熙四年（408 年）。少有风气，博涉多通，文采遒艳，纵横有才辩。不好文学的彭城王刘义康虽授他以司徒祭酒，礼遇相加，但内心对他并不重视。即便如此，当刘湛想让他投到自己门下时，他仍不改其志，由是与刘湛结下私怨。对此，袁淑曾赋诗曰："种兰忌当门，怀璧莫向楚。楚少别玉人，门非植兰所。"落拓不羁若此。宋文帝刘义隆元嘉二十六年（449年），升为尚书吏部郎。后来他又到始兴王刘浚府上做征北长史。袁淑初到刘浚府上时，刘浚说："到这里来是不是委屈你了？"袁淑答道："朝廷遣下官，本以光公府望也。"刘浚为了戏弄他，曾送钱三万，过了一夜又派人取回，说是送错了。袁淑写信给刘浚，信中说："闻之前志曰：'七年之中，一与一夺，义士犹或非之。'况密迩旬次，何其衰益之亟也。窃恐二三诸侯有以观大国之政。"义正辞严，既维护了自己的尊严，又将刘浚置于不义之地。后来，袁淑又被升为太子左卫率。

宋元嘉三十年（453年），宋文帝刘义隆与太子刘劭之间的矛盾越来越深。在早春二月的一天夜里，刘劭将中庶子萧斌及太子左卫率袁淑、中舍人殷仲素叫到东宫，流着眼泪对众人说："主上听信谗言，准备把我废除。我自问没有过错，不能受此冤枉。明天我要做件大事。"众人惊愕。过了许久，袁淑、萧斌说："自古无此，愿加善思。"刘劭脸色骤变，萧斌害怕地说："我们会尽力遵命行事。"袁淑呵斥萧斌道："你以为殿下真的要这样做吗？殿下小时患过疯病，现在是旧病复发。"刘劭心中更加恼怒，便瞥着袁淑说："事当克否？"袁淑回道："居不疑之地，何患不克。但既克之后，为天地所不容，大祸亦旋至耳。"刘劭身边的人将他拉出说："这是什么事情，怎么能中止不做呢？"袁淑回到官署，绕床徘徊，四更方睡。凌晨，刘劭与萧斌同乘一车，急叫袁淑。袁淑睡觉不起，待他慢慢吞吞地来到车后时，又一再推辞，不肯上车。刘劭大怒，下令杀死了袁淑，旋即闯入宫中，杀死了宋文帝刘义隆。五月，刘骏即位，刘劭被处死，袁淑被追赠为侍中、太尉，谥号忠宪公。从袁淑对待刘湛和刘劭的态度看，他可说是个持节有度之士。

袁淑一生创作数量不多，但水平较高。张溥在《汉魏六朝百三名家集》的题词中云："袁淑诗章虽寡，其摹古之篇，风气竞逼建安。此人不死，颜谢未必能出其上也。"其诗作气概豪迈，文势纵横。

王微，字景玄，出生于晋义熙十一年（415 年），去世于宋元嘉二十九年（452 年），伯父王弘，叔父王昙首，父王孺。他是王氏家族中又一才子，年少好学，文章精美，工于书法，又解音律及医方卜筮阴阳之术。可是他的生活几近怪僻，常独处一室，寻书玩古，终日端坐床上，脚不着地，床席四处布满尘埃，只有身下颇为洁净。他的弟弟王僧谦也有才名，患病后服用了他所开之方，由于剂量失当而误死。王微深深自责，待自己患病时不再自疗。王僧谦去世后一个多月，王微也辞世而去，时年三十八岁。

王微初为始兴王刘浚幕僚，后又做南平王刘铄咨议参军。因为他素无宦情，所以官职不显。

《南史·王微传》称："微为文好古，言颇抑扬，袁淑见之，意为诉屈。"陈延杰《诗品注》说："王微诗颇婉曲。"袁淑与陈延杰的评价都较为中肯。在他所存不多的诗作中，《杂诗》较能代表他的风格。全诗首四句以第二人称的笔法，为我们摹写了一个登高眺望，自然生情的思妇形象，"弄弦不成曲，哀歌送苦言"见其相思心切。后十二句以第一人称抒情、写景，使读者在玩其景时，而会其情。"日暗牛羊下，野雀满空园。孟冬寒风起，东壁正中昏。"深冬的凄寒与内心的凄苦相生相映。结尾二句"谁知心曲乱，所思不可论"更加深了全诗的悲剧气氛。巧妙的结构变化，出色的衬托、对比等艺术手法的运用，使全诗情感流转自然，以清浅之辞造出孤苦意境。

刘宋群骏驰骋翰墨，尽情挥洒。然而他们的清浅诗风，却一以贯之，独具风流妙趣。虽然各人诗作所存不多，但这已足够我们赏玩不已了。

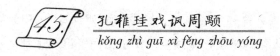

45. 孔稚珪戏讽周颙
kǒng zhì guī xì fěng zhōu yóng

《北山移文》在南朝骈文中是艺术成就很高的一篇，《昭明文选》、《六朝文 》都分别加以选录。在《古文观止》中，东晋至六朝的文章选录很少。其中，东晋取王羲之的一篇《兰亭集序》，陶渊明的《归去来兮辞》、《桃花源记》、《五柳先生传》三篇。而南朝宋、齐、梁、陈四代只取一篇，即《北山移文》，可见其在选家心目中的地位。

《北山移文》的作者是跨宋、齐两代的文学家孔稚　。孔稚　，字德璋，会稽山阴（今浙江绍兴）人。出生于南朝宋文帝刘义隆元嘉二十四年（447年），去世于齐东昏侯萧宝卷永元三年（501年）。

移文是一种官府文书，而作者却将其用于描写自然及人物，用拟人化的手法赋予钟山草堂及钟山风物以人情、人性，进而达到指斥讥讽假隐士"周子"的目的。文章开篇即写钟山之英、草堂之灵腾云驾雾地驱驰于驿路上，在山庭镌刻声讨周子的移文，布告山川草木，以阻止周子再辱圣地。

在钟山之英、草堂之灵看来，真正的隐士应有"耿介拔俗之标，潇洒出尘之想，度白雪以方洁，干青云而直上"的品格，或有"亭亭物表，皎皎霞外，芥千金而不眄，屣万乘其如脱，闻凤吹于洛浦，值薪歌于延濑"的心性。然而山林隐逸之地也确有"终始参差，苍黄翻覆"，"乍回迹以心染，或先贞而后黩"这样的走终南捷径的虚伪之人，周子就是其中的典型。文章以钟山之英、草堂之灵为视角，尽情地展示了周子的表现。"其始至也，欲将排巢父，拉许由，傲百氏，蔑王侯，风情张日，霜气横秋。或叹幽人长往，或怨王孙不游。谈空空于释部，核玄玄于道流。"在这里作者通过"排、拉、傲、蔑、叹、怨、谈、核"八个动词活画出此时周子风度情致。可是"及其鸣驺入谷，鹤书赴陇，形驰魄散，志变神动。尔乃眉轩席次，袂耸筵上，焚芰制而裂荷衣，抗尘容而走俗状"。前面大肆称誉，后面笔势一跌千丈，对比中造成强烈的滑稽感。面对如此周子，"风云凄其带愤，石泉咽而下怆。望林峦而有失，顾草木而如丧"。山中景物为其变节而伤感气愤。拟人化的笔法妙趣横生。文章借周子讥刺了那些身在山林、心存魏阙的假隐士。

吕向在《文选六臣注》中对此文有这样的注释："钟山在都（建康，今南京）北。其先周彦伦（周颙）隐于此山，后应诏为海盐县令，欲却过此山。孔生乃假山灵之意移之，使不许得至。"此种观点影响到后人，渐渐地人们在周子与周颙之间画上了等号。

周颙，字彦伦，汝南安城（今河南汝南东南）人。初为宋海陵国侍郎，转为历锋将军，后为剡令。入齐，为长沙王参军，迁山阴令，后任中书郎，兼著作，转国子博士，一生为官，从无隐逸之举。《南齐书·周颙传》记载，"颙于钟山西立隐舍，休沐则归之"。这里的钟山隐舍不过是假日休息的"别墅"罢了。由此观之，文中的周子并不能完全等同于历史上的周颙。

孔稚　一生都在做官。且《南齐书·杜京产传》中记载，齐武帝萧赜永明十年（492 年），孔稚　等人联名上表，在盛赞杜京产挂冠辞世的高士之风后，说道："谓宜释巾幽谷，结徂登朝，则岩谷含欢，薜萝起忭矣。"在孔稚　看来，结束隐逸而出仕是令山欢谷笑、薜萝见喜的好事。可见孔稚　对为官并不憎恶，对隐逸也非特别标举。

孔稚　生性善谑，"不乐世务，居宅盛营山水，傍无杂事"。门庭之内草艾丛生，从不修剪，蛙鸣鼓噪不绝于耳。有人问他："你想效仿东汉高洁之人陈蕃吗？"孔稚　回答："我以蛙鸣为乐队，何必要学陈蕃呢？"同僚王晏曾以乐队迎请孔稚　，王晏听到群蛙齐鸣不禁说道："太闹人啦。"孔稚　笑答："我听鼓吹，殆不及此。"由此可知，孔稚　的生活中有很多不合世俗常理的地方。

历史上的周颙，也是个机言巧辩、善开玩笑的人。史称："颙音辞辩丽，出言不穷，宫商朱紫，发口成句。"他崇信佛教，清心寡欲，每日以蔬菜为食，虽有家室，但好独处山舍。卫将军王俭曾问过他："卿山中何所食？"周颙答道："赤米白盐，绿葵紫蓼。"赤、白、绿、紫，工巧精妙。国子祭酒何胤也笃信佛教，所以不曾娶妻。文惠太子萧长懋意欲以此难倒周颙，便问："卿精进何如何胤？"周颙说："三涂八难，共所未免，然各有其累。"太子又问："所累伊何？"周颙说："我虽娶妻，但不吃肉；何胤无妻，但他吃肉。"女色、肉荤都为佛家所忌，以此言之，太子心服。

据史书记载，孔稚　与张融、何点、何胤是至交，周颙与此三人也是好友。史书上虽无孔、周二人交往的明录，但以此观之，二人极有可能也是过从甚密的好友，即非如此，他们也不会是怨恨极深的政敌。现在，我们已无从查考《北山移文》的具体写作背景了。即便周子是历史上的周颙，但从孔稚　、周颙一生经历及品性上看，《北山移文》应是一篇俳谐之作，文章旨归也应是二人间的游戏文字，但客观上讲，文章还是有较深刻的社会意义的。

在这篇戏讽之作中，写人绘景鲜明生动，叙述交代幽默风趣，可以说是孔稚　才情的充分展示。

使我高霞孤映，明月独举，青松落荫，白云谁侣？涧户摧绝无与归，石径荒凉徒延伫。至于还飙入幕，泻雾出楹，蕙帐空兮夜鹄怨，山人去兮晓猿惊。昔闻投簪逸海岸，今见解兰缚尘缨。于是南岳献嘲，北垄腾笑，列壑争讥，攒峰竦诮。慨游子之我欺，悲无人以赴吊。故其林惭无尽，涧愧不歇，秋桂遣风，春萝罢月。

其文属对精工，文辞华美，声调和谐。自然风物被当做有灵性的东西来写，形象更为鲜明，感情也格外浓厚。铺排渲染之中，不堆砌典故辞藻，充满自然飞动的灵活之气。拟人与景物的妙合造成双重效果，即人的情感表达和景物的审美。

全篇除主要运用骈四俪六的句式外，还间以三、五、七言等各种句法。除对偶句外，还穿插了若干关联语句，并在句与句间成功地运用了一些虚词来联系，自然精妙，转换得法。

许　在《六朝文　》中对此文称赞道："此六朝中极雕绘之作，炼格炼词，语语精譬……当与徐孝穆（徐陵）《玉台新咏序》并为唐人轨范。"相传，形象鲜明、富有诗意的"使我高霞孤映，明月独举，青松落荫，白云谁侣"四句，令宋代文章大家王安石叹为观止。

钱钟书在《管锥编》中对《北山移文》有极为中肯的评价："按此文传诵，以风物刻画之工，佐人事讥嘲之切，山水之清音与滑稽之雅谑，相得益彰。"

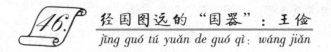

46. 经国图远的"国器"：王俭
jīng guó tú yuǎn de guó qì: wáng jiǎn

南朝梁代钟嵘在《诗品》中指称各代作家诗人时，多采用这样一种方式：朝代、官职（或封号）、姓名三者合用。例如，有"江郎才尽"之称的江淹被称为"齐光禄江淹"；"七步成诗"的曹植被称为"魏陈思王曹植"；而齐人王俭则较为特殊，他被称为"齐太尉王文宪"，文宪是王俭的谥号。《南齐书·钟嵘传》云："嵘，齐永明中为国子生。卫将军王俭领祭酒，颇赏接之。"由此可知，钟嵘以王俭为师，故在《诗品》中，王俭被独称谥号。钟嵘对老师王俭的五言诗作有这样的评价："至如王师文宪，既经国图远，或忽是雕虫。"意为：至于我的老师王俭，他既然胸怀治国宏略，也许就不太注重雕虫小技的诗道了。经国图远的王俭在诗歌创作上成就不高，但文章写作却有很深的造诣，《南史·王俭传》称"手笔典裁"，为当时所重。

王俭，字仲宝，生于宋文帝刘义隆元嘉二十九年（452年）。他的祖父王昙首曾深受宋文帝刘义隆赏爱，被称为"国器"。王昙首去世时，宋文帝悲恸欲绝地说："王詹事所疾不救，国之衰也。"其父王僧绰，幼有大成之度，不以才能高人，深受宋文帝的信任。元嘉末年，太子刘劭结交武士意欲篡位，王僧绰密报宋文帝。宋文帝命其辑录汉魏以来废嗣之事，但废嗣之事未决，刘劭已弑父篡位了。刘劭任命王僧绰为吏部尚书，不久奏议废嗣之疏被刘劭发现，王僧绰被害，时年二十六岁。宋孝武帝刘骏即位，王僧绰被追赠为金紫光禄大夫。

王僧绰死后，王俭由他的叔叔王僧虔抚养成人。王僧虔对侄子有这样的评价："我不患此儿无名，正恐名太盛耳。"因此，王僧虔书录崔子玉《座右铭》勉诫王俭，铭曰："……世誉不足慕，唯仁为纪纲。隐心而后动，谤议庸何伤？无使名过实，守愚圣所臧。……行之苟有恒，久久自芬芳。"在其叔父的教导下，王俭修身养性，颇有美名。丹阳尹袁粲见到他后，赞叹道："宰相之门也。梧柏豫章虽小，已有栋梁气矣，终当任人家国事。"宋明帝刘彧爱其才德，将阳羡公主下嫁与他，拜驸马都尉。

宋泰始五年（469 年），王俭入仕为官，官拜秘书郎、太子舍人，后又破格提拔为秘书丞。这其间，王俭仿刘歆《七略》撰《七志》四十卷，此外，还撰定《元徽四部书目》一部，现已散佚。

刘宋王朝日渐衰微，萧道成的力量越来越大。在复杂的权力斗争中，王俭加入了萧道成的政治集团。王俭素知萧道成有称帝之心，一日他与萧道成言道："功高不赏，古来非一，以公今日，欲北面居人臣，可乎?"萧道成正色制止，但内心喜悦。王俭见此又言道："俭蒙公殊昕，所以吐难所吐，何赐拒之深。宋以景和（前废帝刘子业年号）元徽（后废帝刘昱年号）之淫虐，非公岂复宁济。但人情浇薄，不能持久，公若小复推迁，则人望去矣，岂唯大业永沦，七尺岂可得保?"萧道成笑道："卿言不无理。"在王俭的辅佐下，萧道成最终称帝，建立南齐。

南齐建立后，齐高帝萧道成晋升王俭为尚书右仆射，领吏部。这一年王俭刚刚二十八岁。萧道成为了彰表王俭的佐命之功，意欲厚封王俭，王俭回答："昔宋祖（刘裕）创业，佐命诸公，开国不过二千，以臣比之，唯觉超越。"齐高帝笑答："张良辞侯，何以过此。"王俭的进退有度，不能不说与王僧虔的教诲有关。

南齐初创，各种朝纲制度都较为混乱，王俭精思密虑，屡有奏议，萧道成也是无不准奏，言听计从，朝纲礼制渐入正轨。为此，齐高帝赞赏曰："今天为我生俭也。"齐高帝萧道成去世时，在遗诏中任命王俭为侍中、尚书令、镇军。齐武帝萧赜即位，对王俭仍任用不疑，官吏任免，均依其所奏。永明七年（489 年），权倾朝野的王俭因病去世，时年三十八岁。

王俭一生可说与其父、其祖一样，都因深达政体，而被帝王厚遇。《南史·王俭传》称：王俭"当朝理事，判决如流。每博议引证，先儒罕有其例，八坐丞郎，无能议者。令史咨事，宾客满席，俭应接铨序，傍无留滞。"王俭不仅满腹经纶，精于政务，在仪表风范上，也颇能率风气之先。他常梳"解散髻"，斜插发簪，朝野艳羡，争相效仿。因此，王俭常对人说："江左风流宰相，唯有谢安。"此话实为自况。

王俭作为佐命之臣，在文学成就上自然以策表之文著称。此类文章的代表作有：《高帝哀策文》、《皇太子妃哀策文》、《让左仆射表》、《褚渊碑文并序》等，这些虽都是些歌功颂德的文字，但行文时的辞采气势颇能见出王俭的文学功力。

受政治生活的影响，王俭所存诗作多是酬唱赠答、奉诏应侍之作。钟嵘所说"忽是雕虫"，实是委婉地道出了他诗歌创作成就不是很高的事实。他在《侍皇太子九日玄圃宴》诗中有一段较为出色的景物描写："秋日在房，鸿雁来翔。寥寥清景，霭霭微霜。草木摇落，幽兰独芳。"意境清淡悠远，萧索中不显凄凉之气，明丽幽静，但全诗缺少内在的真情。《赠徐孝嗣》在景物描写中不乏真情实感："之子云迈，嗟我莫从。岁云暮止，述职戒行。崇兰罢秀，孤松独贞。悲风宵远，乘雁晨征。抚物遐想，念别书情。"王俭将不能随友而去的遗憾、友人离去后的孤独完全寄于兰、松、风、雁这些意象上，但全诗在意境创造上，仍显缺少新意。在王俭所存的诗作中，倒是一首抒情言志之作《春日家园诗》较为出色：

> 徙倚未云暮，阳光忽已收。
>
> 羲和无停晷，壮士岂淹留。
>
> 冉冉老将至，功名竟不修。
>
> 稷契匡虞夏，伊吕翼商周。
>
> 抚躬谢先哲，解绶归山丘。

全诗以暮云、夕阳起兴，慨叹生命易逝，时光迫人。然后抒写激昂的宰臣之志，功成身退的潇洒情怀。此诗能够直抒胸臆，酣畅淋漓，气势颇为豪迈。

对于南齐王朝，王俭可谓忠心耿耿，鞠躬尽瘁。但仕宦生涯限制了王俭文学才能的进一步发挥，这也不能不说是一种遗憾。

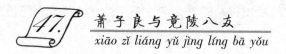

47. 萧子良与竟陵八友

xiāo zǐ liáng yǔ jìng líng bā yǒu

"竟陵八友"是我国文学史上较为著名的文学团体之一。它的形成与南齐竟陵王萧子良有着极为密切的关系。《梁书·武帝本纪》记载："竟陵王子良开西邸，招文学，高祖（萧衍）与沈约、谢 、王融、萧琛、范云、任 、陆 并游焉，号曰八友。"八友中，萧衍以梁代齐，沈约创"四声八病"，谢 以山水诗著称于世，任 以奏策之文赢得盛誉，其他人等亦各有千秋。

萧子良，字云英，南兰陵（今江苏常州西北）人，生于宋孝武帝刘骏大明四年（460年）。当年他的父亲萧赜在赣县为官时，与夫人裴氏不和。萧赜准备用船送裴氏回京，年幼的萧子良在院中流露出不快的神色。萧赜问："你为什么不去读书？"萧子良回答道："娘今何处？何用读书。"萧赜对萧子良的成熟聪敏感到非常惊奇，便马上派人把裴氏从船上接了回来。

萧赜即位，封萧子良为竟陵王。齐武帝萧赜永明二年（484年），任命萧子良为司徒，永明四年进车骑将军。萧子良品性高洁，不屑俗务，礼贤好士，倾意宾客，天下才学之士皆汇至门下。他组织文士们抄五经百家，编成《四部要略》千卷，并且广招天下名僧，讲论佛法，门庭若市。《南史·萧子良传》记载："又与文惠太子（萧长懋）同好释氏（释迦牟尼所创佛教），甚相友悌。子良敬信尤笃，数于邸园营斋戒，大集朝臣众僧，至赋食行水，或躬亲其事，世颇以为失宰相体。劝人为善未尝厌倦，以此终至盛名。"

齐武帝去世，皇太孙萧昭业即位。武帝遗诏令萧子良辅政，萧鸾（齐明帝）掌管尚书省事务。但萧子良平素仁厚，不乐时务，乃推之萧鸾。于是，皇帝颁诏，"事无大小，悉与鸾参怀"。可见萧子良的心志。

齐郁林王隆昌元年（494年）萧子良去世，时年三十五岁。萧子良除组织文士抄五经百家编成《四部要略》外，还著有文赋集四十卷。今存诗五首《梧桐赋》及书启等二十篇。《南史·萧子良传》评价为"虽无文采，多是劝诫"。明人张溥《汉魏六朝百三名家集》辑有《萧竟陵集》。

范云，字彦龙，当时名人殷琰称其为"公辅才也"。范云性格机敏，六岁时读毛诗"日诵九纸"。他文思敏捷，下笔成章，所以有人怀疑是头一天晚上构思好的。

齐高帝萧道成建元初年（479年），萧子良任会稽太守时，并不认识主簿范云。一次萧子良登游泰山。范云知道泰山上有秦始皇的碑文，这篇碑文三句一韵，而人们多作两句一韵来读，不得要领，而且碑文都是大篆，很多人又不认识。所以，范云在头一天晚上就找来《史记》，反复诵读。第二天登山，萧子良让宾客幕僚来读，大家茫然，不知所措。最后问到范云，范云说："卑职曾读过《史记》，见到过这篇碑文。"于是上前朗诵，自然流畅。萧子良非常高兴，待为上宾，从此备受尊重。后来，萧子良做了丹阳尹，依旧任命范云为主簿。一次，范云去觐见齐高帝萧道成。时值有人献上一只白乌鸦，齐高帝问："这是什么吉兆？"范云位卑，最后回答："臣闻王者敬庙则白鸟至。"当时，齐高帝祭祖刚刚结束，所以齐高帝听了非常高兴地说："卿言是也。感应之理，一至此乎。"范云的机敏并不只在这些小事上。文惠太子萧长懋曾驾临东田观看收稻，范云相从。文惠太子说："这些人割稻子真快呀。"范云马上说："三时之务，亦甚勤劳，愿殿下知稼穑之艰难，无徇一朝之宴逸也。"文惠太子深感受益，庄重地谢过范云，同僚们也为此言深服范云。

萧子良官拜尚书殿中郎时，为范云向齐武帝求官。齐武帝说："闻范云谄事汝，政当流之。"萧子良回答："云之事臣，劝相箴谏，谏书存者百有余纸。"齐高帝读罢谏书，深感言辞真切，嗟叹良久，说道："不意范云乃尔，方令弼汝。"由此观之，文士范云并非一味阿谀之人。

范云出生于宋文帝刘义隆元嘉二十八年（451年），去世于梁武帝萧衍天监二年（503年）。今存诗四十余首，多收在《艺文类聚》、《文选》、《文苑英华》中。钟嵘《诗品》将他的五言诗列为"中品"，并评价道："范诗轻便婉转，如流风回雪。"《别诗》是范云与何逊分别重逢之作，诗云："洛阳城东西，长作经时别。昔去雪如花，今来花似雪。"朋友重逢时的激动，早已冲散了往日别离的忧愁，眼前鲜花如雪的无限春光，更使诗人心潮澎湃。飞雪与春花的联想，融会、幻化出清丽美好的景象。雪中情无限，花下意纷呈。

王融，字元长，祖父即是聪慧放诞引来杀身之祸的王僧达。他出生于宋明帝刘彧泰始三年（467年），历仕太子舍人、丹阳丞、中书郎等职。齐武帝永明十一年（493年）武帝去世，王融依附萧子良并怂恿他与萧昭业争帝位，因而遭即位的郁林王萧昭业杀害，时年二十七岁。他的族叔王俭专责士流典选，曾对人说："此儿至四十，名位自然及祖。"可惜早亡，未能践王俭之言。

《南齐书·王融传》称："融少而神明警慧，博涉有文才。"又称："上幸芳林园禊宴朝臣，使融为《曲水诗序》，文藻富丽，当世称之。"北魏来使曾对王融说："昔观相如《封禅》，以知汉武之德；今览王生《诗序》，用见齐主之盛。"王融答道："皇家盛明，岂直比踪汉武；更惭鄙制，无以远匹相如。"谦虚之中也有自负之意。

王融躁于名利，自恃才高，狂放之性不亚于其祖父。在王僧佑的府上，王融遇见了朝臣沈昭略。沈昭略不识王融，左右顾盼，问主人："是何年少？"王融不满，未等主人回答便说："仆出于扶桑，入于汤谷，照耀天下，谁云不知，而卿此问？"沈昭略不经意地答道："不知许事，且吃蛤蜊。"王融闻听此言，又讽刺道："物以群分，方以类聚，君长东隅，居然应嗜此族。"如此恃才躁进的心性，与他政治上的失败不无关系。

王融现存文五十余篇，《昭明文选》选录了《永明九年策秀才文》、《永明十一年策秀才文》和《三月三日曲水诗序》。其中《三月三日曲水诗序》文藻富丽，声韵协调，华彩联翩，对偶精切，一时享誉南北。王融现存诗八十余首，钟嵘认为他的诗作"词美英净"。王融精通音律，并运用于诗歌创作中，是永明体的首创者。《诗品序》云："王元长创其首，谢、沈约扬其波。"可见，王融对中国古代诗歌的格律化作出了重要的贡献，但也带来了"文多拘忌，伤其真美"（钟嵘《诗品序》）的弊端。明人张溥《汉魏六朝百三名家集》辑有《王宁朔集》。

萧琛，字彦瑜，梁文学家。出生于宋顺帝刘准升明二年（478年）。曾作《皇览钞》二十卷，均散佚。严可均《全上古三代秦汉三国六朝文》辑其文四篇。逯钦立《先秦汉魏晋南北朝诗》辑其诗四首，都是与萧衍、萧绎、谢　唱和之作。萧琛在竟陵八友中，文学成就不高。他于梁武帝大通元年（527年）去世。

明人张溥称陆　"一人之身，荣知三祖，亦云通矣"。意为以一己之身，得到梁三位重要人物（梁武帝萧衍、昭明太子萧统、梁元帝萧绎）的赏遇，可谓通达。陆　是南朝梁诗文作家，字佐公，生于宋明帝泰始六年（470年），去世于梁武帝普通七年（526年）。昭明太子萧统在《宴阑思旧诗》云："佐公持文介，才学罕为俦。"梁元帝为他写的墓志铭中称："词峰飙竖，逸气云浮。"《昭明文选》中收入了他的《石阙铭》、《新刻漏铭》。他的《感知己赋》、《以诗代书别后寄赠京邑僚友》较有名。张溥《汉魏六朝百三名家集》收有《陆太常集》。

以萧子良为核心的竟陵八友文学集团周围聚集了数十人。当时参与竟陵王西邸之游的文士，还有宗夫、王僧孺、孔休源、江革、范缜、谢景、柳恽、刘绘等。他们的文学创作蔚成了齐梁文学的繁荣局面。永明体山水诗的创作影响了当世，衣被后人。唐代律诗即是在其创作基础上形成的，其筚路蓝缕开近体诗之先，功不可没！且梁武帝萧衍的唯美倾向影响到梁代文坛风尚和宫体诗的创作。

48. 硕学之士王僧孺

shuò xué zhī shì wáng sēng rú

南齐竟陵王萧子良的门下，曾经群英荟萃，除"竟陵八友"外，还有其他很多文人名士，南齐太学博士王僧孺就是其中之一。他和他的学生虞羲、丘国宾等人，并以善辞藻而游于萧子良的西郊宅邸。王僧孺，东海郯县（今山东郯城）人，出生于宋孝武帝刘骏大明八年（464年），于梁武帝萧衍普通二年（521年）去世。他在文学、书法、谱籍等方面都有很深的造诣，因此后人以"硕学"来评价他。

梁侍郎全元起曾为《素问》作注，因对"砭石"一词理解不清，而求访于王僧孺。王僧孺手不开卷，开口即答："古人当以石为针，必不用铁。《说文》有此砭字，许慎云：'以石刺病也。'《东山经》：'高氏之山多针石。'郭璞云：'可以为砭针。'《春秋》：'美疢不如恶石。'服子慎注云：'石，砭石也。'季世无复佳石，故以铁代之尔。"以此观之，他小学的功夫真是不浅。

王僧孺自幼聪慧机敏。刚读《孝经》时，便问教师："此书何所述？"老师回答："论忠孝二事。"王僧孺听罢此言随即说道："若尔，愿常读之。"一次，有客人送李子到他家。客人先拿一个送给王僧孺，王僧孺不接，并说："大人未见，不容先尝。"这都是在他五岁时发生的故事。到七岁时，王僧孺已能读书十万言了，对文章典籍产生了浓厚的兴趣。由于家里贫穷，在出仕为官前，王僧孺多以代人抄书为业，供养母亲，但这恰恰满足了他读书的愿望，抄写完毕，讽诵亦了。

王僧孺在做太学博士时，尚书仆射王晏非常欣赏他。王晏为丹阳尹时，他补功曹，并受王晏之命撰《东宫新记》。后来，他又来到文惠太子萧长懋的身边，可惜文惠太子过早去世，王僧孺出为晋安郡丞。齐明帝萧鸾建武年间（494—497年），王僧孺受到始安王萧遥光的举荐，除仪曹郎，迁书侍御史，出为钱塘令。在他去上任时，好友任　赠诗一首，诗中有言："唯子见知，唯余知子，观行视言，要终犹始。敬之重之，如兰如芷，形应影随，曩行今止。百行之首，立人斯著，子之有之，谁毁谁誉。修名既立，老至何遽，谁其执鞭，吾为子御。刘《略》班《艺》，虞《志》荀《录》，伊昔有怀，交相欣勖。下帷无倦，升高有属，嘉尔晨登，惜余夜烛。"任　赠诗中不仅回忆了二人醉心于典籍文章的共同情怀，更对王僧孺人格品性作出了高度评价。素有孝名、文名的任　能把王僧孺当做山水知音，可见他的品性修养、人格风范并不一般。

梁武帝萧衍天监初年（504年左右），王僧孺除临川王萧宏后军记室，待诏文德省，后出为南海太守。王僧孺的治郡与外邦相通商，以往的官吏多从外邦商人那里低价购货，高价出售，从中获利数倍。王僧孺有感于"蜀部长史，终身无蜀物"，所以从不做此类事情。另外，当地百姓有宰牛的习俗，因对滥杀无度的不满，王僧孺到任后，马上下令禁止。他在职两年，声名远播，待朝廷征召还都时，郡中百姓奏请挽留，可见他为政的清明。还都后，王僧孺官拜中书侍郎，领著作，复值文德省。后又迁升尚书左丞，不久又兼御史中丞。当年王僧孺家中贫困，他的母亲以卖纱布维持家计。有一天，年幼的王僧孺随母去市上卖布，路上遇到了骑马疾驰的中丞卤簿，为躲避快马，王僧孺掉进了路旁的泥沟中。现在王僧孺做了御史中丞，当年骑马飞驰的人为其在马前清道。回想往事，王僧孺真是百感交集，对人生有了更深的理解。

王僧孺诗赋创作虽不能与名家相比，但在当时也颇有声名。梁武帝萧衍曾命王僧孺及众臣作《春景明志诗》五百字。以诗名著称于世的沈约也在其间。待诗作完成，受到称赏的却不是沈约，而是王僧孺。当然就整体创作水平看，王僧孺与沈约还是不能相比的。

王僧孺的一生跨齐梁两代，他的文学创作不可避免地带有永明新体、梁代宫体的特点。从题材上看，王僧孺的诗作可分为三类，一是赠答之作，二是宫体之作，三是写景抒怀之作；从艺术上看，"永明体"对声韵的注重、对婉美的意境创造、对流转圆美的艺术风格的追求，在王僧孺的诗作中都有所体现。

王僧孺的仕宦生涯并不平坦。梁武帝萧衍曾问他："家中有多少妾媵？"王僧孺回答说："一个没有。"后来他在外为官，友人以一妾与他，待他离去时，此妾已经怀孕。事情泄漏，被同僚汤道愍所奏，免去官职，此后长时间不被朝中征用。多年后，在好友何炯的帮助下，做了安成王萧秀的参军，官位不显。

王僧孺除撰书赋诗、作文制赋外，还特别喜爱书法和收藏古籍。《南史·王僧孺传》称："僧孺好坟籍，聚书至万余卷，率多异本，与沈约、任　家书埒。少笃志精力，于书无所不睹，其文丽逸，多用新事，人所未

见者，时重其富博。"

王僧孺一生著作颇丰，共有《十八州谱》七百一十卷；《百家谱集抄》十五卷；《东南谱集抄》十卷；文集三十卷；《两台弹事》五卷及《东宫新记》，可惜这些著述后来都散佚了。张溥《汉魏六朝百三名家集》中收有《王左丞集》，《艺文类聚》中也存有一些诗文。

在《王左丞集》题词中，张溥对于王僧孺的创作有这样的评价："今集中诸篇，杼轴云霞，激越钟管，新声代变，于此称极。"

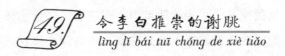

49. 令李白推崇的谢朓
lìng lǐ bái tuī chóng de xiè tiǎo

在古城金陵一个凉风习习的寂静秋夜，诗人李白独自一人乘月登楼，远望吴越，面对苍茫大地他深感知音难寻，不禁高声吟道："月下沉吟久不归，古来相接眼中稀。解道澄江净如练，令人长忆谢玄晖。"诗中被李白引为知己的谢玄晖就是南齐著名诗人谢　。

谢　生于宋大明八年（464 年），陈郡阳夏（今河南太康附近）人。他的高祖谢据是谢安的弟弟，祖、父辈都为刘宋王朝所亲重，母亲是宋文帝之女长城公主。谢　年少好学，有美名，尤以文笔清丽见称。他于齐永明初出仕，在京城任职，经常出入竟陵王萧子良的藩邸，为"竟陵八友"之一，有很高的文学声誉。后来在荆州做随王萧子隆幕僚也深受赏爱。《南齐书·谢　传》中记有："子隆在荆州，好辞赋，数集僚友，　以文才，尤被赏爱，流连晤对，不舍日夕。"他们的亲密关系被长史王秀之报告了齐武帝萧赜，谢　被召回京城，迁为新安王中军记室。这种人生际遇的莫测变化给谢　带来很沉重的精神压力，他在回京途中写给荆州同僚的诗中说："常恐鹰隼击，时菊委严霜。"

齐明帝萧鸾做辅政大臣时有意拉拢他为党羽，因此官谢　至骠骑咨议，领记室，掌霸府文笔。建武二年（495 年）又出为宣城太守，所以后人又称他为"谢宣城"。建武四年，谢　的岳父王敬则因惧明帝加害，企图谋反，暗中联络他。可是谢　深怕受到牵连，遂扣押密使，报告了明帝，王敬则被族灭。谢　因举报有功，被破格提拔为尚书吏部郎。这件事严重影响了谢　在当时和后世人们心目中的形象。为此他的妻子常常怀藏利刃伺机报复，吓得谢　不敢与她相见。时人沈昭略当面讥讽他说："以你的才学和家世做尚书吏部郎是很合适的，但遗憾的是总受妻子威胁。"其实谢　并不是那种贪求功利、随风倒戈之人。明帝死后，其子萧宝卷即位。因其失德，始安王萧遥光欲废他自立，曾秘密联络谢　，他因得到明帝恩赏没有答应。后来始安王又想让他兼任知卫尉，他怕被拉进去，便有意向人泄露了他们的密谋，结果被构陷致死于齐永元元年（499 年），时年三十六岁。明人张溥在给谢　文集作的题词里慨叹他死得不值。

谢　的命运在其家族中也是十分典型的。作为南朝的显赫世家，由于卷入了这一时期的上层权力斗争，因此不断有人死于非命。谢　两个伯父是在宋代被杀的，他的父亲也差一点牵连进去。所以，谢　很早就知道这种现实政治的险恶，他本人的仕途虽然一帆风顺，但他深知这背后隐藏的凶险。从齐明帝篡权到始安王谋废萧宝卷，他都处于权力斗争的核心地带，在依违之间稍有不慎就会惹祸丧身。由于缺乏政治远见和决断，最后也没有逃脱厄运。他的遭遇连累儿子也丢掉了妻子。谢　早年曾与同为"竟陵八友"的萧衍关系不错，萧衍把二女儿嫁给了他的儿子谢谟。谢　死后，萧衍对谢谟有些薄待，想把女儿改嫁他人。虽然谢谟写了一篇情辞哀感的文章（据说是沈约代写的），但萧衍并未把女儿送还。

由于谢　缺少政治野心，但又舍不得豪华的生活和官位，所以处世谨慎，在激烈频繁的权力争夺中优柔寡断，唯求自保，因此很被动。这种仕途生活的凶险与矛盾深深地渗透于他的创作中，给他的作品打上了鲜明的烙印。

作为政治家显得极为笨拙的谢　，却是当时备受推崇和喜爱的诗人。《颜氏家训·文章》云："刘孝绰当时既有重名，无所与让，唯服谢　，常以谢诗置几案间，动静辄讽味。"以博学才高自诩的梁武帝也绝重其诗，认为三日不读，即觉口臭。谢　的老友沈约则更是出语惊人，他说"二百年来无此诗"，言外之意，自太康以来包括谢灵运、陶渊明、鲍照在内的诗人，皆在其下。然而谢　并不以自己的崇高文学声望自矜而凌驾别人，相反他对后起新秀扶植甚殷。会稽有个叫孔凯的青年人略有文才，但不为时人所知。一次孔稚　让他写了一篇让表给谢　看，谢　吟读良久，然后亲手为他修改，并对孔稚　说："士子声名未立，应共奖成，无惜齿牙余论。"

谢　的文学成就是多方面的，一生所作的诗、文甚多。其辞赋、散文作品都有可称道处，如《思归赋》、《拜中军记室辞随王笺》等。但谢　的主要成就是在诗歌方面，其中以山水诗成就最为显著。此外还值得予以特别注意的是他近似于唐人绝句的小诗，如：

> 佳期期未归，望望下鸣机。
>
> 徘徊东陌上，月出行人稀。
>
> ——《同王主簿有所思》

> 绿草蔓如丝，杂树红英发。
>
> 无论君不归，君归芳已歇。
>
> ——《王孙游》

第一首写思妇题材，以动态感很强的画面状绘出女主人公内心的失望和失望中顽强支持的期待与不安。第二首以花开花谢的植物生长变化隐喻思妇对美好年华的珍惜之情，并含蓄地表达了对远行者的怨艾。这些诗都明显地透出谢　所受乐府民歌的影响，但又不单纯是模仿之作，因其内在地涵化着一种文人的素养，摆脱了纯民歌的俚俗风格，语言在浅易中呈精致，意蕴在畅达中藏婉转。这种五言四句的小诗从谢　开始成为文人们的一种新诗体，开唐人五绝的先声。至于《铜雀悲》、《玉阶怨》等作品则更为纯熟洗练，形式整齐，音韵谐调，和唐朝诗歌中的五绝已没有多大区别了，所以严羽《沧浪诗话》说："谢　之诗，已有全篇似唐人者。"以这样的诗与谢灵运、颜延之相比，可明显看出谢　诗歌在声律和语言等方面的优越之处，因为后者作品中还可以很容易找到病句、累句。谢　诗歌方面的进步是历史性的，也是长期积累的结果。

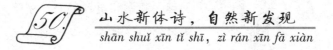

山水新体诗，自然新发现
shān shuǐ xīn tǐ shī, zì rán xīn fā xiàn

　　谢　流传至今的一百四十多首诗多为吟咏山水之作，而且是自觉运用声律理论进行试验创作的，形成所谓新体写山水的独特风貌。

　　新体诗是沈约、周颙等人将考辨四声的学问运用到文学创作中的一种尝试，并从中摸索出诗歌创作应避免的八种声律方面的问题，从而造成了古体诗向格律诗演变的趋势。谢　也是积极参与者。概括地说，永明新体诗的声律要求是以五言诗的两句为一个基本单位，一句之内平仄交错，两句之间，平仄对立。另外又要求避免平头、上尾、蜂腰、鹤膝等八种声韵上的毛病；在写作中为了摸索一个长短适宜的篇幅，试验了从四句到十四句的各种体式，最后作品的长短习惯上保持在八句或十句左右；修辞上，除首尾两联，中间大都用对仗。这些都成为后起律诗的雏形。

　　在永明前期，谢　作为"竟陵八友"之一，在萧子良的藩邸和永明九年（491年）随萧子隆赴荆州为文学（官名）时，都得到两人格外的爱赏。此时他虽官职不高，但生活和文学活动都很丰富、愉快。诗作大多为与恩主或同道游宴酬唱之类，这类诗均以写景见长：

　　　　戚戚苦无悰，携手共行乐。

　　　　寻云陟累榭，随山望菌阁。

　　　　远树暧阡阡，生烟纷漠漠。

　　　　鱼戏新荷动，鸟散余花落。

　　　　不对芳春酒，还望青山郭。

　　　　　　　　　　　　　　　——《游东田》

　　这首诗写作者郁郁寡欢之时，遂邀好友相携游园赏景。诗中虽也偶现愁怀，但又旋为赏心悦目的美景所荡涤。诗人如卓越的风景画家浸淫于自己的画境中，以独特的笔法、深细的观察和灵动的心，剔落出寻常景物中跃动的令人惊奇的美。在他的诗中，我们可以时时处处感受到对自然那种极细腻、极敏锐的体贴与关怀，因此他的每首诗中都有对自然之美的绝妙发现，令人叹赏。《游东田》"远树"以下四句便是绝好的例子。这样的作品在写作方法上显然也不同于谢灵运那种刻板地记述游程，寓目成句，随意铺排，而是更加注意对自然景物进行选择提炼，摆脱了过去文人诗常见的繁冗、芜杂的弊病。

谢 作于永明十一年（493 年）以后的诗，思想内容有较大的变化，涂抹了较为浓重的身世与宦途的忧惧之色，增加了对往昔朋友欢会的怀念，更经常地表现出出外为官的孤独、寂寞以及对于清静生活的渴望与追求等等，而且这些复杂的思想又常常是互相牵连交织着表现在作品中，使其诗境转为厚重与丰富。谢 诗歌内容上的这些变化与他的生活变迁和齐代上层权力斗争的残酷有关。这些诗虽同样以写景见长，但写景与抒情的结合要比前期更密切，如：

谢朓诗意图

大江流日夜，客心悲未央。徒念关山近，终知返路长。秋河曙耿耿，寒渚夜苍苍，引领见京室，宫雉正相望。金波丽鳷鹊，玉绳低建章。驱车鼎门外，思见昭丘阳。驰晖不可接，何况隔两乡。风云有鸟路，江汉限无梁。常恐鹰隼击，时菊委严霜。寄言蹑罗者，寥廓已高翔。

——《暂使下都夜发新林至京邑赠西府同僚》

这首诗写于被长史王秀之逸陷，奉调回京的路上。诗人在这里主要抒写的是与荆州同僚分别的痛苦和对奸佞小人的畏惧、憎恨。此诗发端劲健，诗人把与友人离别的痛苦和日夜奔流的长江糅合在一起加以描写，既是描写旅途所见之景，又是抒泄心中悲痛之情，互感共生，不可分割，如"秋河曙耿耿，寒渚夜苍苍"句除给人以夜景浓厚、寂静的实感，又暗示出作者因愁情萦怀通宵未眠的情景。可以说整首诗在自然山水的描写中融透着种种深刻的人生感受，把自然山水的描写与主观情性的抒发有机地结合起来，达到了情景交融的境界。

谢　在性格上缺少谢灵运那样一份野心和高傲，既舍不得放弃功名利禄，又害怕在残酷的权力斗争中惹祸丧身，所以只得寻求一条"朝隐"的道路。建武二年（495 年）夏天，谢　被外派为宣城太守，他在《之宣城郡出新林浦向板桥》中写道："嚣尘自兹隔，赏心于此遇。"认为自己实现了"既欢怀禄情，复协沧州趣"的朝隐目标。因为这种朝隐的态度，谢　并不专写深山大壑等自然景色，而是能够随处即目地欣赏和描写自然，使之与自己的为官生活密切和谐地融为一体，创造出萧散、恬淡的意境。这种写作方式和内容更为完美地体现了庙堂与山林谐趣的士族生活风范和审美趣味。所以在他的写景诗句中有仕宦生活的豪华和它难以割舍的魅力，而以仕宦生活为题的诗中又多有清新美丽的风景描写，两者自然有时也复杂地交织在一起。试读《晚登三山还望京邑》：

灞涘望长安，河阳视京县。白日丽飞甍，参差皆可见。余霞散成绮，澄江静如练。喧鸟覆春洲，杂英满芳甸。去矣方滞淫，

怀哉罢欢宴。佳期怅何许，泪下如流霰。有情知望乡，谁能鬒

不变。

这首诗写于离京赴宣城途中，诗中所写不仅有离乡的伤感，也明显透露着对复杂政治无可奈何的心理，所以作品里谢 以王粲、潘岳自比，表达飘零与失意的情怀。自"白日"以下六句写景，充分地展现出建业及其附近的风光：都市的建筑群豪华壮观而又错落有致，晚霞明丽如绮，江水澄静如练，水中的小岛更是为鸟语花香所笼罩。每句诗都展现出一幅生动自然的画面，从高低远近不同角度和层次富有立体感地凸现了这片风光的独特魅力。尤其"余霞散成绮，澄江静如练"历来为人称道，虽非精镂细刻，但因此才有自然清丽之趣，如果没有对美好景物的敏感和澄静明慧的心性是绝写不出的。正是这种享乐的生活与如诗如画的风光使诗人眷恋不已，行旅迟迟，从中不难理解他对在京为官既忧惧又不胜向往的复杂心态。就韵律而言，此诗堪为永明体的典范之作。第二联既已注意到平仄相对，三四五联的对仗相当讲究，尤以三四联见精工，达到了他自己所说的"好诗圆美流转如弹丸"。

在谢 的诗歌创作中对自然景物的描写是穷形尽性的，这既是说他善于捕捉、提炼自然景物的特征，也是说他能很好地把自己的思想感情灌注其间，达到情景交融的境界。这是对谢灵运以来山水诗的一个丰富和发展。王夫之这样评论他的风景描写："语有全不及情而情自无限者，心目为政，不恃外物故也。"（《古诗评选》）这是很中肯的。除上述诸篇，以景物描写被称道的作品还有《之宣城郡出新林浦向板桥》、《和徐都曹出新亭渚》、《直中书省》等。其中警策、奇美之句如："天际识归舟，云中辨江树"，"日华川上动，风光草际浮"，"红药当阶翻，苍苔依砌上"，对景色的摹状都异常新鲜生动。披览这些诗篇，大自然似乎向我们睁开了双眸，睛光突现，给人以意想不到的发现与惊喜。

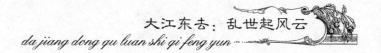

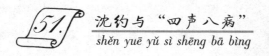

51. 沈约与"四声八病"
shěn yuē yǔ sì shēng bā bìng

沈约，字休文，吴兴武康（今浙江德清武康镇）人，生于宋元嘉十八年（441年），历仕宋、齐、梁三代，也是当时著名文学家和历史学家。他出身于世宦之家，父亲沈璞在宋元嘉三十年被太子刘劭所杀，年幼的沈约潜逃得免一死。这种家庭灾变使沈约流寓他乡，过着孤单贫困的生活。但他专心致力于学问，昼夜手不释卷。母亲怕他过分劳累生病，常常叫人减少灯油使其不致睡觉过晚，他就利用晚上的时间把白天读过的书背熟。因此他博通群书，写得一手好文章。后来得到蔡兴宗的赏识，在宋做过参军、记室之类小官。

齐时他与文惠太子关系不错，太子入东宫后他做了步兵校尉。当时文惠太子身边有很多士人，但沈约被特殊优待。太子有个懒于早起的习惯，有时王侯到宫中求见也不得进，但太子特别愿意和沈约谈话，他对沈约说："你要想让我早起就早来。"除在文惠太子那儿受到特别欢迎，沈约当时也经常到竟陵王萧子良那儿参加文人的聚会，是"竟陵八友"中最负盛名的一个。由于曾与"八友"之一的萧衍有旧交，在萧衍对是否代齐自立拿不定主意时，沈约曾几次进言，阐明他称帝既合天道又顺人情的道理，表示自己绝对支持，并替他草拟了禅代诏书，由此成为萧衍的佐命之臣。萧衍称帝后，拜沈约为尚书仆射，封建昌县侯。沈约的母亲去世时，萧衍亲自去吊唁，并且考虑到沈约年纪已大，派人截断络绎不绝的吊客，使沈约节制哀情。天监九年（510年）官至左光禄大夫。虽然梁武帝对他恩礼有加，但在政治上并未重用，于是沈约托人婉转致意于萧衍，请求退休。萧衍没有同意。

沈约有两件事触怒过萧衍。一次是陪萧衍吃饭时，正赶上豫州给他送栗子，他们就有关栗子的事务进行了一次竞赛。沈约有意谦让，但过后对人说："萧衍这个人好护短，不肯服输认错，如不相让，他会羞死。"这是

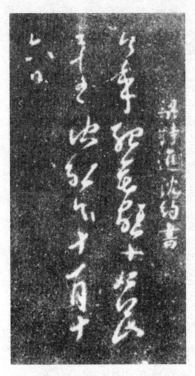

图为沈约手迹石刻。沈约博学能文，是齐、梁时期的文坛领袖，也是竟陵八友的重要成员。

对萧衍很不礼貌的话了。还有一件，张稷死了，萧衍对沈约说自己曾经有对不起他的地方，沈约由于解慰不当触怒了萧衍，萧衍很生气地说："你说这些话，还是一个忠臣吗？"说完就回内殿了。当时沈约吓呆了，萧衍走后还愣愣地坐在那儿。回家后，于精神恍惚中跌了一跤，就此病倒。在病中梦见齐和帝用剑割断了自己的舌头，心中恐惧，所以召道士向上天之灵说禅代之事不是他做的。萧衍知道这些事情后曾经几次派人去批评他，使年迈的沈约在忧惧中死去，时天监十二年（513 年）。死后萧衍给他的谥号是"隐"，意谓其处世不够坦荡磊落。

虽然沈约在政治上没有什么值得一提的业绩，但在文史方面却颇有建树，著作很多。就历史而言有《晋书》、《宋书》、《齐纪》、《高祖纪》等；就文学而言，除各类文章和大量诗歌，重要的还有《四声谱》，该书首创"四声八病"之说。

"四声八病"学说是诗歌发展中诗人们已充分意识到声律对表达的重要意义后产生的。沈约在《宋书·谢灵运传论》中说："夫五色相宣，八音协畅，由乎玄黄律吕（颜色、声音）各适物宜……一简之内，音韵尽殊；两句之中，轻重悉异。妙达此旨，始可言文。"他把对声律的自觉运用看作是写作的前提。《四声谱》现已失传，但根据相关典籍尚可依稀推测出"四声八病"说的大意：所谓四声就是将汉字区分包容在平、上、去、入四种声调之中，并根据这四种声调的高低清浊等变化制韵。一句之内，平仄交错，两句之间，平仄对立，为此就需避免八种声律运用上的毛病：即平头、上尾、蜂腰、鹤膝、大韵、小韵、旁纽、正纽。这个理论产生以后评价颇不一致，沈约自视甚高，说自己独得千载之秘；梁武帝萧衍却不怎么喜欢，他曾经问周颙的儿子周舍："什么是四声？"周舍说："'天子圣哲'就是。"虽经周舍如此妙解，梁武帝还是不甚以为然。但就文学史的发展看，这个学说是我国音韵学的一个重要进步。因其追求语言的音乐性从而有利于矫正晋宋以来文人诗语言过于艰深之弊，转向清新通畅，也一改过去那种肆意铺排、一味卖弄才学的写法，使明净凝练的作品增多。这些变化对后代诗歌的发展都是意味深远的。

当然，沈约本人在诗歌创作中就努力追求声律效果。但总的看来，他的诗成就不算很高。胡应麟说他的诗颇有学识素养，但缺少内在的神致；沈德潜说他与鲍照、谢 相比，性情声色俱逊一格。沈约诗歌弱点的突出表现是"俗"，诗味沦于平浅，而且有很鲜明的无聊倾向。他的诗歌里有大量在各种场合写作的谄谀帝王功德的内容，这是封建时代文人很难避免的，但沈约表现得特别突出；沈诗的俗味还集中表现于那些说佛求道、咏物、游戏等类题材中，并且极自然地漫衍到对艳情的津津有味的描写。例如《六忆四首》对一个被侮辱女性作了细致的描摹，表现出一种垂涎女色的心理。结末忆眠一首描写十分露骨："解罗不待劝，就枕更须牵。复恐旁人见，娇羞在烛前。"沈诗这种平浅庸俗的倾向在当时的士族文人中是很有代表性的，推动了宫体诗的产生、发展，具有文学"史"的意义。

52. 被仕途埋没才华的才尽江郎

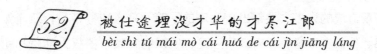

bèi shì tú mái mò cái huá de cái jìn jiāng láng

江淹与沈约一样历经宋、齐、梁三朝。虽然早年孤贫，历尽曲折，但入齐以后仕途渐趋通达。他的写作恰好相反，从齐武帝永明年间即出现了衰退，流传至今的作品多数为四十岁以前所作，所以有"江郎才尽"之说。这种仕途与创作的不平衡现象是值得深思的。

江淹生于宋元嘉二十一年（444年），字文通，洛阳考城（今河南兰考）人。他十三岁时，做县令的父亲就去世了，早年家境十分窘困，靠打柴为生。他的入世取仕完全仰仗勤奋自学及卓异文才。二十岁时江淹给始安王做启蒙教师，后来做过南徐州从事和东海郡丞。在辗转为诸王幕僚的过程中，他历尽曲折，甚至被怀疑受贿而下狱，最终因为多次规谏密谋反叛的建平王刘景素被贬为建安吴兴县令。仕途的坎坷给江淹带来许多复杂而痛苦的人生体验，使其创作形成峻急而愤激的文风。隋末王通把鲍照、江淹称为古之狷者，其"文急以怨"。江淹曾在《自叙传》中描述过被贬到吴兴的生活："山中无事，专与道书为偶，及悠然独往，或日夕忘归。放浪之际，颇著文章自娱，常愿卜居筑宇，绝弃人事。"可见谪居生活也颇有自得之处，这与他早年敬慕司马相如和梁鸿（隐士）有直接关系，他的谪居生活可谓兼二者之长。即使其后来仕途畅达，他亦未曾忘怀于这种隐居兼著述的生活理想。

宋末萧道成辅政时，江淹被召为尚书驾部郎、骠骑参军。荆州刺史沈攸之叛乱，萧道成曾问计于江淹，江淹答曰："昔项强而刘弱，袁众而曹寡，羽卒受一剑之辱，绍终为奔北之虏，此所谓'在德不在鼎'，公何疑哉。"接着他十分雄辩地对比分析了双方的情况，说得萧道成开颜一笑，从此十分器重他。宋元徽二年（474 年）桂阳王刘休范在寻阳起兵，朝廷十分震惊，慌乱之中很长时间也没能写出一份证讨诏书。萧道成预备好酒菜，把江淹请到中书省，因为他知道江淹在酒足饭饱后办事特有效率。果然江淹吃完烤鹅，又喝进几升酒，文诰也同时完成了，可见他才思的敏捷。后来萧道成的许多文件都出自江淹的手笔。萧道成称帝后，江淹做了中书侍郎。他为官很聪明，有政治远见，所以能在频繁的权力斗争和朝代更替中站稳脚跟。但这决不意味着他是一个毫无原则的和事佬，他为政能够公私分明，宽猛相济，做齐御史中丞时不畏权贵，弹劾过王、谢、庾、刘等许多新旧门阀贵宦，被当时做宰相的萧鸾称为"近世独步"的严明中丞，使百僚振肃，吏治清廉。在齐末崔慧景反叛、萧衍建梁等一系列政治事变中，他都能洞察时世，从容应对，显示出其政治远见和政治斗争的娴熟技巧。入梁后，官至金紫光禄大夫，封醴陵侯，卒于天监四年（505

年）。

与政治上的老练伴随出现的是江淹创作中的衰退迹象，即所谓的"江郎才尽"。传说他晚年从宣城太守任上罢归时，途中曾在禅灵寺过夜，梦见西晋著名诗人张协向他索还寄存的一匹锦，可他从怀里掏出的只是几尺割截殆尽的余物，张协气得不想要了，他就送给了身后的丘迟，从此再也写不出好文章。另一种说法是郭璞向他索还五色笔，他悉数归还后就再也没有写出过优美的诗句。两则故事意在从诗文两方面说明江淹后期创作的严重衰退。这类现象在文坛上并不罕见，就江淹个人而言，衰退的原因在于：一方面长期处于顺境的仕宦生活形成了与文学创作不同的处世及思维方式，正如清代姚鼐所说的"及名位益登，尘务经心，清思旋乏，岂才尽之过哉"，这种原因所引起的创作衰退不关"才"尽与否。另一方面，坦荡的仕途生活使他知足自满，他所奢望的不过是二千石俸禄和吃穿祭祀等应用的物质保障，不再有前期复杂而切实的人生感兴，因此作品自然缺乏激情与色彩，不再有感人的力量。

江淹产生广泛影响的作品大都写于宋末至齐永明年间，其中最值得注意的是大量的模拟作品和他自己创作的诗、赋。

在现存的《江文通集》中有许多模拟前人的作品，如《效阮公诗十五首》、《杂体诗三十首》、《学魏文帝》等，精心学习了从《古诗》直到鲍照、汤惠休等近代作家的风格，内容、手法、用辞以至情趣都能达到惟妙惟肖，甚至以假乱真的程度，这是文学史上极罕见而又有趣的现象。

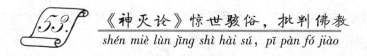

53. 《神灭论》惊世骇俗，批判佛教
shén miè lùn jīng shì hài sú, pī pàn fó jiào

南朝齐梁时期，由于长期战乱和政权频繁更迭以及统治者极力推崇，佛教特别盛行。齐竟陵王萧子良以宰相之尊多次在府邸设斋，并亲自为高僧献茶上菜。梁武帝萧衍笃信佛法，为了礼拜方便，还特别在宫中开了一道直通同泰寺的门；他还经常亲自弘讲佛法，甚至舍身寺中，乃至于群臣

在奏章中称其为"皇帝菩萨"。在他的影响下，仅京城一地就建了五百多所佛寺，僧尼多达十万。在佞佛声浪甚嚣尘上的时候，范缜却独树一帜，力倡无佛。此说一出，朝野骇然，如闻惊雷。

范缜，字子真，约生于宋文帝元嘉二十七年（450年），死于梁武帝天监十四年（515年），历经宋、齐、梁三代。他少孤家贫，十八岁拜当时的名儒刘　为师，深得赏爱，他的成人礼是刘　亲自主持完成的。刘　的学生多是当时贵宦的子弟，来去所乘都是华车高马，只有范缜总是穿着布衣草鞋，徒步行走，可他一点也没有羞愧之心。他把自己的注意力完全集中在学业上，因此博通解经之道，学业名列前茅。由于出身、学养和性格的原因，范缜在同学中常发危言高论，不被人接受，只与妻弟萧琛感情较好。齐永明年间，范缜曾奉命使魏，负责协调魏与齐的关系，在魏留下很大影响。但这个骄傲的青年学者和外交家也有遗憾：二十九岁竟已是满头白发，为此还作过《伤暮诗》、《白发咏》，着实伤感、嗟叹了一番。

那时候，萧子良很喜欢结交文人学士，常在藩邸举行聚会，范缜也是被邀请的名人之一，但除了范缜其他人几乎都是虔诚的佛教徒。聚会中，萧子良曾以富贵贫贱系于因果报应之说向范缜问难，范缜用一个很形象的比喻辩驳道："人之生譬如一树花，同发一枝，俱开一蒂，随风而堕，自有拂帘幌坠于茵席之上，自有关篱墙落于粪溷之侧。"说明人本无贵贱，贵贱的不同是社会偶然原因造成的。为了更有力地反驳佛教的轮回、报应之说，范缜写成《神灭论》这篇光辉的著作。

《神灭论》的产生有着深刻的社会政治及思想原因。汉朝末年的战乱打破了长期凝固的社会秩序，上至帝王将相，下至普通百姓都很难掌握自己的生活道路和命运。曹丕亦曾深有感慨地说："自古无不亡之国，亦无不掘之墓。"因此主张死后薄葬。由薄葬又引发出人死后灵魂的归属问题，引起有关精神与肉体关系的深入思考，形成一种时代氛围，乃至于晋代出现了阮修的"无鬼论"："尝有论鬼神有无言，皆以人死有鬼。修独以为无，曰：'今见鬼者，云著生时衣服。若人死有鬼，衣服有鬼邪？'"（《晋书·阮修传》）这种对传统的、至少是秦汉以来对鬼神观念的怀疑，为范缜《神灭论》的产生奠定了基础。另外有一个较为重要的原因是汉末以来的政治动荡引起对知识分子的屠戮，摧毁了他们传统的人生道路和是非善恶标准，从而使知识界形成一种普遍的放荡风气和怀疑反抗精神。催生《神灭论》的直接原因是齐梁时代佞佛误国的社会现实，范缜对此有痛彻的指陈："竭财以赴僧，破产以趋佛……致使兵挫于行间，吏空于官府，粟罄于惰游，货殚于泥木。"语切直而识远大。

《神灭论》的主要思想是通过形神关系说明精神依赖于形体，形体是精神现象的基础，这样便否定了佛教宣扬的生死轮回和因果报应。最有力的观点和论据分别是"形神之辨"与"利刃之比".

范缜的《神灭论》是第一次以科学的精神驳斥佛教的"轮回"、"报应"等核心观念，揭露其对国家政治、经济的危害，所以此文一出即刻引起朝野、僧俗的轩然大波。萧子良纠集许多僧人向范缜发动进攻，但无人能在理论上折服他。于是，太原地主王琰出来连讥带辱地说："呜呼！不孝的范先生，你怎么竟连自己祖先的神灵在哪儿都不知道?"范缜针锋相对反击道："呜呼！孝顺的王先生，你既然知道，为何不杀身相从以尽孝道呢?"最后，萧子良又派王融以爵禄相利诱，王融说："神灭论已被认为是异端无理之说，你却执意坚持，这样下去恐伤朝廷教化。凭你出色的才华、修养，倘若放弃此论，何愁不官至中书郎?"范缜自信而骄傲地回答："假如我愿意'卖论取官'，早就当令、仆之类的高官了，何只你说的中书郎?"范缜不慕名利、坚持真理的精神于此可见一斑。入梁后，因为梁武帝欲以佛教为国教，范缜的反佛思想当然在清除之列。萧衍前后派出六十多人，撰写了七十五篇文章围攻他，但他"辩摧群口，日服千人"。当时参加辩论的曹思文上书武帝时不得不承认自己"情思愚浅，无以折其锋锐"。这是中国思想史上一场有名的大论战。

在文学方面，《神灭论》也堪称六朝说理散文的代表作品，精思明辨，解难如斧破竹，析义如锯攻木，是王充、嵇康以后最出色的论理文字。但范缜的文章用词精简、明晰，相比之下，王充逊其简净，嵇康逊其晓畅。钟嵘《诗品》把他与张欣泰同列下品，称其"并希古胜文，鄙薄俗制，赏

心流亮，不失雅宗"。

 "山中宰相"：道教思想家陶弘景
shān zhōng zǎi xiàng: dào jiào sī xiǎng jiā táo hóng jǐng

陶弘景生于宋孝建三年（456年），字通明，丹阳秣陵（今江苏南京东南）人。祖、父辈都是职位不高的小官。《南史·陶弘景传》说他的母亲在怀孕前曾经梦见两个神人手持香炉来到他家，这可能是附会他后来修道的事。陶弘景幼年时就表现出一些特别之处：四五岁时即拿茅杆在灰中练习书法，十岁时得到一本葛洪的《神仙传》，读得废寝忘食，深受其影响，产生了求仙养生之志，曾经对人说："仰青云，睹白日，不觉为远矣。"成人后，身高七尺七寸，神仪明秀，朗目疏眉，而且依然酷爱读书，多达万余卷，琴、棋、书法也都比较擅长。不到二十岁就被宰相萧道成聘为诸王侍读，后做了奉朝请。他本想在四十岁做到尚书郎，然后找一个山清水秀的理想之所隐居。可三十六岁时看到没有希望了，便决心尽早归隐，齐永明十年（492年）上表辞官，把朝服挂在神虎门，到句容句曲山（今江苏句容县茅山）隐居修道，并在山中立馆，自号华阳隐居。梁大同二年（536年）无疾而终，时年八十一岁。

陶弘景是一个重要的道教思想家。他师从孙游岳得受三洞经箓和杨羲、许谧的上清经法，又遍访江东名山搜求上清经诀手迹。隐居茅山后，便着手整理上清经法，撰写了《真诰》、《登真隐诀》，前者系统梳理上清派的发展历史和教义，后者详尽记录上清派养生登仙的方术秘诀。此外他还广招门徒，建立了茅山上清道团，加之梁武帝和王公朝贵对他的敬重，使他的声望大增，所以当时的茅山被他发展成为上清派的核心基地。

在道教发展史上，他有两项主要贡献：一是撰写了《真灵位业图》，把他收集到的近七百位神灵的名号，以图谱形式按阶次排列出来，使杂乱的诸神仙有了明确的体系。二是发展了养生修炼理论。他撰写的《养性延命录》对养生的理论和方法作了系统说明。他认为养生应神形双修：游心虚静、息虑无为以养神，饮食有节、起居有度以炼形；再加以辟谷及房中术，便概括了他养生术的主要部分。《南史·隐逸》说他"自隐处四十许年，年逾八十而有壮容"，可说是这种理论的有效验证了。

陶弘景养生理论在实践中的运用还有一个重要部分，就是炼丹吃药。他吃的药主要是草药。自隐居后，他遍历名山寻药。在这个基础上写了很多医药著作，如《本草集注》、《陶隐居本草》、《效验方》等。他也长期坚持炼丹，从天监四年（505 年）至普通六年（525年）的二十年中，陶弘景共炼丹七次。他炼丹所用的药物都是梁武帝萧衍给的。终于在最后一次炼成飞丹，色如霜雪，送给武帝服用，甚觉体轻。在多次实践的基础上，陶弘景撰写了许多种炼丹著作。

陶弘景画像

陶弘景虽为道教中人，但他并未脱离社会，尤其与上层社会关系密切。他早年曾与萧衍有私交。齐末萧衍起兵至新林时，他就派弟子奉表以示拥戴；当萧衍代齐时，他又援引图谶写成"梁"字，派弟子送去帮助其立了国号。萧衍即位称帝后对他恩礼有加，书问不绝，还曾几次礼聘他入朝，他坚辞不出，还画了两头牛，一牛散放水草之间，一牛著金笼头，有人执绳，以杖驱之。梁武帝明白了他的归隐决心就不再勉强了，可是在遇到吉凶征讨大事时常常去山中咨询。因此得了个"山中宰相"的雅号。但他的乐趣与生活理想还是在山水之间。隐居之中，曾经遍访名山，每经涧谷，必坐卧其间，吟咏盘桓。早年熟悉

齐武帝答陶弘景隐居入山诏书

弓马，晚年都放弃了，只喜欢听人吹笛。但比较之下还是最爱听松风，他住处的四周都种着松树，每闻其响，欣然为乐。陶弘景的修养可以说渐近自然亦渐近佳境。这种对山水的会心使他写出了一篇著名的骈体小文《答谢中书书》。

关于隐居生活的理想在《答赵英才书》中说得更透彻："岩下鄙人，守一介之志，非敢蔑荣嗤俗，自致云霞。盖任性灵而直往，保无用以得闲。垄薪井汲，乐有余欢，切松煮朮，此外何务？然亦以天地栋宇，万物同于一化，死生善恶之能闻。"由此观之，他的隐居可谓性情使然。《南史》说他"为人圆通谦谨，出处冥会，心如明镜，遇物便了"，确属中肯之论。但使性情能如磐石一样安稳不移，还须一种理性的了悟。陶弘景对道家哲学生死之辩有相当深刻的理解，一方面他认识到，万物皆有时而尽，同于一化，所以生死都属于自然运动的一部分，这种见解可谓妙解玄远，已入化境；另一方面他又认为，化境毕竟玄远，"徒事累可豁，而发容难待，自非齐生死于一致者，孰不心热"（《答虞仲书》），所以他又摄生养性服饵炼丹以求长生。可以说他把握了道家的两翼，取得了哲学与生存之间的平衡。

陶弘景一生读书很多，接受的思想影响自然也比较复杂，除花费大半生研习与修炼的道教外，还接受了佛教和儒家思想。《南史·陶弘景传》说他曾经梦见佛传授《菩提记》给他，赐号胜力菩萨，于是自誓，受五大戒。自此他常以敬重佛法为业，住处岩穴里都安放佛像，亲率门徒朝夕忏悔，恒读佛经。由于一身兼修佛、道两教，所以他的门徒中既有佛教徒，又有道教徒。他死后祭灵时，僧侣在左，道士在右，这在北朝是看不到的。陶弘景不仅兼信佛教，还服膺儒学，他曾经写过《孝经集注》与《论语集注》。早年也有济世志，特别钦佩张良的为人，隐居之后还曾对门人说："且永明中求禄，得辄差舛；若不尔岂得为今日之事。岂唯身有仙相，亦缘势使之然。"所以，他虽为道教中人，又与梁朝统治者关系甚密，这里表现了他不囿于门户偏见，兼收博采从容驾驭的胸襟。明张溥即在《陶隐居集》的题词中称赞他"山中宰相，大度素存"。这种复杂的影响在他所写的《茅山长沙馆碑》中有所表述："万物森罗，不离两仪所育；百法纷凑，无越三教之境。"由此可见陶弘景融三教于一炉的思想倾向，这在南北朝时期是有代表性的。

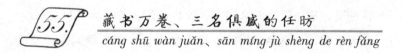

55. 藏书万卷、三名俱盛的任昉
cáng shū wàn juǎn、sān míng jù shèng de rèn fǎng

南朝梁间，任　（字彦升）与沈约（字休文）同为文学大家，沈约以诗扬名，任　以文著世，故世有"沈诗任笔"之称。钟嵘《诗品》对二人评价道："观休文众制，五言最优"，"彦升少年为诗不工，故世称沈诗任笔"。

任　，乐安博昌（今山东寿光）人，出生于宋孝武帝刘骏大明四年（460 年）。父亲任遥，官至齐中散大夫，母裴氏，贤惠德淑。相传，裴氏昼眠，梦有四角悬铃的五色彩旗从天而降，其中有一铃铛落入怀中，因而有孕。任遥请人算了一卦，卜者曰："必生才子。"当然，这只不过是附会名人的传说，但成人后的任　的确以孝名、官名、文名并显于当世。

任　年幼聪敏，四岁诵诗，八岁能文，自作《月仪》一篇，辞意甚美。与任遥同朝为官的褚彦回非常欣赏任　，他曾对任遥说："闻卿有令子，相为喜之。所谓百不为多，一不为少。"由是，任　的声名更高。任　的族叔任暑有知人之量，呼其小名赞曰："阿堆，吾家千里驹也。"

　　任　孝义至纯，父母在世时如患疾病，必昼夜侍奉，衣不解带，开口发言涕泪交加，汤药饮食必先经口。任遥生前喜食槟榔，临终前仍不忘品尝。可是剖开很多槟榔，未见上好佳品，任　对此深以为憾。因此，也有此嗜好的任　一生再不食槟榔。任遥去世后，任　泣血三年，身体憔悴已到了扶杖才能立起的地步。齐武帝萧赜听说此事后感慨万端，对其伯父任遐说："闻　哀瘠过礼，使人忧之，非直亡卿之宝，亦时才可惜。宜深相全譬。"任遐遵从圣命，劝他进食，可是进则呕出，可见伤心至极。不久任　母亲又去世了，身体尚未恢复的任　，每放声痛哭，即晕厥过去，很长时间才能苏醒过来。即使如此，他仍修草庐于墓侧，为母守孝。相传泪洒之地，草木不生。本来身体强壮的任　，经两次居丧，形削影瘦，不细辨认，难以再识。任　孝义不仅限于父母，对待叔婶也是如此，侍奉兄嫂也格外恭谨，对妻子的娘家也时时关照。其俸禄常因照顾各方亲戚，当日倾尽。对待朋友，任　更是有义有信，时人敬仰，称其为"任君"。

　　任　初为奉朝请，举兖州秀才，拜太学博士。齐东昏侯永元年间，官至司徒右长史。当年任　与萧衍（梁武帝），共为竟陵王萧子良府上"八友"时，萧衍曾故作郑重地对任　说："我登三府，当以卿为记室。"因为萧衍骑术高明，任　也就开玩笑地说："我若登三事，当以卿为骑兵。"萧衍要求立字为据，任　提笔写道："昔承清宴，属有绪言，提契之旨，形乎善谑。岂谓多幸，斯言不渝。"待萧衍攻克建业，果以任　为骠骑记室参军，专主文翰。萧衍以梁代齐，禅让文诰出自任　之手。

　　萧衍称帝，任　官至黄门侍郎、吏部郎，后为义兴太守。时值天灾岁荒，百姓流离失所，任　以私奉煮粥赈民，以此活命者三千多人。当时，饥荒的生活又令很多百姓不得不溺死新婴。任　见此严令制止，并发布文告云：溺婴者罪同杀人。然后令官府为有孕妇的家庭提供资助，受接济的人家多达千户以上。为官期间，任　下令家有年八十以上者，派官役主动上门嘘寒问暖。不仅如此，任　还把公田收获的五分之四，如数上交官库，而他自己有时却乞贷度日。至还都时，任　身无完服不得不接受朋友的资助。真可谓鞠躬尽瘁，死而后已。后来，任　又为新安太守。在任上，任　不修边幅，率然曳杖步行于城中，遇有诉讼者就地裁决。为政清省廉洁的任　于梁武帝天监七年（508 年）病逝于新安任上，时年四十九岁。去世前任　留有遗言："不许以新安一物还都，杂木为棺，浣衣为敛。"全境百姓闻其死讯深感痛惜，于城南立祠堂一座并岁时祭祀。梁武帝萧衍闻之悲不自胜，即日举哀并追赠太常，谥曰："敬子"。为子尽孝的任　为政也是尽忠职守，时有美誉，为后人称道不已。

　　任　尤善为文，当时王公奏表，多请他代笔，任　一稿即成，不加丝毫修改。沈约为一代文宗，但对任　也深为推挹。两人在萧衍手下为官时，最初是由二人共同起草各种文诰，二人常被急召草诰，当任　作文已毕时，沈约仍在奋笔疾书。所以，后来此事多由任　主笔，沈约参制。

　　在齐武帝萧赜永明年间，任　就因文才受到卫将军王俭的赏识。王俭为丹阳尹时任命任　为主簿，每当览读任　的文章时，王俭神情都非常专注。他认为无人能与任　的才华相匹敌，并赞叹曰："自傅季友（傅亮）以来，始复见于任子。"一次，王俭令任　作文，王俭读后叹道："正得吾腹中之欲。"于是，他又拿出自己的文章令任　修正，任　提笔润色，王俭抚案叹息："后世谁知子定吾文。"可见，任　的文章才气是一般人所难以企及的。王融也为"竟陵八友"之一，颇有文名。他认为自己的才学举世无双，但看到任　的文章后，也不得不默然无语。

　　任　以文章闻名于世，而诗作水平不及沈约，所以一直深感遗憾。到晚年时他转向诗歌创作，意欲超过沈约。但由于用典过多，文辞不够自然流畅，可士子仍多加仿效，一时用典之风大盛。

　　梁昭明太子萧统编辑《文选》，共收入任　的文章十九篇，是《文选》中入选文章最多的作家。

　　对任　文章创作，王僧孺在《太常敬子任府君传》中称"天才卓尔，动称绝妙"，"笔记尤尽典实"。王僧孺还以古人为比，明白地指出在章、表、书、檄之类的文章写作上，枚皋、司马相如、班固、张衡、陈琳等人尤有不及。任　为文，既速且工；既有文采，理意又丰，刚柔并济。

　　《奏弹刘整》是任　参奏已故西阳内史刘寅的弟弟——中军参军刘整

的一篇奏文。文章简短，辞约理丰。开篇以"马援奉嫂，不冠不入；氾毓字孤，家无常子，是以义士节夫，闻之有立，千载美谈，斯为称首"两个典故立论，表明是非善恶。然而刘寅的寡妻范氏却受到夫弟刘整的不公待遇，文章以简洁之笔交代刘整的恶行：夺奴卖婢、抢掠偷拿、高声辱骂，大打出手。最后感慨万端："人之无情，一何至此！实教义所不容，绅冕所共弃。"虽为奏议之文，但叙述简明，不乏形象生动的细节；在明确的意旨表达中，充满义愤。弹文少用骈骊，多用口语，生动活泼，在六朝文中别开生面。另外，从任　对此事的愤激中，我们还可以见出他本人孝义为先的立身之道。

在《王文宪集序》中，任　还为我们勾画了王昙首之孙南齐名臣王俭的形象："室无姬妾，门多长者。立言必雅，未尝显其所长；持论从容，未尝言人所短。弘长风流，许与气类。虽单门后进，必加善诱，勖以丹青之价，弘以青冥之期。公铨品人伦，各尽其用；居厚者不矜其多，处薄者不怨其少。穷涯而反，盈量而归。"其文辞义兼重，文理两全，将王俭的言谈举止，为人品性，在音韵和谐的叙议中娓娓道来。

任　一生家贫，但藏书至万余卷，而且多有异本。他死后，梁武帝命贺纵、沈约编撰书目。所用之书，如官家没有，便去任　家中求取。史载任　所著文章数十万言，盛行于当世。明人张溥《汉魏六朝百三名家集》辑有《任彦升集》。

对任　一生性情，同代人王僧孺的评价可谓精辟："　乐人之乐，忧人之忧，虚往实归，忘贫去吝，行可以厉风俗，义可以厚人伦，能使贪夫不取，懦夫有立。"以至孝立身，以清政治世，以美文传名，任　实是古代文人的优秀典范。

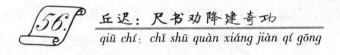

56. 丘迟：尺书劝降建奇功
qiū chí: chǐ shū quàn xiáng jiàn qí gōng

南朝时有一封著名的劝降书信——《与陈伯之书》，历代传诵不绝，其作者——梁代的丘迟，也因此而名垂青史。

丘迟，字希范，吴兴乌程（今浙江吴兴）人，生于宋大明八年（464年）。其父丘灵鞠也是南朝著名文学家。宋孝武帝刘骏的殷贵妃亡世时，他曾献挽诗三首，其中"云横广阶暗，霜深高殿寒"二句，深得孝武帝嗟赏。后为乌程令，不得志。明帝刘彧泰始初，因事被禁锢数年，直到褚彦回做吴兴太守时，才奏请释之。时隔多年，丘灵鞠做中书郎时，去拜谒当时已做司徒的褚彦回，辞别的时候，褚彦回因脚疾没能起送，丘灵鞠挖苦道："脚疾亦是大事，公为一代鼎臣，不可复为覆𫗧（鼎中食物外倾）。"意谓不要因为脚疾不胜任而败事。可见其性格倔强直切，亦由此可知其仕途不可能顺利。但他似颇不以此为意，做东观祭酒时说："人居官愿数迁，使我终身为祭酒，不恨也。"他好饮酒，又爱臧否人物。一次，在沈深处看到一首王俭的诗，沈深赞其诗文进步很快，他却一旁说道："何如我未进时。"后来这些话被王俭知道了，王俭就挖苦地对身边的人说："丘公仕宦不进，才亦退矣。"其实，丘灵鞠虽仕途不显，而文名甚盛，尤其是在宋时。他平时蓬发驰纵，不修边幅，不事家业，颇有名士风度。

丘迟就出生在这样的家庭。他幼年早慧，八岁便能作文，其父常说"气骨似我"。同时也深得谢超宗、何点两人称奇。长而仕齐，为殿中郎。后来萧衍引为骠骑主簿，其劝进梁王及加九锡礼的文字，都出自丘迟手笔。入梁迁至中书郎。当时萧衍作连珠（一种文体）一篇，召群臣继作。在几十个应召者的作品中，丘迟之文笔最美。不久，像父亲一样，丘迟也因事免官。但他做了一首自责的诗呈给武帝，萧衍也好言好语安慰了他一番。后来委派他到永嘉当太守，但他很不称职，被有关部门纠查，武帝因爱其才，未予追究。天监四年（505年），丘迟以记室之职，随临川王萧宏北伐。投魏的原梁朝大将陈伯之与魏军来拒。萧宏令丘迟写了一封信劝降，陈伯之果率八千人降梁，此事在文学史上传为一段佳话。北伐还朝后，拜中书侍郎，又迁司空从事中郎，死于任上，时天监七年（508年）。

在"江郎才尽"的故事中，也有一个有关丘迟的情节。江淹从宣城任上罢归时，途经禅灵寺过夜，梦见晋著名文学家张协向他索取所寄存的彩锦，江淹仅能掏出几尺残锦，张协怒而拒之，江淹便将其转送给站在身后的丘迟。故事中关于丘迟文才的叙述，似乎较为可怜，但另一方面也应看到，丘迟当时仅是二十出头的年轻人，能够追步江淹之后，并为所亲，已是难能可贵了。由此也可见丘迟文名之盛。其实，从二人交错出现的时差中可以明了因江淹创作出现衰退造成的空白，正是由丘迟的成绩来填补的。钟嵘《诗品》定其诗为中品，评论云："丘诗点缀映媚，似落花依草。故当浅于江淹，而秀于任　。"意谓：丘迟的诗装点衬托，相映成辉一似碧草著花，虽比江淹略浅，但比任　秀美。今观其诗，可堪讽诵者，在文学史上并不多，其中《旦发渔浦潭》是较好的一篇。为丘迟留下赫赫声名的作品是他的书信体骈文《与陈伯之书》。

陈伯之是由齐归梁的降将。其早年是一个横行乡里的无赖，十三四岁时即偷邻里的稻子，若被发现，便拔刀相向，变为强抢，长大后成为屡行劫盗的惯犯。一次，爬在船帮上伺机行窃时，被船上的人砍掉左耳。同乡王广之爱其勇，常常带着他出兵打仗，因战功卓著，齐时即已官至骠骑司马，封鱼复县伯。萧衍起兵反齐时，他归附，封丰城县公。由于他是个文盲，手下又豢养了一批纵奸行私的小人，很容易被蛊惑、煽动起疑心，再加上江湖义气，遂拥兵叛梁，事败入魏。《与陈伯之书》所写此人的背景大致如上。

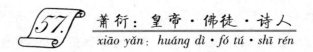

57. 萧衍：皇帝·佛徒·诗人
xiāo yǎn: huáng dì · fó tú · shī rén

梁太清二年（548年）八月，侯景自寿阳起兵叛梁，他与早有谋篡之心的临贺王萧正德里应外合，迅速渡过长江，包围建康，并于太清三年三月攻破之，囚禁了梁武帝萧衍。五月，萧衍因饥饿与忧愤死去，时年八十六岁。最后他只留下这样的慨叹："这个天下自我得之，自我失之，还有什么遗憾！"梁武帝何以雄踞宝座四十八年，却在短短八个月中身陷贼手？当时各路勤王人马多达三十万，而侯景所部仅八千，他又何致于城破被俘？这里面有很多值得叙说的故事和教训。

萧衍，字叔达，宋孝武帝大明八年（464年）生于秣陵县同夏里（今南京故报恩寺附近），是汉初名将萧何的后代，与齐高帝萧道成同族。他的父亲萧顺之曾为高帝立下过汗马功劳，但一直未得重用。萧衍自幼就刻苦读书，博学多识，文韬武略，远近闻名。二十一岁做东阁祭酒时，王俭就很欣赏他："此萧郎三十以内能做侍中，三十以后则贵不可言。"萧衍当时还经常到齐竟陵王萧子良的西邸与一些爱好文学的朋友聚会，经常见面的有沈约、谢　、范云、王融等七人，时称"竟陵八友"。萧衍的学识深为他们所敬

南朝梁武帝萧衍画像。萧衍琴棋书画、经史子集、星相占卜、骑射剑搏无不涉猎，是一个多才多艺的皇帝。

服，识见过人的王融常对人说："这个人将来定能统治天下。"萧衍的文武才干在齐末权力斗争和对外战争中表现得最充分。建武元年（494年）由于帮助齐明帝萧鸾杀武帝诸子被迅速提升。在稍后几年的对魏作战中凭借超人的识见和勇气赢得巨大威望。魏帝甚至这样警告部将："闻萧衍善用兵，勿与争锋，待吾至；若能擒此人，则江东吾有也。"因此齐明帝在重用他的同时也很不放心，为避疑忌，萧衍解散了自己所率部队，出入乘坐的是折掉犄角的牛所拉的车。经过几年运筹，齐明帝死前他已被任命为辅国将军、雍州刺史，督管齐朝北部和西北部的军政事务。萧宝卷即位后杀戮朝廷大臣，乱事遍起，萧衍乘机起兵夺取了政权，建立梁朝，年号"天监"（502年）。

由于清醒地总结了宋、齐兴衰的历史教训，萧衍即位后倡导勤俭持

政，而且从自己做起。他的穿戴铺盖都是几年才换一次，平时只吃青菜，连祭祀也不用牛羊一类牲畜。在他的带动下形成了朴素廉洁的好风气。同时，他还注意广开言路，了解民情，在公车府设谤木函，收集有关对朝政的议论；设肺石函，收集被埋没的人才和被欺压的百姓投诉。他更关心吏治，按照清廉、精干的标准选用地方官，破除了士族与寒门的界限。如当年的西邸旧友沈约虽有卓著文名，且出身高门士族，但于政事识见不高，只知唯唯听命，萧衍对他只是恩礼有加并未重用，甚至连个地方官也没让做。而他精心挑选的主要辅臣大都精明强干，克己奉公。如：徐勉精力过人，即使文案如山，座客满席，也能手不停笔，对答如流；韦睿治军严明，善于用兵，有"韦虎"之称。在这些德才兼备的辅臣帮助下，梁初二十多年间国势蒸蒸日上，出现了魏晋以来未有过的兴旺局面。

但是进入后期，他犯了许多严重错误，最严重的是佞佛误国。自天监三年（504年），舍道归佛便以自己的皇权为手段推行佛教。天监六年下令围剿范缜的《神灭论》，并亲撰《敕答臣下〈神灭论〉》，给范缜扣了一些大帽子。这个身份特殊的佛教徒还不惜人力、物力铸造各种质料和规格的佛像，建筑各式金碧辉煌的高刹宝塔。更为严重的是，萧衍竟以皇帝之尊，数次舍身佛门，时间最长的一次达三十七天，耗费国库数以亿计的钱财"赎"他还朝理政。在他的影响下，全国崇佛之风盛行，各地寺院林立，仅建康一地就有僧尼十万，弄得劳民伤财，国库空虚。

为避免宋齐两代皇族骨肉相残的历史悲剧，梁武帝对兄弟子侄仁爱有加，严教不足。他的六弟萧宏搜刮的财物积满百间库房，仅钱币就有三亿以上。萧衍检查他是否私藏武器时，指着他搜刮的东西说："阿六，你生意大好。"萧宏北伐时临阵脱逃，造成惨重损失，却逍遥法外，甚至还升官晋爵。武帝对有罪朝官也同样心慈手软，助长了贪官污吏的气焰。贪官鱼弘甚至声言自己做郡太守要使"水中鱼鳖尽，山中獐鹿尽，田中米谷尽，村中民庶尽"。种种错误长期浸淫，终于酿成"侯景之乱"。至为可悯的是，在台城被围困长达四个月的时间里，三十万勤王大军各怀私心，见死不救，其中有他的爱子邵陵王萧纶，有勤王统帅柳仲礼（其父柳津也被困在城中）。当战事迫至眉睫时，武帝曾问计于柳津，柳津悲怆地说："陛下有邵陵，而臣有仲礼，不忠不孝，还有什么指望！"一世英雄竟落得如此结局！

在南朝诸帝中，萧衍是比较博学且爱好文学的一个。他工书法，通音乐，

图为江苏丹阳萧衍修陵石刻。梁武帝萧衍是个功过都很鲜明的人物。他尊重知识，大兴文教，创造了六朝文化的盛世，但为政苛刻，人人厌苦，大兴佛寺，供养僧尼耗费无数钱粮，自己也最终成为俘虏，饥饿而死。

对儒、道思想都颇为谙熟，尤其精研佛教，著有经学、佛学著作多种。在文学方面，早年即已声名卓著，是萧子良府上的"竟陵八友"之一；即位后，对于文学的爱好依然不衰，对文人学士赏用有加，形成文学创作与批评的繁荣，郑振铎说："萧衍他自己是竟陵八友之一，天生的一位文人的东道主，他自己又是那末的工于为诗。故集合他左右的诗人们，是较之前一个时代更为众多，也更为活跃。"（《插图本中国文学史》）

他的诗现存九十多首，因为他很爱好民歌，所以其中半数以上是乐府诗，而且多数是模仿南朝民歌。

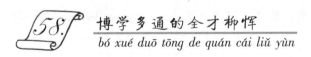

58. 博学多通的全才柳恽
bó xué duō tōng de quán cái liǔ yùn

柳恽，字文畅，生于宋泰始元年（465年）。少有志行，好学，善诗文，好琴棋，精通医术和占卜，可谓多才多艺。他的多方面爱好和成就，与其家庭教养是分不开的。他的父亲柳世隆，宋时即为孝武帝刘骏所赏

识，曾任上庸太守。宋末乱中，参与萧道成、萧颐的夺权斗争，其才干深得赏识与信赖。仕齐，初为南豫州刺史，晋爵为公，历散骑常侍、尚书左仆射、左光禄大夫及侍中等职。柳世隆是一个文武全才的官吏。入齐后，于政事就不太参与了，但酷爱读书，曾向高帝萧道成借秘阁书，得二千卷，史称其"性清廉，唯盛事坟典"。为此，张绪曾经问他："观君举措，当以清名遗子孙邪？"世隆回答说："一身之外，亦复何须。子孙不才，将为争府；如其才也，不如一经。"可见他把知识修养看得多么重要。至于晚年，他专以谈义为业，又善弹琴，世人称他是士品第一。他自己也常常说："马槊第一，清谈第二，弹琴第三。"此三事颇能概括他一生的志趣与修养。柳世隆也善于卜筮，看龟甲纹。传说齐永明初年，他就精确地预测到自己将在永明九年（491 年）去世，齐也将进入末世。柳恽的大哥柳悦少有清致，二哥好学工文，尤晓音律。由此可见，柳恽的爱好与才能的养成跟其父亲的遗传和家庭的熏陶是有直接关系的。

柳恽与陈郡谢瀹比邻而居，二人建立了很深厚的友谊。谢瀹赞扬他的品行说："宅南柳郎，可为仪表。"宋时，柳恽师从于嵇元荣、羊盖学习弹琴，尽得所传戴安道（戴逵）琴法之精妙。齐时，竟陵王萧子良听说他有此技艺，引为法曹行参军。柳恽深为子良赏爱。一次，萧子良在其府邸后园设酒宴，顺手将放在身边的晋谢安传下的琴递给柳恽，柳恽弹了一段甚为清雅的乐曲。萧子良赞道："卿巧越嵇心，妙臻羊体，良质美手，信在今夜。岂止当今称奇，亦可追踪古烈。"后来，柳恽创造了一种击琴演奏法。当时，他构思一首诗，但思路不畅，很是气恼，遂以笔捶琴。恰好一个客人来访，以箸击琴，柳恽惊讶其哀婉的韵调，于是利用这个旋律创制了一首高雅的乐曲。他还写了一部《清调论》，总结自己音乐创新的经验，很有条理和说服力。

他做太子洗马时，父亲去世了。他写了一篇《述先颂》，表达自己的深切思念之情，文甚凄丽。守孝三年后被任命为骠骑从事中郎。

萧衍义军兵至建业，柳恽往奔，被任命为征东府司马。他上书请求城平之时先收存图书，建议对城中吏民的安置效法刘邦以宽大为怀，二条意见都被萧衍采纳。入城后升为相国右司马，自梁武帝萧衍天监元年（502年）长期兼侍中，并与沈约共同修定新乐律。后又历任中郎将、刺史、秘书监、太守等职，为政清廉，享有很高声誉。卒于天监十六年（517年），享年五十三岁。

柳恽追求端正质朴的人格，早有美名。年轻时就善于诗文创作，他的《捣衣诗》中有一句"亭皋木叶下，陇首秋云飞"，深得王融赞赏，被他题写在自己的扇子和书房的墙壁上。梁武帝每次参加宴会，一定要诏柳恽赋诗，其中《和武帝登景阳楼篇》"太液沧波起，长杨高树秋。翠华承汉远，雕辇逐风游"很是被萧衍赞美，时人传为美谈。柳恽以文才见知于世，同时自己也是很爱惜人才的。在吴兴做太守时，他就把当时还很卑微的吴均召入做主簿，并且经常招待他过府中，吟诗作文，往来酬唱。即使吴均很不礼貌地留诗而别，别后又回，他也毫不见怪，相敬如常。后来为了让他有更大的发展，将其荐给临川王萧宏，最终得见天子萧衍，并一度深得赏爱。

作为贵宦名流，柳恽对当时所流行的各种技艺都极为精通。一次，齐竟陵王萧子良甚至因为看柳恽投壶枭（古博戏的一种采名），而耽误了上朝面君。齐武帝萧赜责问为什么迟到，萧子良以实相对。武帝又让柳恽投了一次，果然技佳，赐绢二十匹。还有一次，柳恽跟琅琊王萧瞻进行射箭比赛，嫌其射靶太宽大，乃摘梅花贴在乌珠上，每发必命中，观者惊骇。梁武帝喜欢下棋，派柳恽品定棋谱，入选者二百七十八人，分别定其优劣，写出《棋品》三卷，柳恽自己位居第二。梁武帝对周舍赞扬柳恽说："吾闻君子不可求备，至如柳恽可谓俱美。分其才艺，足了十人。"能够让才学渊博的梁武帝如此钦佩是很难得的。

在柳恽多种多样的技艺中，文学创作是很突出的一方面，也是他今天能够为人们所忆及的一个原因。柳恽流传至今的作品主要是一些具有乐府民歌风格的诗，像《捣衣诗》、《独不见》、《度关山》、《长门怨》、《江南曲》等，还有一些酬赠唱和之作，几乎所有诸作都蕴含着深深的人生感怀，情真意切，有一种动人的意蕴流荡其间。

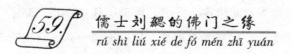

儒士刘勰的佛门之缘
rú shì liú xié de fó mén zhī yuán

刘勰，字彦和，祖籍东莞莒（今山东莒县），侨居京口（今江苏镇江市）。约生于宋明帝泰始元年（465 年），约卒于梁武帝普通元年（520年），是南朝梁杰出的文学理论批评家。祖父刘灵真事迹不见记载，可能没有出仕或地位较低。父刘尚曾做过越骑校尉，死得很早。所以他小的时候就孤独地生活，立志从学。因家境贫寒无依未能娶亲。齐武帝永明（483—493 年）间，佛教徒僧佑到江南讲佛学，刘勰就跟随僧佑住在定林寺，协助僧佑整理佛经，历经十余年之久，博通佛教理论，编定定林寺经藏。

天监二年（503 年），开始步入仕途，但只参与朝会，无具体职权。后任临川王萧宏的记室、车骑将军夏侯详的仓曹参军、太末（今浙江龙游县）令，成绩卓著。后来，改为南康王萧绩的记室，又在昭明太子萧统手下任东宫通事舍人。天监十七年（518 年）刘勰上奏天子，建议将祭天地、祭社稷改用蔬菜和水果作为供品，得到尚书省的采纳。第二年（519 年）任步兵校尉，继续兼任通事舍人，深得昭明太子萧统赏爱。

刘勰是一位虔诚的佛教徒，唯一保留下来的佛教著作是《灭惑论》。他站在护法立场上为佛教进行辩护，所述为大乘空宗的一般见解，无甚创见。因此，佛教史上谈到南北朝佛道二教之争时，虽然提到他，但所占篇幅寥寥。他生活的齐梁之际，正是南朝佛学最为兴旺的时期。当时传入我国的佛教为大乘般若学，这种学说以"空"为本，与玄学以"无"为上，在理论上有相通之处，它的义理有利于补充和丰富玄学。因此，得到士族阶层的重视，二者同为社会上占统治地位的思想。刘勰出身于没落士族家庭，自然与社会上这种佛、玄并起的思想相契合，加上青年时代又结识沙门僧佑，受到佛学的熏陶。他在《灭惑论》里为佛学解释说，佛学和玄学在义理上是有深浅之别，而没有根本上的抵牾。刘勰站在出家人立场，眼里的佛学是至高无上的。

此时，道教亦大兴，并得到士族的支持，于是和佛教发生对抗。刘勰作《灭惑论》对佛教思想加以维护。他讲，佛教练神，道教练形，是指佛教追求精神上的解脱，即死后成佛；而道教则追求肉体（人）成仙，即长生不死。刘勰认为，道教的长生不死是一个骗局，人受物质世界的局限，怎会不死呢！佛教则从精神修炼上下功夫，最终使自己的灵魂脱离肉体便可升入天国。

佛教与中国传统的儒学是个什么关系呢？刘勰在《灭惑论》中用不少笔墨力辩佛教与儒家的礼义伦常无有违背，他以玄学的体用观论证佛法无边、包罗万象，儒家提倡的伦常道德也包括在佛法之内。此种思想既符合刘勰自身的观念形态，也代表了当时南朝佛儒合流的倾向。

刘勰是在佛学与玄学、佛学与儒学相融合的时代走过来的儒生，尽管他站在佛教的立场，说佛比儒高，但他从小受益的儒学，无论如何也不可能丢弃。他在《文心雕龙·序志》篇中说，我七岁时，梦见彩云像锦绣，便攀上去采之。过了而立之年，曾经在梦中拿着丹漆的礼器，跟着孔子向南走去。早上醒来，很高兴。伟大的圣人是很难见到的，竟降临在小子的梦中……于是握笔调墨，才开始写文章。可见，他是过了三十岁，即在定林寺的后期开始写《文心雕龙》的。大约经过五六年的时间，于501年左右完成。由于刘勰的社会地位较低，这部书脱稿后没有引起时人的注意。刘勰却"自重其文"，颇有信心，决定请名重文坛的沈约品评自己的书稿。由于当时沈约官高爵重，门禁森严，无由自进，所以他才候于门外，等待沈约出来。

刘勰在门外等了多时，才见一个神态威严、鬓发斑白的官员在侍卫的簇拥下走了出来。刘勰赶紧提书装做货郎在沈约车前挡驾，沈约看在眼里，便让刘勰过来，问个究竟，并将刘勰的书稿取过来一读，感觉写得不错，深通文理，便下车邀刘勰入内，待以宾客之礼，共论诗文，十分投机。刘勰走后，他还把《文心雕龙》陈诸几案，经常翻阅。从此，刘勰及其书才逐渐为人所知。

刘勰晚年校经处——山东莒县定林寺校经楼

《文心雕龙》为刘勰早期作品。他的思想有一个前期到后期的发展。虽与佛门有缘，十几岁就结识了佛教徒僧佑，并在定林寺住了十多年，可他著《文心雕龙》时，并未采用佛教为理论指导，因为信仰与著述立说不完全是一回事。著述立说是给后人留下的精神遗产，必受传统观念与时代精神的左右，儒学不仅是他的思想基础，也是世人的传统信条。在《文心雕龙》中，既然"道"为文之体，那么"道"自然也就是《文心雕龙》创作之纲。这个"纲"也就自然属于儒家孔子之道，只不过是掺杂进去一些玄学，乃至佛学的一些术语或观点罢了。

刘勰现存著作除《文心雕龙》外，尚有《灭惑论》、《梁建安王造剡山石城寺石像碑》，分载《弘明集》、《艺文类聚》。刘勰约在普通元年（520 年）在定林寺削发为僧，改名慧地，不到一年即去世，终年五十六岁左右。

60. 幻中出幻：鹅笼书生
huàn zhōng chū huàn：é lǒng shū shēng

南朝梁吴均一生博学多才，兼善文史，著作宏富，又喜作小说。魏晋南北朝时，小说虽仍难登大雅，然文人行有余力，涉足此域者渐多，吴均即是其中之一。这时期方术、道教、佛教的流行为志怪小说的创作提供了社会背景。作为史学家的吴均本不该与志怪小说结缘，除了社会背景发展的影响外，也许还有游戏于正史之余的意味，况且当时搜奇拾遗的野史别传及小说写作的兴盛，都可能引发吴均写作小说的兴趣。

《续齐谐记》的题名，一说是续《庄子》的"齐谐"。《庄子·逍遥游》有"齐谐者，志怪者也"。一说是续宋东阳无疑的《齐谐记》。其书已散佚，今存《续齐谐记》一卷十七篇，见于《广汉魏丛书》、《五朝小说》等。书中内容除神怪故事外，也记录民间风俗的由来，有些有积极的思想意义和民俗学价值。如记人神相恋的《清溪庙神》；讽喻兄弟争财分家的《紫荆树》；记"七夕"节传说的《成武丁》；记五月节来历的《屈原》等。此外，有的故事叙事曲折有致，饶有情趣，刻画形象也有一定技巧，《阳羡书生》就是其中较为奇特生动的一篇。

故事源于佛经《旧杂譬喻经》中的梵志作术吐壶与女子故事。晋荀氏《灵鬼志》中也有人物吐吞及求寄鹅笼的情节，主人公为外国道人。

故事的内容是，阳羡（今江苏宜兴）许彦，在绥安（今宜兴西南）山中赶路，遇一书生躺在路边，自云脚痛，见许彦担鹅笼，就请求寄身笼中。许彦以为戏言，就答应了，书生便进了鹅笼。奇怪得很，笼子没有变大，书生也没变小，与鹅同处，鹅亦不惊，许彦担之亦不觉加重。

许彦来到一棵树下休息，书生出来对他说："我略备薄宴请你。"许彦说："太好啦。"书生就从口中吐出一个大铜盒子，里面装满了各种美味佳肴，摆了足有一丈见方。食具都是铜的，食物香美，世间罕见。酒过数巡，书生说："以往常带一女人同行，想邀她出来。"许彦说："很好。"书生又从口中吐出一个十五六岁的女子，衣着华丽，相貌超群。三人一起吃酒。

一会儿，书生醉倒睡着了。女子对许彦说："我虽与书生为夫妻，而实怀怨恨。曾私得一男子同行，暂唤他来，君幸勿言。"许彦答应后，她从口中吐出一男子，二十三四岁，寒暄几句，三人坐下饮酒。突然书生似要醒来，女子忙吐出一锦缎屏风把自己和书生挡住，二人就一起睡下了。

他们睡着，男子对许彦说："这个女人虽对我有情，但我的感情并非专一于她，所以我又私得一女人同行。请为我保密！"许彦点头。他又吐

出一个二十几岁的女子，一起喝酒，戏谈甚久。听到书生将要睡醒，男子马上把他吐出的女人放回口中。

屏风中的女人出来又把男子吞了进去，然后在许彦对面坐下来。书生起来对许彦说："让你一个人坐了这么久！天快黑了，该告别了。"说完他把女人和器具放回口中，留下个两尺大的铜盘。对许彦说："没什么好东西报答你，做个纪念吧！"

晋孝武帝太元（376—396年）年间，许彦做了兰台令史，典校图籍，管理文书。一次请侍中张散吃饭，席间用了当年书生送的盘子。张散仔细看了盘子上的题刻，是东汉明帝永平三年（60年）制作的。

这篇小说在离奇怪诞的外衣里包藏的仍是一种社会存在。从中直接解读出的是社会男女关系中的互相隐瞒、相互欺骗的现象，其深层意蕴则透射到社会中的人际关系。作者以荒诞诙谐的艺术手法，借男女关系曲写人与人之间充斥着的欺诈、虚伪和冷漠。这种批判亦是在呼唤着人间的真情与信任。

小说令人叫绝之处是它奇幻绝妙的想象、荒诞诡异的笔法和曲折离奇的情节，给人以奇诡浪漫的审美感受。也正因如此，它受到了后人的重视和好评。明代戏剧大师汤显祖盛赞其情节"展转奇绝"（见明凌性德所刻《虞初志》），这或许是汤显祖戏剧的浪漫精神与小说奇幻的情节灵犀相通所致吧。纪昀亦以小说家的目光评曰"阳羡鹅笼，幻中出幻"（《阅微草堂笔记》卷七），称道的也是它奇幻浪漫的写法。鲁迅亦称："……故其小说，亦卓然可观，唐文人多引为典据，阳羡鹅笼之记，尤其奇诡者也。"（《中国小说史略》）诸家评论视点均集于了一个"奇"字。

阳羡书生故事由佛经故事演绎而来。关于佛教对小说的影响，胡应麟在《少室山房笔丛》中精辟地论道："魏晋好长生，故多灵变之说；齐梁弘释典，故多因果之谈。"鲁迅先生亦以为，魏晋小说受佛经翻译和天竺故事影响很大。可见佛教东渡后佛家思想和文学与中国文化的交流与融合。作者吴均正处在佛教煽炽的齐梁时代，自然不免受其影响。但他受到的影响较小，只是借其形式加以演绎，并未堕入宣扬佛法无边、因果报应的迷途。

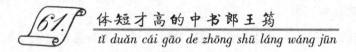

61. 体短才高的中书郎王筠
tǐ duǎn cái gāo de zhōng shū láng wáng jūn

王筠，字元礼，琅琊临沂（今山东临沂）人。他生于齐高帝萧道成建元三年（481 年），是王僧虔的孙子。幼时机警聪明，七岁能写文章，十六岁作《芍药赋》，辞藻华丽，已经引人注目。长大后，喜欢清静，热爱学习，与族兄王泰齐名。

王泰每次参加朝廷宴会，刻烛赋诗，文不加点，深为梁武帝叹赏。沈约当时常对人说："王有养（泰小字）、炬（筠小字），谢有览、举（谢庄的孙子）。"他对王筠可谓独具慧眼，曾对仆射张稷说："王郎非唯额类袁公（指王筠的外祖父袁粲），风韵都欲相似。"而张稷则指出二人的重要区别："袁公见人辄矜严，王郎见人必娱笑。唯此一条，不能酷似。"因为酷爱其文才，沈约甚至想把自家藏书都送给他，曾说："昔蔡伯喈（蔡邕）见王仲宣（王粲），称曰王公之孙，吾家书籍悉当相与。仆虽不敏，请附斯言。"最后深有感慨地说："自谢　诸贤零落，平生意好殆绝，不谓疲暮复逢于君。"从此二人成为忘年好友。

沈约曾请王筠给自己的郊外别墅写下十首景物诗，不加题目，题写在墙上，并对人说："此诗指物呈形，无假题署。"意思是，这些诗写得十分形象，读过后便可知其内容，不须另加标题。有一次，沈约写作一篇《郊居赋》，但文思不畅，一直没能完成。他请来王筠，把草稿拿给他看。王筠读到"坠石　星"及"冰悬（坎）而带坻"两句，不觉击节称赏。沈约高兴地说："知音者希，真赏殆绝，所以相邀，正在此数句耳。"王筠也常把自己的作品送给沈约看，令沈约既惭愧又叹服。王筠写诗又能用强韵（生僻罕用的韵），每逢聚饮赋诗，辞必妍靡。沈约对梁武帝说："晚来名家没有超过王筠的。"在进宫赴宴时，对王志说："你侄子文章之美，可谓后来独步。谢　常跟我说'好诗圆美流转如弹丸'，近来读过他几首诗，

才知此言不虚。"明代张溥对他们的友谊颇有感慨地赞道："当日两人情好相得，诗文互赏，郊居佳句，唯元礼能读，好诗弹丸，非隐侯莫为知音也。"（《王詹事集》题词）

王筠从尚书殿中郎累迁至太子洗马、中舍人，并掌东宫管记。昭明太子萧统也十分喜爱文学，延揽文士，常与王筠及刘孝绰、陆　、到洽、殷钧等游宴玄圃。太子独执王筠衣袖，抚着刘孝绰肩头说："所谓左挹浮丘袖，右拍洪崖肩。"这是借用郭璞《游仙诗》中两句，浮丘、洪崖是传说中二位仙人，借以称赞二人有仙风道骨之神姿。由此可见王筠被推重的情形。

后来，王筠做了中书郎，奉梁武帝之命，撰写开善寺宝志法师的碑文，文辞甚为华美飘逸。他也写过不少表、奏、赋、颂等。中大通三年（531 年），昭明太子去世，王筠撰写了一篇悼文，再度引起众人瞩目。不久，他出为临海太守，因为官贪利聚财，多年未得到升迁。也许正是因为这一原因，王筠家资颇厚，但性格较俭吝，穿的衣服粗糙又破旧，所用畜力也只喂草料。梁末动乱中，他的宅第被焚毁，暂时借住在萧子云家里。一天夜里，盗匪忽来袭劫，王筠惊惧坠井而亡。这年是太清三年（549 年），他享年六十九岁。其家人十三口也同时遇害，尸体都被抛入井中。

王筠容貌丑陋，个子矮小。虽然贪吝金钱，但待人性情弘厚，从不以自己的文才名望骄矜于世人。时人推崇他的文章，却不知他在文章之后流了多少汗水，费了多少心血。他曾对自己一生的读书写作生活做过这样的总结："余少好抄书，老而弥笃，虽偶见瞥观，皆即疏记。后重省览，欢兴弥深。习与性成，不觉笔倦。自年十三四，建武二年乙亥，至梁大同六年，四十六载矣。"就是用这样的方法，他遍读经史，重要典籍读至七八十遍，并手抄各种书籍一百余卷。王筠对自己的文章世家传统甚为自豪，曾说："史传称安平崔氏及汝南应氏并累叶有文才，所以范尉宗云'崔氏世禅雕龙'。然不过父子两三世耳，非有七叶之中，名德重光，爵位相继，人人有集，如吾门者也。"见闻广博的沈约曾说："自开辟以来，未有爵位蝉联、文才相继如王氏之盛。"伴随自豪感而来的责任感不仅使他严于自励，勤学不辍，并且严格督导晚辈。在中国历史上，像这样的世家望族，对文化、历史的影响常常是巨大的。王筠一生著述十分丰富，以一官为一集，计有《洗马》、《中书》、《中庶》、《吏部》、《左佐》、《临海》、《太府》各十卷，此外还有《尚书》三十卷，共一百卷。今存张溥辑本《王詹事集》，在《艺文类聚》中也载有他的许多作品。

王筠现存作品各体皆有，如诗、赋、碑、表、书、笺等。他写作的年代基本在梁代，因而也是典型的轻巧流丽的风格。无论写什么题材，或游赏，或闺情，或酬赠，都追求辞藻华美，声韵谐畅，思致巧妙，情调流宕逸丽。

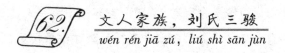

文人家族，刘氏三骏

wén rén jiā zú，liú shì sān jùn

南齐武帝萧赜永明末年，都城建康（今江苏南京）汇集了大量的才学之士，围绕着竟陵王萧子良，形成了一个庞大的文人集团，除"竟陵八友"外，还有一位被称为"后进领袖"的人物——刘绘。当时文坛上流传着这样一句话："张南周北刘中央。""张"指言辞敏捷、放达不羁的张融，"周"指辞韵如流、弥为清绮的周颙，"刘"即指刘绘。时人的说法意谓刘绘的才学在二人之间。

刘绘，字士章，彭城（今江苏徐州）人。初为齐高帝萧道成行参军。豫章王萧嶷镇守江陵（今湖北江陵），刘绘为镇西外兵参军，萧嶷以"骏马"相赞。齐明帝萧鸾时，官至太子中庶子。后几经官场去留，及至萧衍以梁代齐，转大司马从事中郎。钟嵘认为，刘绘文学创作的总特点是词美英净，但五言诗成就不是很高，故在《诗品》中将其列为下品。

刘绘至少有七子三女，俱有文名。其中有一女嫁与东海（今山东郯城）徐悱，文尤清拔，人称刘三娘。徐悱死后，刘三娘写祭文一篇，辞甚凄怆。徐悱父本也想为儿子作一篇祭文，见此文，遂搁笔。在刘绘十子女中，诗文创作应首推刘孝绰、刘孝仪、刘孝威，此三人素有"刘氏三骏"

之称。其中，刘孝绰成就最高。

刘孝绰，本名刘冉，出生于齐高帝建元三年（481 年），刘绘的长子。他少小聪敏，七岁能文。舅父王融常带他走亲访友，把他看成神童，并常说："天下文章若无我，当归阿士（刘孝绰的小名）。"刘孝绰十四岁时，便可代刘绘拟写诏诰。刘绘的朋友沈约、任 、范云闻其才名后，与之相见，任 尤相赏好，而范云则让自己的儿子范孝才拜他为兄。

梁武帝萧衍时，刘孝绰任著作佐郎。他曾写《归沐诗》一首赠任 ，任 答诗盛赞刘孝绰的人格、文才和政绩，为其所重。后来刘孝绰迁官尚书水部郎。一次梁武帝欢宴，命沈约、任 、刘孝绰等人言志赋诗。刘孝绰作诗七首，梁武帝萧衍篇篇嗟赏，从此朝中仕宦另眼相待，累迁秘书丞。对此次升迁，梁武帝曾对臣僚周舍有言："第一官当知用第一人。"昭明太子萧统好士爱文，并有大量创作。都中群才都想为萧统结集撰录，而萧统却将此重任交与刘孝绰，令其结集作序。从这两件事上可知，刘孝绰在当时文名极盛。

刘孝绰少有盛名，因而不免仗气负才。他因常常讥笑御史中丞到洽的诗文，而遭其嫉恨。刘孝绰兼任廷尉一职时，接妾入官宅居住，而将老母置于原来的私宅，到洽借机弹奏，弹文中有言："携少妹于华省，弃老母于下宅。"梁武帝为其掩恶，改"妹"字为"姝"字。但也无济于事，刘孝绰终被免官。后来梁武帝让仆射徐勉前去劝慰安抚，并每于朝宴之时，让刘孝绰侍宴。一次，梁武帝于宴席间作《籍田诗》一首，又让徐勉先给刘孝绰观看，然后数十人奉诏作诗，梁武帝以"孝绰诗工"为名，即日起为西中郎湘东王萧绎咨议参军。刘孝绰晚年抑郁不得志，梁武帝大同五年（539 年）去世。

刘孝绰生性清高，每次与同僚于朝中相会时，常与王孙公卿无话可说，而与马前卫士闲谈起来则滔滔不绝。所以时常忤怒朝臣，一生五次遭免官。虽然他仕途不顺，文名却颇盛。《南史·刘孝绰传》称："孝绰辞藻为后进所宗，时重其文，每作一篇，朝成暮遍，好事者咸咏传写，流闻河朔，亭苑柱壁莫不题之。文集数十万言，行于时，兄弟及群从子侄当时有七十人，并能属文，近古未之有也。"刘孝绰有一子名刘谅，少好学，有文才，特别熟悉晋代旧事，时人号曰"皮里晋书"。可见，刘氏家族自刘绘起就文风大盛，余波甚远。

今天看来，刘孝绰的文学成就并不算很高。他的创作摆脱不了时代文风的影响，从其诗题中，人们就可以知道其主要内容，如《望月诗》、《冬晓诗》、《咏眼诗》、《淇上戏荡子妇诗》、《赠虞弟诗》、《侍宴诗》等。他也写过一些抒怀之作，如《秋雨卧疾诗》等。可见，宫体、应制、咏景为其诗歌创作的主要题材范围，而成就较高的恰是少数咏怀之作。

刘孝绰还有两个弟弟与他齐名，但他们的文才却各有不同的方向，刘孝绰对他们有这样的评价："三笔六诗。"三即三弟孝仪，六即六弟孝威。

刘孝仪，名潜，字孝仪，为刘绘第三子。他举为秀才后，累迁尚书殿中郎，受命制《雍州平等寺金像碑》，文甚宏丽。晋安王萧纲镇守襄阳，任安北功曹史。及萧纲被立为太子，历任太子洗马等职。出使北魏后，累迁尚书左丞，兼御史中丞，在职期间，多有弹奏，无所顾忌，受到时人赞许。后来，刘孝仪出为临海太守。当时临海政纲荒疏，百姓少有法纪观念。刘孝仪到任后，整顿纲纪，励精图治，境内秩序安定，民风大变。入迁都官尚书。梁武帝太清元年（547 年）出为豫章内史，死于侯景之乱中。《艺文类聚》中除收入刘孝仪少量诗作外，更多的是启表碑论之类文章，可见他为文确实长于为诗。

刘孝威是刘绘第六子，气调爽逸，风仪俊举。初为晋安王萧纲法曹，后历任太子洗马、中舍人等职。梁武帝大同中（539 年左右），有白雀集于东宫，刘孝威上颂赞美，文采华丽。侯景之乱中，卒于安陆。他的诗作特别受到长兄刘孝绰的夸奖，虽多有宫体咏物、奉旨应制之作，但也有很多写景咏怀的抒情佳篇，如《帆渡吉阳州诗》、《结客少年场行诗》等，此类诗作于梁代绮靡诗风中注入了少有的阳刚之气。

在我国古代文学史上，一门之中有如此众多各具风采的文人骚客，实属罕见，他们为六朝梁代诗文的丰富和发展贡献了力量。

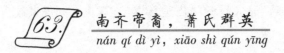

63. 南齐帝裔，萧氏群英
nán qí dì yì, xiāo shì qún yīng

　　南朝宋、齐、梁、陈四代，自420年起，至589年止，共历经一百六十九年。其中有二十七位皇帝君临天下，在位时间最长的是梁武帝萧衍，前后长达四十八年，但多数帝王统治时间较短，最短的仅几个月而已。如果平均计算的话，每位皇帝在位仅六年多的时间。在频繁的政权交接、帝王更替中，皇族命运较之朝臣更为凄惨。别有例外的是，梁武帝萧衍以梁代齐时，南齐帝裔得以侥幸存活。《南史·齐高帝诸子传》论曰："自宋受晋终，马氏遂为废姓，齐受宋禅，刘宗尽见诛夷，梁武革齐，弗取前辙，子恪兄弟，并见录用，虽见梁武之弘裕，亦表文献之余庆。"这里《南史》作者——唐人李延寿发出了由衷感叹，南齐帝裔萧子恪等人在梁代得以见用，一方面是梁武帝萧衍的宽宏德恩，另一方面也是齐豫王萧嶷的功劳。

　　萧嶷，字宣俨，萧道成次子，宽宏仁雅，有大成之量，深受萧道成的钟爱。宋顺帝刘准升明二年（478年），被封为豫章王。萧道成建齐，立萧赜为太子。但因萧赜办事有违圣意，遂使萧道成产生了废长立次的想法。然而萧嶷并无此心，对待长兄仍是恭谨有加，所以萧赜也很喜爱、尊重这个弟弟。萧赜即位后，对萧嶷非常信任推重。权高威重的萧嶷并不因此骄纵狂放，他诫告诸子说："凡富贵少不骄奢，以约失之者鲜矣。汉世以来，侯王子弟，以骄恣之故，大者灭身丧族，小者削夺邑地，可不戒哉！"临死前萧嶷嘱咐道："吾死后，当共相勉励，笃睦为先。才有优劣，位有通塞，运有富贫，此自然理，无足以相凌辱。"在他的影响和教导下，萧氏子弟修身养性，勤于笔耕。南齐虽被梁所取代，但帝裔诸后，得以善终，并以文名传播后世。《南史·齐高弟诸子·萧子恪传》云："子恪兄弟十六人并入梁，有文学者子恪、子质、子显、子云、子晖。"

　　萧子恪，字景冲，萧嶷次子。十二岁时曾唱和族兄竟陵王萧子良而作《高松赋》，深受朝中重臣王俭的夸赞。齐明帝萧鸾建武年间，为吴兴太守。当时大司马王敬则起兵造反，奉萧子恪为帝，但他却逃之夭夭。始安王萧遥光上书劝谏萧鸾诛杀萧道成、萧赜诸子，并已经准备好了棺材。萧子恪光着脚逃到建阳门，萧鸾闻听此事，大呼："故当未赐诸侯命邪？遥光几误人事。"待见到萧子恪，涕泪交流，任命萧子恪为太子中庶子，其他六十多人也免于一死。

梁武帝萧衍称帝后，萧子恪位居司徒左长史。萧衍对子恪等人大加安慰。梁武帝大通二年（528 年），萧子恪卒于吴郡太守任上。萧子恪也非常擅长为文作诗，但没有文章传世。

萧子范，字景则，出生于齐武帝萧赜永明四年（486 年）。虽然在前面的引文中，没有提到他，但他的文学才华也是不能低估的。齐武帝永明年间萧子范被封为祁阳县侯。入梁后，官拜司徒主簿，后调任大司马南平王萧伟的从事中郎。萧伟喜爱萧子范的文章才华，常赞他为宗室奇才。受萧伟之命，萧子范制《千字文》，其辞甚美。自此以后，王府中文笔之事皆出自萧子范之手。萧子范在各王府中，历官十余载，而诸弟早已成为朝中显宦，因此萧子范心中意有不平。史载，萧子范才名与萧子显、萧子云等相比，不相上下，但只因风采气度不及诸弟，所以宦途不达。因此，每当读《汉书·杜缓传》时，最令他感喟的一句话是："六弟五人至大官，唯中弟钦官不至，最知名。"人谓此是自况之言。梁武帝太清三年（549 年）萧子范去世。

萧子显，字景阳，出生于齐武帝永明七年（489 年）。少小聪敏，深受其父萧嶷的赏爱。入梁后，位太尉录事参军，后官至侍中兼吏部尚书。萧子显风神洒脱，气度雍容闲雅，颇负才气，每当遇到九流宾客时不与交谈，举扇一挥而已。东宫太子萧纲知其为人，雅好相交。一次，众人于东宫饮酒之际，萧子显起身出去更衣，萧纲对在座的各位言道："常闻异人间出，今日始见，知是萧尚书。"后出为吴郡太守。他死后，家人请赐谥号，萧纲手书八个大字："恃才傲物，宜谥曰骄。"

萧子显除了像其他兄弟那样能诗擅文外，在史书著述方面也颇有成就。他博采众家《后汉书》，考证同异，为一家之言，编成《后汉书》一百卷。书成后，又启奏梁武帝萧衍，撰《齐书》六十卷（今称《南齐书》）。除此外，萧子显还有《普通北伐记》五卷、《贵俭传》三卷，另有文集二十卷，一生著述颇丰。萧子显曾作《自序》一篇，其文云："追寻平生，颇好辞藻，虽在名无成，求心已足。若乃登高目极，临水送归，风动春潮，月明秋夜，早雁初莺，开花落叶，有来斯应，每不能已也……少来所为诗赋，则《鸿序》一作，体兼众制，文备多方，颇为好事所传，故虚声易远。"可见，他本人的创作基本上是情之所至，有感而发的，他对自己的文学成就也是颇为自信。

萧子云，字景乔，出生于齐武帝萧赜永明五年（487年）。他也像萧子显一样喜欢治史，二十六岁即著《晋书》一百一十卷。另有《东宫新记》二十卷，惜今已亡佚。萧子云性格沉静，不乐仕进，风神闲旷，任性不群。

萧子云并未秉承父训，与众兄弟少有交往。世人认为，此种性情实是少见。虽与自家兄弟如此，萧子云与湘东王萧绎却深相赏好，如平民之交，其乐融融。为临川内史时，百姓官吏对其为政也颇为满意。回京后，萧子云官拜散骑常侍，历侍中、国子祭酒。梁武帝太清三年（549年）去世，时年六十三岁。

萧巘众子中，还有一位颇有文名的人，他就是萧氏兄弟中最小的一个——萧子晖（生卒年不详）。萧子晖，字景光。少小涉学，性情恬静。曾于重云殿听武帝萧衍讲《三慧经》后，作《讲赋》上奏，甚得称赏。官位终于骠骑长史。萧子晖有一首《应教使客春游诗》，诗曰："上林看草色，河桥望日晖。洛阳城闭晚，金鞍横路归。"此诗风格与其兄诗作别无二致，都是齐梁文风的体现。

以上五人是南齐帝裔中最为出色的文学家。他们生于齐代，成名于梁代，所以文学上深受齐梁文风的影响。萧子范的诗多为写景咏物之作，出语精巧，属对精工，音韵和谐华美。如："霜惨庭上兰，风鸣檐下橘"（《望秋月》）；"春情寄柳色，鸟语出梅中"（《春望古意》）；"绿叶生半长，繁英早自香。因风乱蝴蝶，未落隐鹂黄。"（《落花诗》）萧子云的诗作也同样是注重技巧、声韵，用语绮靡巧丽，有时于明新的景色中，显露出淡淡的清愁。"渔舟暮出浦，汉女采莲归。夕云向山合，水鸟望田飞。蝉鸣早秋至，蕙草无芳菲。故隐天山北，梦想日依依。"（《落日郡西斋望海山》）。全诗以和谐的声韵，精工的造语，描绘了一幅"晚秋暮色图"，景色明丽，意境幽深。

南朝新体诗有两种，一是以讲究声病为主要特征的"永明体"，这是五言诗体。二是抒写富贵冶荡情怀，语言通俗、风格流丽轻靡的歌行体，这是七言诗体。前者使诗歌语言声律化，后者产生了在唐代压倒五言的七言诗。

刘宋时，鲍照奠定了七言诗体地位。入梁后，萧衍、萧绎、萧子显等人都成为七言歌行体的积极实践者。萧子显有诗云："浓黛轻红点花色，还欲令人不相识。金壶夜永谁能过，莫持奢用比悬河。"又曰："芳树归飞聚俦匹，犹有残光半山日。莫惮褰裳不相求，汉皋游女习风流。"（《乌栖曲》）这首诗被王夫之赞为"丽而不淫"，并且他指出第二句"犹有残光半山日"为李白《乌栖曲》所化用，"遂成为千古绝唱"（见《古诗评选》其一）。《艺文类聚》中所载萧子显诗多是此类七言歌行。萧子显主张，诗歌语言要通俗，雕饰恰当，流转轻靡，又要独中贵族富贵冶荡胸怀，即在民歌逸荡韵趣中，表达一种富贵冶艳情思。《乌栖曲》、《燕歌行》、《东飞伯劳歌》等，都是这种艺术主张的典型实践。

总体上看，他们的诗作缺少一份厚重深沉，但是其精致形式的开拓与创新，对中国诗歌的发展，还是有积极意义的。

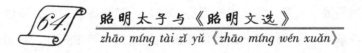

64. 昭明太子与《昭明文选》
zhāo míng tài zǐ yǔ 《zhāo míng wén xuǎn》

萧统生于齐永元三年（501年），字德施，小字维摩，是梁武帝萧衍的长子，梁天监元年（502年）十一月立为太子。萧统天赋很高，三岁学《孝经》、《论语》，五岁既已遍读《五经》。梁武帝很喜欢他，经常到东宫去看望，有时候还住上几天。萧统十二岁那年，在宫中看见狱官审案，就问："这个穿皂衣的是干什么的？"随从告诉他："是掌管刑狱的。"萧统看了他们断案的材料，说："这些东西我都能读懂，能不能让我审？"主审官看他年幼，开玩笑似的说："行。"那些案子都是很严重的刑事犯罪，可萧统一律判打五十大板。主审官面对这样的结论不知如何是好，就呈报给梁武帝，武帝笑着依其所判。从此，经常让萧统旁听审案，每次碰到要从宽发落的，就让他审定。这从一个侧面反映了萧统宽恕仁厚的性格。这种性格在孝行上得到了最高体现。萧统九岁时，母亲丁贵嫔得了重病，他回去朝夕侍候，衣不解带。从母亲死后直到出殡，他一点东西也没吃，还经常因为过分悲痛哭得昏迷过去。梁武帝为此下诏训导他说："毁不灭性，圣人之制，不胜丧比于不孝。有我在，哪得自毁如此？"并强制他进食。即便如此，他也只吃一点点，弄得萧衍也跟着上火生病。

萧衍自从给太子加了成人礼，便有意识地锻炼他的理政才能，把里里外外的政事交给他办。萧统对各种事物都比较了解，对奏章中错谬之处都能详加辨析，令有关的人员改正，但没有弹劾任何一人；在审理案件时也多有宽宥，百姓无不称道他的仁爱。正因为这种爱心，他在日常生活中也力行简朴，不蓄女乐。每遇灾变或战争等非常之事，便节衣缩食，并派自己身边的人走街串巷，访察民情，对家庭生活困难或无家可归者赈济衣、食等物，对死后无人收敛者赐棺木掩埋。他对百姓承担的沉重赋役十分同情，并尽自己所能地减轻他们的负担。中大通二年（530 年）春天，梁武帝准备征发民工开凿一条水道，萧统上书陈明利弊，使他放弃了这个计划。

武帝虽然很器重太子，但也多有疑心和忌讳。丁贵嫔去世时，萧统曾派人选了一块墓地。可太监俞三副为能在买地的交易中捞取好处，就对武帝说那块墓地对他不利，于是萧衍让他去买。后来有一个善于看风水的道士说墓地于萧统不利，为防灾病他把蜡鹅和其他一些东西埋在墓穴里。武帝核知后想要追究太子的责任，被徐勉劝止，只把道士杀了。此事在萧统心理上投下很浓的阴影。大通三年（531 年）三月萧统因在湖中摘芙蓉落水受伤不治病逝，时年三十一岁，谥号"昭明"。萧统的逝世在朝野上下产生很大震动："朝野惋愕，都下男女奔走宫门，号泣满路。四方氓庶及疆徼之人，闻丧皆哀恸。"可见他在人民心目中的位置。

萧统不仅有较突出的政治才能，在文学方面也颇有贡献，这主要表现在两个方面。

一是以他为首形成了一个在当时文坛上颇有影响的文学集团。《南史·萧统传》记载，他十分爱好文学，每遇游宴或送行，赋诗至十数韵或作剧韵，都属思便成，无需改动。他的诗文都收集在明张溥编辑的《昭明太子集》中。由于对文学的兴趣及他的特殊地位，在他身边聚集起很多富有才学的知识分子，像刘孝绰、王筠、陆　、到洽等人在当时都负有重名，《文心雕龙》的作者刘勰也曾在他的府中当过通事舍人。这些人共同讨论读书问题，探究古今，继以文章著述来进行交流。他们的集团性活动通过互相砥砺易于使创作进入活跃状态，产生较大的社会影响。

二是他主持编纂了《文选》，是我国现存最早的一部诗文总集。因其死后被谥为昭明又称《昭明文选》，该书按时间顺序收录了从先秦到梁代的作家一百三十人，收录作品五百一十三篇。魏晋以后作品所占比重较大，所选作品均按文体和题材分类编排。从萧统为其所作序言看，他当时已明确注意到辑入作品的文学性。所以除纯文学性的诗、赋两类，另外收入的文章都很注意是否具有突出的文采。以这样的标准来衡量，儒家的经书、诸子书和历史著作均被排除在外。这反映出当时文人的一种十分明确的理论自觉。再从收入作品的体貌看，侧重体现"丽而不浮，典而不野，文质彬彬"的美学趣味，明显偏向文人化的典雅华美，对那些放荡、空虚的艳情诗和咏物诗则摒而不录，与梁代文坛上重视雅俗结合的风气有所不同。因此可以把《文选》看作是对传统的文人创作的一个汇总，仅用三十卷的篇幅就大体上包罗了先秦以来的重要作品，反映了各种文体发展的轮廓，为后人研究七八百年的文学史保存了重要的资料，提供了方便。

《文选》问世以后，历代的文人学者都很重视，写出了许多注释和研究著作，并进而形成一门独特的学问——"文选学"。大诗人杜甫把这部

书作为教授儿子的课本，叮嘱他要"熟精《文选》理"（《宗吾生日》）。北宋初年，"西昆体"盛行，陆游《老学庵笔记》中记载：当时文人崇尚《文选》，从中寻觅典故，研习技巧，甚至有"《文选》烂，秀才半"的说法。由此可见《文选》的深广影响。

65. 萧纲：傀儡皇帝，香艳诗人
xiāo gāng：kuǐ lěi huáng dì，xiāng yàn shī rén

　　梁简文帝萧纲，天监二年（503年）十月生，字世瓒，梁武帝萧衍第三子，昭明太子的弟弟。天监五年封为晋安王。中大通三年（531年）被征入朝，未及入京，其兄萧统去世，不久被立为太子。

　　太清三年（549年）萧衍在侯景乱中死去，萧纲即位，当了两年徒有虚名的皇帝。当初侯景娶了萧纲的女儿溧阳公主，因贪恋公主美色常常荒疏政事，属下王伟经常劝谏，侯景把他的话都告诉了公主，公主十分嫉恨，说了一些威胁的话。王伟知道后，害怕被陷害，于是谋划废除萧纲，然后离间侯景与公主的感情。萧纲被废后，王伟与王俊、王修以侯景的名义为他祝寿，他知道将被害，于是尽醉而饮，并且痛切地说："不图为乐，一至于斯。"王伟等人乘他喝醉入睡之机，用装了土的袋子将他压死。死前他曾梦见自己吞土，就问门客殷不害，殷不害说："当年重耳得到一块土而有复国之幸。"其实并非如此。时为梁大宝二年（551年），享年四十九岁。

　　萧纲幼年聪慧，六岁便能写文章，武帝不信，曾当面检验，他揽笔立成。萧衍赞叹地说："常以东阿（曹植）为虚，今则信矣。"及成年，器宇轩昂，喜怒不形于色，容颜俊美，目光烛人。尤爱读书，一目十行，辞藻艳发，博综群言，善谈玄理。从十一岁即能理政，即位后亦想有所作为，取年号"文明"，意谓"内文明而外柔顺"。但无奈国势日下，手中无权，诚如幽禁之中的《题壁自序》所言："立身行道，终始若一，风雨如晦，鸡鸣不已。弗欺暗室，岂况三光？数至于此，命也何如！"

不过在萧纲四十九年的人生中，皇帝只做了两年，大半时间里他是一个诗人、文坛盟主，同时也是学者。在他周围聚集了许多士人，形成了一个很有影响力的文学集团。

萧纲的文学创作影响最大的是宫体诗的倡导和写作，也是历来被诟病的。因为这些作品多描写男女之情及女子的体貌，被认为是荒淫的宫廷生活的反映，并且由于在《诫当阳公大心书》中提出："立身先须谨重，文章且须放荡"的观点而引起人们的误解。其实他本人的道德修养是较高的，《梁书·简文帝纪》称其"善德本朝，声被夷夏，洎乎继统，实有人君之懿"。以这样一种德行和身份，萧纲不可能不维护传统道德规范对政权的巩固作用。其所谓"放荡"不过是指在文学表现的范围内摆脱道德教化的束缚之意，这有助于扩大文学审美表现的领域和强化文学的抒情本质。就具体创作而言，他作品中的所谓艳情成分至少在梁代宫体诗中并不显著，比于汉魏的辞赋或南朝的民歌，或都不见得更突出。

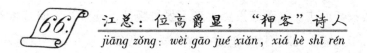

66. 江总：位高爵显，"狎客"诗人
jiāng zǒng：wèi gāo jué xiǎn，xiá kè shī rén

在南朝末年，围绕陈后主叔宝，形成了一个宫廷文人集团，其主要成员有江总、陈暄、孔范等十余人。这群末代亡国君臣荒于酒色，不恤政事，专与宫中妃嫔宴乐酬唱，自夕达旦，习以为常。其中，江总因位高爵显，又善写诗作文，堪称为首，时人谓之"狎客"。缘此，后人对他多有讥嘲。其实，纵观江总的家世及其漫长的一生，这种以点带面的评价是不够全面的，至少还有一些侧面应该进入我们的视野。

江总，字总持，济阳考城（今河南兰考）人，生于梁天监十八年（519年），是晋散骑常侍江统十世孙，其五世祖江湛官至宋左光禄大夫开府仪同三司，祖父江　是梁光禄大夫，有名于时。江总七岁的时候，父亲因居丧悲伤过度而去世，小江总是靠外祖父母抚养长大的。江总幼年聪敏，性情淳厚，他的舅舅吴平光侯萧励特别喜爱他，曾经对他说："尔操行殊异，神采英拔，后之知名，当出吾右。"对他寄予了很高的希望。长大后，酷爱学习，有文采。家有藏书数千卷，昼夜相继，披阅不辍。十八岁出仕为宣惠武陵王府法曹参军。丹阳尹何敬容开府置佐史，要求以贵族后裔担任，江总于是又成为何敬容府主簿。后迁尚书殿中郎。梁武帝制作《述怀诗》时，江总参与了这首诗的写作。梁武帝读了他的诗，深表赞赏。也是在这个时期，江总由于才名得到了尚书仆射张缵、度支尚书王筠、都官尚书刘之遴等几位高才硕学的推重，并与其结为忘年之交。刘之遴在酬和江总的诗中写道："高谈意未穷，晤对赏无极。探急共遨游，休沐忘退食。"对其才学十分钦佩，更表达了他们共同交往中的乐趣。后历任太子洗马、临安令、宣城王府限内录事参军、转太子中舍人。及梁与魏国通好，拟派他和徐陵使魏，但因病未行。

侯景叛乱，进犯都城建康时，梁武帝任命他暂兼任太常寺卿，守护小庙。台城陷落后，他辗转避难至会稽郡，住在龙华寺。在此期间，他写《修心赋》记叙了这段时事。后来，江总得知他的舅父萧勃据守广州，就自会稽启程投奔而去。梁元帝萧绎平定了侯景叛乱，征江总为明威将军，始兴内史，但又碰上江陵陷落，道路不通，未能成行。从此，江总在岭南流寓有一年之久。

陈文帝陈　天嘉四年（563年），他又以中书侍郎之官衔被征聘，入值侍中省。累迁司徒右长史，掌东宫管记等职。后又提升为左民尚书，转太子詹事，领南徐州大中正。以与太子陈伯宗为长夜之饮，养良娣陈氏为女，太子微行江总舍，上怒免之。不久又历任侍中，领左骁骑将军，散骑常侍，司徒左长史，太常卿等职。陈后主叔宝即位后，他更是受到重用和提拔，官爵一路直上，从祠部尚书，参掌选事（官员的资格审查和聘用），转散骑常侍，吏部尚书，不久又迁尚书仆射。至德四年（586年）加宣惠将军，量置佐史，寻授尚书令，给鼓吹一部，加扶（封建王朝对有功大臣的一种优礼，给予扶掖的人），余并如故……祯明二年（588年），进号为中权将军。建康陷落，入隋为上开府。开皇十四年（594年）卒于江都，时年七十六岁。

　　江总一向遵行道义，又宽和温厚，喜欢学习，擅长写作，特别是五言诗和七言诗写得好，但是伤于浮艳，所以被后主陈叔宝所喜爱。多有侧（不正）篇，好事者相传讽习，影响深远。陈后主掌政时，江总握有大权，但不修持政务，只是每天与后主游玩宴饮。因此，国政日颓，纲纪不立。后人认为是江总的过错。在政治方面，江总的无所作为及由此造成的过失是显而易见的，无须掩饰。但其中似也有某种值得挖掘的原因和值得同情的理由。他晚年写有一篇《自序》，其中说：弱岁他既已归心释教，受菩萨戒，及暮年官陈，更复练戒，深悟若空，以致他居朝为官竟不迎一物，不干一事。由此可见，这种宗教观念对其经国治世的消极影响；再加上以一身而屡经乱亡，数被谄嫉，无疑会使他产生种种政治上的失望，更兼以他对自己文学侍从之臣的角色定位，其以"狎客"自居也算有他可以被人理解的地方吧。

　　我们需要补充，并希望给予客观、公正评价的主要是他的文学创作。过去因为政治方面的原因而把江总的文学创作也看得一无是处，一笔抹杀。其实，江总的文学创作不仅因其迎合了陈后主的口味而受到重视，更重要的还在于他典型地代表了梁陈时期以新变为条件，以统治者的淫靡生活为基础而盛极一时的宫体诗风。这是衰颓时代的末世之音，其产生并盛极于民生疾苦、朝代更迭频繁的南朝时期是有说服力和典型意义的。

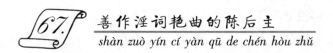

善作淫词艳曲的陈后主
shàn zuò yín cí yàn qū de chén hòu zhǔ

　　晚唐那位流连酒肆青楼、放浪形骸的诗人杜牧，写过一首深有感怀的诗《泊秦淮》：

　　　　烟笼寒水月笼纱，夜泊秦淮近酒家。

　　　　商女不知亡国恨，隔江犹唱《后庭花》。

　　他在诗中吐露的是对唐室倾颓，危机四伏，而上层统治者却依然灯红

酒绿、醉生梦死的忧患。他借以寄托这层意思的《后庭花》，就是本篇主人公陈朝末代君主陈叔宝所制作的一首艳曲《玉树后庭花》。由于杜牧此诗的广泛流传，"后庭花"一词就成为声色亡国的象征，并且作为一种耻辱的标记贴在后主陈叔宝的脸上。

陈叔宝，字元秀，小字黄奴，宣帝陈顼的嫡长子，梁承圣二年（553年）十一月生于江陵，太建元年（569年）陈顼即位后被立为皇太子。至德元年（583年）继皇帝位。作为皇帝，陈叔宝不善外交，又狂妄自大，对刚刚夺取北周政权的杨坚疏于防范，反而极为傲慢地说："想彼统内如宜，此宇宙清泰。"惹得杨坚的朝臣们要讨伐他。在内政方面，他荒于酒色，不恤政事，专与左右宠臣、妃嫔美女厮混。《南史》称其："常使张贵妃、孔贵人等八人夹坐，江总、孔范等十人预宴，号曰'狎客'。先令妇人襞采笺，制五言诗，十客一时继和，迟则罚酒。君臣酣饮，从夕达旦，以此为常。"为了能玩得开心，陈后主又造了临春、结绮、望仙三阁。凡须木料之处，皆采用名贵的檀香木，里里外外装饰得金碧辉煌。他在这里每与宠妃、爱妾和那些狎客共赋新诗，互相赠答，并把那些特别华丽的诗作为曲词，制作新曲，令宫女歌之舞之。《玉树后庭花》就是在这样的环境里创作的，其目的是赞美深得后主宠幸的张贵妃、孔贵嫔的姿容。张贵妃甚至乘势参掌政事，援引内外宗族，谄陷执政朝官。陈后主经常与坐在自己膝上的张贵妃共同处理政务。因此，政刑日紊，尸素盈朝；刑罚酷滥，牢狱常满；税江税市，征取百端。

隋文帝杨坚看到这种情形，对仆射说："我为百姓父母，岂可限一衣带水不拯之乎？"下令大造战船。有人建议这些事情应该秘密进行，他说："吾将显行天诛，何密之有！使投柿于江，若彼能改，吾又何求。"接着杨坚又为攻陈大造舆论，罗列了陈叔宝二十条罪状，书写三十万份，散发到江南各地，随即派杨广率军南下。可是所有隋军入侵的奏报，都被压下未报。实际上直到陈叔宝知道了这些事情，也未引起重视，他以为自己曾经屡次打败周、齐的军队，也一定能战胜隋军，所以，十分骄傲自负地说："王气在此……虏今来者必自败。"依然奏伎纵酒，作诗不辍。告急表章飞

206

递进宫，他却常在醉乡。直到亡国被俘，有的表章尚未拆封。隋军很快从南北两面打入宫内，文武百官都逃掉了，只有尚书仆射袁宪、后阁舍人夏侯公韵还留在这个昏君的身边。袁宪劝他端坐殿上，正色以待。陈叔宝说："锋刃之下，未可及当，吾自有计。"于是逃到井边，要躲到井里去。袁宪苦劝，不从，夏侯公韵用身体遮住井口，陈叔宝又跟他争执半天，二人没有办法，只得让他带着自己宠爱的张妃、孔嫔躲进去。不久，隋军至，向井内招呼，无有应声；军人威胁要扔石头，才听到里面有人喊叫。用绳子往上拉时，甚感沉重，上来之后发现原是三个人。隋文帝听说这件事，也感到很吃惊，当真没有想到他竟这样的荒淫无耻。李白有诗讥刺道："天子龙沉景阳井，谁歌《玉树后庭花》。"（《金陵歌送别范宣》）入隋以后，隋文帝宽宥了他的罪过，还曾几次召他侍宴，后主竟无耻地伸手要官号。文帝听到他这个要求时说："叔宝全无心肝。"这个全无心肝的亡国之君，每天只知吃肉喝酒，耽醉不醒。终于在隋仁寿四年（604 年）死于洛阳，时年五十二岁。

陈叔宝是一个荒淫昏庸的皇帝，却又是一个颇有文才的诗人。围绕他的一群文人，整日诗酒唱和，淫词艳曲，连篇累牍。他把其中写得特别艳丽的作品挑选出来，或由乐工、或由自己谱曲编舞，再由成百上千的宫女加以排练。他用吴声、西曲等乐府歌调创作过六支曲子：《玉树后庭花》、《临春乐》、《黄鹂留》、《金钗两臂垂》、《春江花月夜》、《堂堂》。现在，这些曲子的声乐资料都散佚了，歌词也只剩下了他自己写的这首属于吴声歌调的《玉树后庭花》：

> 丽宇芳林对高阁，新妆艳质本倾城。
> 映户凝娇乍不进，出帷含态笑相迎。
> 妖姬脸似花含露，玉树流光照后庭。

此诗辞句、命意都是典型的宫体风格，只是更增添了一种经过严格训练形成的妖冶淫艳的风味，没有什么值得注意的新东西。据说这首诗配上曲调后歌音甚哀。也许是浸透着亡国之君末日之感的不自觉流露吧。

宋郭茂倩编《乐府诗集》中收有他不少仿民歌的小诗。由于受到民歌情调影响，其有些作品的题材超越了宫体诗的狭窄范围，并写得清新流丽或质朴自然，前者如《采莲曲》，后者如《有所思》等。另外值得注意的作品还有《同江仆射游摄山栖霞寺》：

> 时宰磻溪心，非关狎竹林。
>
> 鹫岳青松绕，鸡峰白日沉。
>
> 天迥浮云细，山空明月深。
>
> 摧残枯树影，零落古藤阴。
>
> 霜村夜乌去，风路寒猿吟。
>
> 自悲堪出俗，讵是欲抽簪？

这首诗景色描写非常细腻生动，从傍晚到深夜的栖霞寺景色特征，都被准确地捕捉入诗。其中"天迥浮云细"以下四句，精致微妙，尤为可爱。

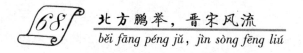

68. 北方鹏举，晋宋风流

běi fāng péng jǔ，jìn sòng fēng liú

明末清初大学者王夫之在《古诗评选》中，对温子升有这样的评论："江南声偶既盛，古诗已绝。晋宋风流仅存者，北方一鹏举耳。"

温子升，字鹏举，生于北魏太和十九年（495 年），自称是太原（今山西太原）人，晋大将军温峤的后代，原本世代居住在江东。祖父温恭之是宋彭城王刘义康户曹，为了避难逃到北魏，定居于济阴冤句（今山东菏泽县西南）。父亲温晖，兖州左将军长史，行使济阴郡事务。温子升最初接受崔灵恩、刘兰二人的教育，专心致志，勤学不辍，因此博览百家，文章写得清丽婉约。温子升起初地位卑微，在广阳王元深的马坊教少年奴仆读书。一次，他为侯山祠堂写了一篇碑文，常景看到此文，甚为欣赏，就去拜访元深，对他说："我刚才去看望温子升了。"元深感到很奇怪，便问为什么。常景说："温子升是很有才华的啊！"元深因此才对他稍有了解。

魏孝明帝元诩熙平（516—518 年）初年，中尉东平王元匡广招善于作诗文的人以充御史，同来应试者达八百多人。温子升与卢仲宣、孙搴等二十四人考得高品第。当时预选者争相托人引荐，元匡却派温子升担任此职，余者皆受屈而去。孙搴对人说："朝来靡旗乱辙者，皆子升逐北。"那时温子升才二十二岁，台中弹劾之文就都委派给他了。

后来，李神俊督办荆州事务，引荐温子升兼录事参军，但不久被吏部征聘入省。李神俊上表试图留用，吏部郎中李奖退表不许，于是还省候聘。及广阳王元深作东北道行台时，招为郎中。黄门郎徐纥处理答复四方表启，独于广阳王处下笔谨慎，害怕出现差错，为子升耻笑，因说："彼有温郎中，才藻可畏。"后来，元深率军与葛荣交战，败北，温子升被俘。但巧遇当时任葛荣军中都督的和洛兴，二人是老相识。和洛兴便派几十人马，偷偷护送他脱离险境。辗转返回到洛阳以后，李楷握着他的手说："卿今得免，足使夷甫惭德。"李楷所谓夷甫，是西晋大臣王衍，喜谈老庄，所论义理随时更改，时人称为"口中雌黄"。永嘉五年（311 年）为石勒所俘，劝石勒称帝。李楷以他相比，是称赞子升的志节。但从此以后，温子升再也没有出仕为官的愿望了，只是闭门读书，励精不辍。

及孝庄帝元子攸即位，以温子升为南主客（官名，负责对外接待事宜）郎中，修起居注。有一天，温子升没去上班。当时，上党王元天穆总领尚书事，要体罚他。温子升听说此事，就跑掉了。元天穆非常生气，向庄帝申请换人。庄帝说："当世才子不过数人，岂容为此便相放黜。"没有批准他的请求。后来元天穆要讨伐邢杲，召温子升同行，温子升没敢答应。元天穆对人说："吾欲收其才用，岂怀前忿也。今复不来，便须南走越，北走胡耳。"温子升不得已去见他，被任命为伏波将军，为行台郎中，元天穆很了解和欣赏他。元颢入洛阳时，元天穆召温子升问计。温子升答道："您因为武牢失守，以致如此狼狈。元颢刚到，人们情绪心理极不安定，现在前往讨伐，必能轻松获胜。您如果攻克收复京师，迎接皇帝回京，此乃桓（齐桓公）、文（晋文公）之举。放着这样的好事不做而欲北上，我真替你感到惋惜。"元天穆认为这一想法很好，但终于没有采纳。

他派温子升回到洛阳，元颢让他做中书舍人。庄帝回京后，给元颢效命的人多被废黜，而温子升还任舍人。元天穆经常对他说："恨不用卿前计。"

当时，梁朝使臣张皋曾抄写了温子升的许多文章，传到江南。梁武帝萧衍称赞说："曹植、陆机复生于北土，恨我辞人，数穷百六。"洛阳王晖业曾经说："江左文人，宋有颜延之、谢灵运，梁有沈约、任，我子升足以陵颜轹谢，含任吐沈。"虽未免夸张，但足证时人对他的爱重。温子升日常生活里不拘小节，颇为人讥议。从前任中书郎时，尝到梁客馆接受国书，服饰拖沓，不修边幅。为了替自己的行止辩护，就对人家说："诗文好作，但要写得曲折多姿就难了。"以此比附自己的不尚修饰。

东魏武帝五年（547年），温子升被权臣高澄怀疑参与谋反，所以在他为高欢（高澄的父亲）写毕《神武碑》后，就被投入晋阳狱中，最终饥饿而死。温子升死后，尸体被抛在路边角落里，家人被罚为奴。太尉长史宋游道掩埋了他的尸体，又收集了他的文章，编成三十五卷。现存明张溥辑本《温侍读集》。

温子升的诗现存不多，其中有几篇短小的乐府诗，从多方面展示了北魏的生活画面。《安定侯曲》写封疆大吏骄狂自得的生活享乐，钟鼓自相和，美姬善歌舞。《敦煌乐》描写了北方人淳朴、好客的爽朗性格，也发自内心地表达了对北方文化的热爱："客从远方来，相随歌且笑。自有敦煌乐，不减安陵调。"而北方人的豪爽性格，最突出地表现在一群少年人的身上，试读《白鼻騧》：

少年多好事，揽辔向西都。

相逢狭斜路，驻马诣当垆。

这首诗描写了一个生活中的典型情境：一群少年意气相投，相携揽辔，准备驰纵长安。半路上又遇到一群好友，于是结伴到酒馆中去喝酒。作者把他们豪侠仗义而又心无城府的性格，简练地显现出来。他选用了普通常见的题材，却也是能比较完整地显示这一性格的好题材。因此，作品虽然篇幅短小，但很出色地勾勒了富有动感的画面，继承了北方文学的传统，与当时南方文坛上盛行的靡弱诗风相比，当然更具特色。

在一般选本中常常入选的《捣衣诗》，代表了其诗歌的另一特点，即对南方文学的学习和吸收：

> 长安城中秋夜长，佳人锦石捣流黄。香杵纹砧知近远，传声递响何凄凉。七夕长河烂，中秋明月光。蠮螉塞边绝候雁，鸳鸯楼上望天狼。

此诗声调、用辞以及杂用五言句的形式，都可以在梁代诗中找到蓝本；写得曲折婉约，细腻精巧，则形成了自己的特色。

温子升的文章传世较多。虽然一般多用骈偶，但不重藻饰，比较自然流畅。其中有名的作品是《韩陵山寺碑》，据说此文曾受刚到北方的庾信的欣赏。

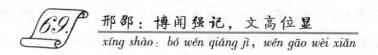

69. 邢邵：博闻强记，文高位显

xíng shào：bó wén qiáng jì，wén gāo wèi xiǎn

邢邵，字子才，河间（今河北任丘）人，生于北魏太和二十年（496年），卒年不详。五岁时，吏部郎崔亮曾预言他能成大器。十岁已能作文，很有才思，聪明强记。少年时住在洛阳，无所事事，专与当时名流以山水游宴为乐。有一次，挨了雨淋，不能出门，才拿起《汉书》读一读。后来，因为实在玩腻了，便开始遍寻经史，潜心阅读。他读书的速度很快，一目数行，毫无遗落，而且记忆力特别好。曾经和几个朋友到王昕家去做客，大家把席间相酬赠的几十首诗放在仆人那儿。第二天天亮，仆人外出，他们不知诗被置于何处。邢邵就把所有的诗都背诵一遍。待家仆回来，以原稿对照，竟然一字不差。他由于如此博闻强记，文章也写得典雅漂亮，内容丰富，文思敏捷。不到二十岁，即在上流社会赢得了声誉，众人都认为他的才华可与王粲相比。吏部尚书李神俊非常器重他，引为忘年交。

北魏宣武帝元恪时，邢邵被援为奉朝请，后迁著作佐郎，深为领军元叉所礼遇。元叉官拜尚书令时，举行庆祝宴会，李神俊、袁翻、邢邵都是座上宾。席间，元叉让邢邵作一篇谢表，不一会儿即告完成。拿给大家看，李神俊说："邢邵此表，足使袁公变色。"

北魏孝明帝之后，上流社会攀附风雅，盛为文章。邢邵之文依然独步当时，每文一出，远近传诵，京师为之纸贵。那时，袁翻和祖莹名位显赫，文章也很为先达钦重，对邢邵都很嫉妒。当时，洛阳每逢有人加官晋级，都嘱邢邵写谢表。袁翻经常对人说："邢家小儿常客作章表，自买黄纸，写而送之。"邢邵害怕因此被其陷害，就跟着尚书令元罗出镇青州，在那里整天尽情欣赏山水风光。

北魏永安初年（528年），邢邵升迁为中书侍郎。及尔朱荣入洛阳，京师扰乱，他和杨　避居嵩山。普泰中，兼给事黄门侍郎。太昌初，诏令其长期在宫中当值，给御食，让他复审尚书、门下事宜。凡任用高级官吏，都先听取他的意见，然后施行。后来他为侍奉年迈的母亲，辞官回乡，魏帝命当地官府给他派去五个兵丁做侍从，并请他一年回朝一次，以备顾问。

在此期间，北魏与梁朝达成和平协议，要选拔出使的外交官，邢邵与魏收及侄儿邢子明被征入朝。当时文人都因不持威仪，名高难副，不适合出使。梁朝方面曾问："邢子才固应是北间第一才士，何为不做聘使？"掌礼宾的官员答复："子才文辞实无所愧，但官位已高，恐不再适合出使。"邢邵没有被派出使，就又回到家乡。

东魏高澄在洛阳辅政时，聘邢邵为其府上宾客。后官拜给事黄门侍郎，与温子升共为侍读。高澄当时很年轻，初总朝政，崔暹经常劝他礼贤下士，询访得失。因为邢邵一向有名望，所以高澄征聘了他，并且经常单独召见。邢邵从前就很鄙视崔暹，认为他不学无术，所以与高澄言谈之间就说了这种看法。高澄把邢邵的话告诉了崔暹，崔暹颇嫉恨。一次，邢邵想启用妻兄李伯伦为司徒祭酒，崔暹对高澄说邢邵专擅，因此被疏远。

此后，出为西兖州刺史。在州行德政，无人击鼓申屈，官员和百姓都很守法。州内有一个定陶县，距州府五十里。一次，县令之妻拿了人家的酒肉而不付钱。邢邵当夜派人处理，令其从速退还。因为处置得十分快捷，州人多不知道此事。在西兖州任上，邢邵修整不少庙观，但只动用军队，从不侵扰公私事务。由于为政清明公正，州内官员和百姓为他立了生祠，并刻碑记颂他的功德。及换任，百姓都舍不得他离开，远相追攀，号泣不绝。

回到洛阳，拜中书令。他鼓励人口发展，反对崔暹提出的革除旧制的建议，主张依然保持旧制（生两个男孩赏羊五只，否则赏绢十匹）；他还建议取消用占卜决定罪犯是否有罪的做法。这些提议都得到了采纳。北齐文宣帝高洋时，他官拜太常卿，兼中书监，摄国子祭酒。当时，朝官多数人只任一职，带领两个官职的已是很少，而邢邵一下充任三个官职，又是文学界的领袖，颇为世人赞羡。齐文宣帝死后，他被授特进（凡诸侯功德优盛，朝廷所敬异者，赐位特进），不久即去世了。

邢邵性格开朗，作风简朴，很注意内在品质的修养，亲族关系十分和睦。他博览群书，无所不通，晚年特别注意学习《五经》，深入探讨其中道理，吉凶礼仪，公私咨询，质疑去惑，为世指南。每逢公卿聚议，有关典章制度，邢邵提笔即成，证引精确。帝命朝章，他都能俄顷写定，词致宏远。其文章盛名与温子升并称，温子升死后，又与魏收并称"邢魏"，为"北地三才"之一。

邢邵虽名位和才干都很高，但并不以此傲物，车服器用，足用而已。他日常起居总是在一间小屋子里，水果、糕点之类都挂在屋梁上。有客人来访，就拿下来一起吃。与人交往，不论性格有多么不同，也不管聪明还是愚钝，都一样对待。接待客人时，有时一边与其高谈阔论，一边解开衣服捉虱子。邢邵家里有很多藏书，但从不费力校对，见人校书，就笑道："何愚之甚！天下书至死不可遍读，又怎能校对完呢？"邢邵与妻子关系很疏远，从不到内房睡觉。他自称，有一次白天去内宅，家犬都不认识他，吠叫不止。说完自己便拍掌大笑。邢邵生性不爱独自闲居，办完公事回家休息，总须有宾客相伴。

邢邵现存作品，多是一些实用性较强的碑、表、铭等类文章，多为骈体、辞藻华丽，讲究俪偶。张溥在《邢特进集》题词中对这类作品评价不高："置学一奏，事关典教，余文无绝殊者。"现存诗歌仅有八首，但都比较可读。由此看来，其作品如不散失的话，将是一笔颇为可观的文学遗产。

邢邵不仅政清位显，诗文名重，思想亦有深邃独到之处。《北齐书·杜弼传》载他与杜弼辩论形神问题，他认为"神之在人，犹光之在烛，烛尽光则穷，人死则神灭"。这与南齐范缜的《神灭论》堪称同调，都是反对佛教的神不灭论。

70. 魏收：文才盖世，秽史留名
wèi shōu: wén cái gài shì, huì shǐ liú míng

魏收，字伯起，小字佛助，巨鹿下曲阳（今河北晋县南）人，生于北魏宣武帝元恪正始二年（505年）。少机警，行为粗放，不重细节。十五岁文章已经写得相当不错。曾经跟随父亲魏子建远赴边地，喜欢练习骑马射箭，想以武艺显身扬名。荥阳郑伯戏讽他说："魏郎弄戟多少？"魏收甚感惭愧，于是改变志向，发奋读书。夏天，他坐在板床上，跟着树阴的移动终日诵读，床板都被他磨薄了，但读书的劲头一直不衰，终于以文才见称于世。

魏收初仕北魏，任太学博士，吏部尚书李神俊看重其才学，奏请授予司徒记室参军。北魏孝庄帝元子攸永安三年（530年），又任北主客郎中。节闵帝元恭即位（531年），要挑选近侍，下诏让魏收作封禅书，以检验他能否胜任。魏收下笔便就，文近千言，所改无几。黄门侍郎贾思同在旁边看到，甚感惊奇，对元恭说："虽七步之才，无以过此。"迁散骑侍郎，令其掌管修订《起居注》并修国史，不久又兼任中书侍郎，时年二十六岁。

孝武帝元修初年（532年），诏令魏收执持文诰起草工作。虽然事务堆积如山，但他处理得都比较恰当。孝武帝元修曾经发动大批军队随他出行狩猎，长达十六天。时值冬季，朝野嗟怨。孝武帝与随从官员及诸妃子皆胡服而骑，很不合礼法规范。魏收想劝谏一番，又害怕惹祸，想沉默不语又不能自制，最后还是写了一篇《南狩赋》讽谏此事。孝武帝亲笔写了一封信感谢他的提醒。

当初，权臣高欢坚辞天柱大将军之号，孝武帝命魏收写诏，劝其担任此职。孝武帝又想加高欢相国之位，问魏收相国的品级，魏收据实相答，孝武帝于是打消了这个念头。实际上，他根本没有明白孝武帝和高欢的真实想法，当他意识到夹在二者之间的危险性时，便申请解职，被批准了。过了很长时间，又任命他为广平王元赞的开府从事中郎，他不敢推辞，写了一篇《庭竹赋》，表达自己的思想，不久又兼任中书舍人。当时，孝武帝集团内部出现裂痕，魏收假托有病坚决辞掉了职务。天平元年（534年）高欢立元子善为孝静帝，是为东魏。不久魏收以通直散骑之职使梁，王昕是副手。两人都是著名的文人，深为梁朝人所敬重。此前，两国刚刚和好时，天平四年（537年），李谐、卢元明首通使命，也都是令人敬重的外交家。梁武帝萧衍称赞道："卢、李命世，王、魏中兴，未知后来，复如何耳。"魏收在那里买了婢女，其部下有买婢女的，他也叫去，遍行奸秽。梁朝客舍接待人员都因此受到处分。由此看来，魏收是一个有才无行的文人。

孙搴死后，司马子如推荐魏收到晋阳做中外府主簿。因为工作中出现很多失误，经常遭受责罚，多受棰杖之苦，很不得志。后来司马子如奉命出使，又把他推荐给了高欢，并对高欢说："魏收，天子中书郎，一国大才，愿大王借与颜色。"从此转为高欢的幕僚，但并未得到特别重视。魏收本希望以文才脱颖而出，获得名位，实际上很不顺利，于是请修国史。喜荐人士的崔暹对高欢之子高澄说："国史事重，公家父子霸王功业，皆须具载，非收不可。"高澄于是任用魏收为散骑常侍，修国史。

一次魏帝宴请百僚，问何故名"人日"，在座众人都不知道，魏收答道："晋议郎董勋《答问礼俗》云：'正月一日为鸡，二日为狗，三日为猪，四日为羊，五日为牛，六日为马，七日为人'。"当时邢邵也在一旁，十分惭愧。

高欢入朝，孝静帝授其相国，高欢固辞。魏收奉命作文相劝，高欢对高澄说："此人当复为崔光（北魏前以文史名世亦官位显赫的人物）。"武定四年（546年），高欢在一次聚宴上对司马子如说："魏收为史官，书吾善恶，闻北伐时诸贵赏饷史官饮食，司马仆射颇曾饷否？"说完两个人都哈哈大笑，但仍然对魏收说："卿勿见元康等在吾目下趋走，谓吾以为勤劳。我后世声名在卿手，勿谓我不知。"由高欢此言可知史官在权贵们心中的位置。

侯景叛降梁朝，侵犯南部边境。高澄当时在晋阳，令魏收写檄文，不到一天就写了五十多张纸。又写了一份檄梁朝文，初夜执笔，三更便写完了七张多纸。高澄非常满意。孝静帝曾在秋季举行射箭比赛，让大家为此活动献诗，魏收诗中有云："尺书征建业，折箭召长安。"（《大射赋诗》）高澄认为写得雄壮有气魄，对人说："在朝今有魏收，便是国之光彩"，还说：他文兼雅俗，通达纵横，邢邵、温子升的词气远不能及。后来，高澄利用魏收的文章取定合州，并对他说："今定一州，卿有其力，犹恨'尺书征建业'未效耳。"

高澄死后，其弟高洋（齐文宣帝）欲篡位建齐，魏收参掌机密，其禅代诏书等都是他写的。当时把他单独关在一间屋子里派人在门外把守，不许出来。

齐文宣帝天保元年（550年），任中书令，兼著作郎，封富平县子。天保二年，诏令其撰写《魏史》。当时，文宣帝令群臣言志，魏收说："臣愿直笔东观，早出《魏书》。"文宣帝使其专任，并说："好直笔，我终不作魏太武，诛史官。"意谓：老老实实写真话吧，我不会像魏太武帝拓跋焘那样杀讲实话的史官。但他的《魏史》恰恰没有做到这一点。《北史·魏收传》称："收颇急，不甚能平，夙有怨者，多没其善。每言：'何物小子，敢共魏收作色？举之则使上天，按之当使入地。'"试举两例：魏收在高欢执掌朝政时为太常少卿，修国史，得到过阳休之的帮助，因此对他说："无以谢德，当为卿作佳传。"阳休之的父亲阳固在魏为北平太守，因为贪婪、残暴，被中尉李平弹劾。这件事记载于《魏起居注》，可是魏收的书中却说："固为北平，甚有惠政，坐公事免官。"又说："李平深相敬重。"再如：尔朱荣本是魏朝叛臣，他因为高欢原为尔朱荣部下，而且接纳尔朱荣的儿子尔朱金，故减其恶而增其善。

当时就有舆论说魏收写史书不公正，北齐文宣帝高洋召魏收到尚书省，与投诉的人共同讨论问题所在。前后来投诉者达一百多人。由于他借撰史酬德报怨，人称其所著为"秽史"。文宣帝终于未使其行世，而是让魏收再仔细加以研审，颇改正了一些错误。魏收官至尚书右仆射，位特进，死于北齐后主武平三年（572 年），死后因著史不公被掘墓曝尸。

在文坛上，魏收比温子升、邢邵稍为后进，但后来邢邵被疏远，出为外任，温子升因被疑参预谋反死于狱中，魏收因此得到重用，独步一时。魏收向以文才自任，经常议论批评邢邵文章浅陋。邢邵则说："江南任　，文体本疏，魏收非直模拟，亦大偷窃。"魏收听到这些话，针锋相对地说："伊常于沈约集中做贼，何道我偷任。"两人虽是互相讥讽，确也从中透露出各自文风的渊源。魏收因为温子升根本不作赋，邢邵虽有一两篇，但并非所长，所以自己特别重视赋的写作："会须能作赋，始成大才士。唯以章表碑志自许，此外更同儿戏。"这一点也足以说明，魏收的文学创作有着弥补北朝文坛缺陷的独特价值和意义。其现存作品有文十五篇，诗十余首。魏收诗主要模仿南方风格，因为他曾出使梁朝，而自己又轻薄无行，所以其诗多涉艳情。但也有写景清新生动的小诗，如《擢歌行五解》："雪溜添春浦，花水足新流。桃发武陵岸，柳拂武昌楼。"再如《挟琴歌》："春风宛转入曲房，兼送小苑百花香。白马金鞍去未返，红妆玉箸下成行。"这首诗节奏轻快，色彩明丽，但又不似其艳情诗的冶荡轻薄，从内容到形式都算他较好的作品了。

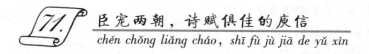

71. 臣宠两朝，诗赋俱佳的庾信
chén chǒng liǎng cháo, shī fù jù jiā de yǔ xìn

庾信是南北朝时期的著名诗人，也是此时期诗歌艺术的集大成者，并

微笑着站立的戴着圆柱形帽子的朝中官员。这样的朝廷官员多如庾信一般出身于名门望族。出身卑微的人偶尔也能升上高位，但多会为上流社会所排斥。

因其卓越的文学才能，备受南北朝几代帝王的宠爱。所以唐人崔涂在《读庾信集》诗中说："四朝（梁、东魏、西魏、北周）十帝尽风流，建业长安两醉游。"对其仕途与诗名在所处时代的地位影响，都作了高度的概括。

庾信，字子山，南阳新野（今属河南）人，生于梁天监十二年（513年）。《北史·庾信传》称："信幼而俊迈，聪敏绝伦。博览群书，尤善《春秋左氏传》。"自幼便与父庾肩吾出入梁太子萧纲的东宫。及长，与徐陵并为抄撰学士。当时庾氏父子与徐氏父子都受到特别礼遇，是萧纲宫体文人集团的重要成员。后累迁通直散骑常侍，出使东魏归来以后领建康令。

侯景作乱，梁简文帝派他率领宫中文武千人守朱雀航。侯景军至，庾信正食甘蔗，险些中箭，吓得他扔了甘蔗，仓皇奔逃。台城被陷后，他奔江陵。梁元帝萧绎即位后，为右卫将军，封武康县侯，加散骑侍郎，出使西魏。时西魏大军正欲伐梁，于是被扣留长安。梁元帝败降，他只好仕于西魏，累迁仪同三司。北周代西魏，封临清县子，出为弘农郡守，迁骠骑大将军，开府仪同三司，晋爵义城县侯。不久，又拜洛州刺史。庾信为政简静，官民生活安定。

后来陈与周通好，南北流寓之士并许还其旧国。陈要求交还王褒、庾信等十数人。周武帝只放还王克、殷不害等，庾信、王褒皆因爱惜其文才，没有放还。不久，被征为司宗中大夫。庾信此后在北周的生活，一方面位望清显，被尊崇为文坛宗师，深受皇帝及诸王礼遇；另一方面又深切思念故国乡土，为自己屈仕敌国而羞愧，因不得自由而怨愤。如此以至于老，死于隋文帝杨坚开皇元年（581 年）。死后赠本官，加荆、雍二州刺史。有《庾子山集》。

庾信的诗歌创作，数量丰富，有二百五十多首。就风格而论，大致有两类：一类作为主体，是其存诗中占大多数的宫体诗，从时间上看，贯穿了他创作生涯的始终，不仅在梁朝宫廷的几乎全部作品如此，仕于西魏与北周时与帝王贵宦的大量酬赠之作亦属此类，正是这类作品赢得了他在当世的崇高声誉。另一类是入北之后，在经历了亡国之辱、离乡之愁、仕敌之羞等巨大生活与思想变迁后创作的，内容浑厚饱满，风格苍凉雄健。这类作品在其全部创作中不占多数，却为他奠定了文学史上的特殊地位。

庾信在诗体方面对唐及其以后诗歌的影响，是广泛而明显的。刘熙载在《艺概》中说："庾子山《燕歌行》开唐初七古，《乌夜啼》开唐七律，其他体为五绝、五律、五排所本者，尤不可胜举。"下举刘熙载所言五律、五绝所本者，略以例示：

凄清临晚景，疏索望寒阶。

湿庭凝坠露，搏风卷落槐。

日气斜还冷，云峰晚更霾。

可怜数行雁，点点远空排。

——《晚秋》

阳关万里道，不见一人归。

唯有河边雁，秋来南向飞。

——《重别周尚书》其一

前一首写暮秋景色，阴冷凝重而又清疏旷远，境界如画。诗中除"庭""坠""行"三字平仄不合，上、下四句未粘以外，其他与唐代五律没有什么差别。绝句体原来由民歌化出，在南朝文人手中已经发展得较为精致蕴藉，但像《重别周尚书》这样写得苍凉辽阔的，在庾信以前还不多见。此诗上、下两联相粘，句中平仄相协，符合唐代五言绝句的格式，确实有如一首疏旷深蕴的唐人绝句。

在辞赋和骈文写作方面，庾信都是六朝集大成者，无论当时还是后世，这一点都是被公认的。

庾信的辞赋现存十五篇，《春赋》、《七夕赋》、《灯赋》、《对烛赋》等七篇在梁时作，其余如《三月三日华林园马射赋》、《小园赋》、《枯树赋》、《哀江南赋》等八篇则为在西魏、北周时作。这些作品以他四十二岁入北为界分为前后两个时期。

《春赋》中描写了人们对春日的无比喜爱流连之情，富有风俗美、形象美、情感美、节奏美。此外还表现出明显的诗赋合流的倾向，对后代文坛产生了深刻影响。

> 三日曲水向河津，日晚河边多解神。树下流杯客，沙头渡水人。镂薄窄衫袖，穿珠帖领巾。百丈山头日欲斜，三晡未醉莫还家。池中水影悬胜镜，屋里衣香不如花。

《哀江南赋》大约作于周武帝天河年间（566—571 年），它以作者自身的经历为线索，贯穿叙述了梁朝由兴盛到衰亡的历史过程，总结经验与教训，同时抒发了自己身世之悲慨，亡国之浩叹，对遭受战乱荼毒的人民也给予了深切的同情。整部作品内容丰富，篇制宏伟，具有史诗的气魄与内涵，在古代辞赋作品中是罕见的。

庾信的辞赋，可以说是南北朝的集大成者。他的辞赋有明显的骈俪化倾向，并把大赋的叙事与小赋的抒情结合起来，使赋体大变，节奏感更加鲜明，文学色彩和抒情意味大大增强。

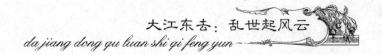

72. 王褒：被皇帝待以亲戚的诗人
wáng bāo：bèi huáng dì dài yǐ qīn qī de shī rén

　　随着梁王朝的灭亡，一大批文人由于各种原因来到了北方。王褒也是其中之一。他是在梁承圣三年（554 年）江陵失陷后，随元帝萧绎出降至长安的。当时把持西魏政权的宇文家族也颇爱好文学，大力推进北方少数民族的汉化，所以甚为优待这些来到北方的文人们。《北史·王褒传》说："褒与王克、刘珏、宗懔、殷不害等数十人，俱至长安。周文喜曰：'昔平吴之利，二陆而已。今定楚之功，群贤毕至，可谓过之矣。'又谓褒及王克曰：'吾即王氏甥也，卿等并吾之舅氏，当以亲戚为情，勿以去乡介意'。于是授褒及殷不害等车骑大将军、仪同三司。"此处的"周文"即宇文泰。《周书·文帝纪》称宇文氏的母系姓王，所以宇文泰自认为"王氏甥"。而以王褒、王克为舅氏，他攀附江南高门望族，除政治因素以外，还有出于文学艺术的偏爱和对汉族文化的渴求。正是这一点，保证了王褒在北朝依然拥有很高的地位和声望。

　　王褒，字子渊，琅琊临沂（今山东临沂市）人，大约生于梁天监十二年（513 年），卒于北周建德五年（576 年）。王褒的家族是南朝望族，曾祖王俭，祖父王骞，父亲王规，《南史》都有传记记载。王褒七岁能属文，深得外祖父、梁司空袁昂的喜爱，袁对其宾客说："此儿当成吾宅相。"王褒二十岁被荐举为秀才，拜秘书郎太子舍人。梁国子祭酒萧子云是王褒的姑父，特善草书和隶书。因为是亲属关系，在来来往往中王褒便跟萧子云学习书法，声名仅次于他，深得时人爱重。梁武帝萧衍因爱其才，遂将自己的侄女嫁给他，继承南昌县侯之爵位。历任秘书监、宣城王文学、安城内史等职。梁元帝萧绎即位，因有旧日交谊，官拜吏部尚书右仆射。王褒因为是世家名门，文才被时人所重，大家共同推举，名位始终很高。但他仍然保持谦虚的品格，不以地位骄人。

　　梁元帝奠都江陵的小朝廷，很快被西魏推翻。王褒入仕西魏及北周，

都深得历代帝王的器重，常从容席上，资赠甚厚，甚至忘掉了自己羁旅身份。历任开府仪同三司、少司空、宜州刺史等职。

王褒的文学创作在梁代已获得广泛影响。例如他所作《燕歌行》，通过江南早春与塞北苦寒的对比，巧妙写尽情人的相思情态，读来很有美感："遥闻陌头采桑曲，犹胜边地胡笳声。胡笳向暮使人泣，还使闺中空伫立。桃花落，杏花舒，桐生井底寒叶疏。试为来看上林雁，必有遥寄陇头书。"诗中通过选择富有地域特征的事物，运用流丽婉转的语言，写出了征夫怀乡、闺妇思远的情境和心理。据说此诗一出，立即引来了梁元帝萧绎和很多文士的唱和，但都不如王褒所作哀婉感人。由这篇作品引起的反响，我们可以认识到，梁朝诗歌喜用华丽辞藻结合哀怨情调来处理乐府题材的写作特点，从而形成既质朴感人又美丽多姿的艺术风格。王褒对这一审美趣味的表现及其所取得的成就在同代人中是十分突出的。

作为一种与入北所写诗歌的对比，王褒在南朝创作的一些纯粹写景之作也是值得一读的。如《山池落照》："孤舟隐荷出，轻棹染苔归。浴禽时侣窜，惊羽思单飞。"作者用细腻轻巧的笔法写出了山池在落日晚照中的幽静安详，而特别能凸现这种意境的是正在洗澡的野生禽类，它们被晚归游人的舟桨所惊，纷纷飞蹿。我们可以想象得出这些偶然被惊扰的禽鸟们在天空中飞旋几圈后还会落下来，进入甜蜜的夜晚和安眠里。作者笔下静与动两种不同状态的描写是如此自然地结合在一处笔墨中，恬淡与生机如此和谐交融，因之诗的美感就具有了较强的张力。这也是南朝诗歌经验多年积累所达到的一种境界。

在王褒的存诗中有一些边塞诗，这些诗未必都是他被掳入北以后作的，因为在梁朝诗坛上，边塞诗的创作已相当发达。这个潮流之产生的一个背景在于梁武帝统治的几十年中社会比较安定，国力日渐强大，梁武帝为统一北方多次派兵北伐。在这种情况下，诗人们会很自然地激发起建功立业、报效国家的激情。因此，艰苦的边塞战争生活在他们的笔下无疑会成为高扬理想、激励壮怀的最佳题材。另外，梁朝文学又比较注意追求诗歌的抒情力度，描写边塞战争生活自然是他们实现这一美学追求的最佳选择。从《关山月》所描写的内容看，它极有可能是在南方作的：

> 关山夜月明，秋色照孤城。
>
> 影亏同汉阵，轮满逐胡兵。
>
> 天寒光转白，风多晕欲生。
>
> 寄言亭上吏，游客解鸡鸣。

这首诗描写了汉军一次不太顺利的战役，但它不是直接描绘战争场面来说明这一点，而是通过对边地秋风、寒月、孤城等凄清景物的描写来渲染战场上的颓败气氛，末句表达了士兵们渴望结束战争的凄切心情。这首诗在梁朝文人追求拓展诗歌表现领域、加强诗歌抒情性的努力中是比较突出的。

进入北方以后，由于个人境遇和自然环境的变化，王褒所努力追求的诗歌风格获得了充实和提高，形成苍劲挺拔、雄壮深沉的鲜明特点。试读《出塞》：

> 飞蓬似征客，千里自长驱。
>
> 塞禽唯有雁，关树但生榆。
>
> 背山看故垒，系马识余蒲。
>
> 还因麾下骑，来送月支图。

与前引《关山月》比，这首诗写出了真正的气魄。一向寄寓漂泊感的飞蓬在诗中却不惮于千里长驱，塞上的风物是单调贫瘠的，但长途奔袭的征客却看到了昔日的营垒，战马也再次吃到熟知的蒲草。同是描写一些简单的景物和自然界的变化，情感与思想的基本倾向却发生了逆转，这首诗中轻快、自信的征战者们以胜利的凯旋结束了自己的征程。同属此类风格的作品还有《关山篇》、《饮马长城窟》、《入塞》等，这些作品展现英雄人物及其情怀时，喜欢用阴沉酷劣的自然环境来衬托，两者互相映照、强化；由于内在的骨气充壮，作品的语言也摆脱了藻饰，转多豪放，粗线条的勾勒使风格变得愈益简练、畅达、硬朗。

被掳入北后，王褒虽多受恩赐，但诗中还是经常不断地出现国破家亡的孤凄，及由此产生的沧桑感。他的《渡河北》就是一篇代表作：

秋风吹木叶，还似洞庭波。

常山临代郡，亭障绕黄河。

心悲异方乐，肠断陇头歌。

薄暮临征马，失道北山阿。

这首诗描写了诗人故国败亡、人生失路后感到茫无所依的悲哀，风格是凄切苍凉的。起首二句，化用屈原《九歌·湘夫人》"袅袅兮秋风，洞庭波兮木叶下"，触发诗人萦绕不去的故国愁思。第二联交代北上所见。第三联吐出心中所感，最后把国破家亡、无所皈依的茫然、恐慌推到读者面前。此诗结构严谨，把明写的渡河所见与暗写的故国之思巧妙衔接在一起。随着年岁的增长，羁旅情愁的加深，王褒在一些作品中把国亡家破的感怀化成了一种巨大的迁逝之痛，把人生和自然放进一个阔大的流变过程中，突出其难以把握的有限和渺小，具有深邃的哲理内涵。试读《送刘中书葬诗》：

昔别伤南浦，今归去北邙。

书生空托梦，久客每思乡。

塞近边云黑，尘昏野日黄。

陵谷俄迁变，松柏易荒凉。

题铭无复迹，何处验龟长？

总之，王褒诗歌的意义，在于他把经南历北的丰富经验融入自己的写作中，通过诗歌形式和语言技巧，进一步拓展了诗歌艺术的发展道路，为以后唐代诗歌的艺术整合，敷设了阶梯。

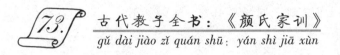

73. 古代教子全书：《颜氏家训》
gǔ dài jiào zǐ quán shū：yán shì jiā xùn

颜之推，字介，琅琊临沂（今山东临沂市）人，梁湘东王萧绎镇西府咨议参军颜勰之子。曾先后在梁、北齐、北周、隋四朝做过官。约出生于梁武帝中大通元年（529 年），卒于隋文帝杨坚开皇十一年（591 年）。

颜之推幼承家学，很早就继承了祖辈对于《周礼》、《春秋左氏传》的研究。博览群书，无不读遍。年轻时就以词情典丽而著称于江陵一带，被湘东王萧绎引为左常侍，加镇西墨曹参军。他聪颖机

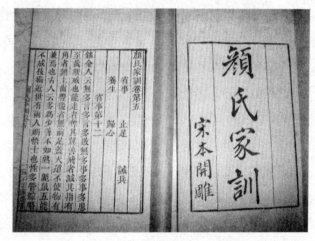

《颜氏家训》书影。后世称此书为"家教规范"。

悟，博知善辩；奉上举止得体，应对娴明。因而仕途得意，常为皇帝所青睐。梁元帝（萧绎）时，曾任散骑侍郎。梁亡，入北齐，先后任中书舍人、赵州功曹参军、待诏文林馆、司徒录事参军等职。至北周时，被任为御史上士。隋开皇（581—600 年）中，被太子召为学士。他文才很高，其诗多承袭齐梁余风，但较质朴。有代表作《古意》二首，第一首较著名。其诗云：

> 十五好诗书，二十弹冠仕。楚王赐颜色，出入章华里。作赋
> 凌屈原，读书夸左史。数从明月宴，或侍朝云祀。登山摘紫芝，
> 泛江采绿芷。歌舞未终曲，风尘暗天起。吴师破九龙，秦兵割千

里。狐兔穴宗庙，霜露沾朝市。璧入邯郸宫，剑去襄城水。不获
殉陵墓，独生良足耻。悯悯思旧都，恻恻怀君子。白发窥明镜，
忧伤没余齿。

这是一首感伤梁室灭亡、自愧不能殉难之诗。题曰《古意》，托古以
写今，是怕说得太显白了会招来祸患。前四句，从幼学壮行、获逢知遇说
起。"作赋"领起六句，文采飞扬，写主人公的才华及侍从楚室之乐。"歌
舞"八句，承上转落，写楚因兵灾而覆国，触目伤怀，生禾黍之悲。后六
句自愧独生，而以忧伤终老结住。结尾"白发"、"余齿"，与"十五"二
句呼应。全诗借楚国覆亡感怀梁室倾覆，抒写了亡国之痛。篇中对偶虽
多，但不涉纤巧，结构精当匀称，情调极为哀婉。

颜之推好饮酒，多任纵，不修边幅，时人多因此而对其有所非议。北
齐天保末年（559 年），以中书舍人（掌撰作诏令之事）随同文宣帝高洋
前往山西天池。时文宣帝令中书郎段孝信将敕书拿去给颜之推看。找到他
时，他正在营外饮酒至酩醉，已无法修审。段孝信回去将情况禀告了文宣
帝，文宣帝爱其才且知其秉性，只好暂时作罢。颜之推一生虽仕途畅达，
历仕四个朝代，然而他内心却是很矛盾的，这从他后来的作品中可以看
出。一方面他的理想是"不屈二姓，夷（伯夷）、齐（叔齐）之节也"
（《颜氏家训·文章》）；另一方面，面对现实，他因考虑家庭的利益、"立
身扬名"而又不得不宣称"何事非君，伊（伊尹）、箕（箕子）之义，自
春秋以来，家有奔亡，国有吞灭，君臣固无常分矣"（《颜氏家训·文
章》）。在《颜氏家训》中，一方面教育子孙"生不可惜"、"见危授命"，
另一方面却又说"人身难得，有此生然后养之，勿徒养其无生也"。他自
己"三为亡国之人"，却教育后人要"泯躯而济国，君子不咎"。自身矛盾
至此。其晚年作《观我生赋》，陈述家国际遇和一生艰危困苦时说："小臣
耻其独死，实有愧于胡颜，牵疴 而就路，策驽蹇以入关。""向使潜于草
茅之下，甘为畎亩之人，无读书而学剑，莫抵掌以膏身，委明珠而乐贱，
辞白璧以安贫，尧舜不能荣其素朴，桀纣无以污其清尘。此穷何由而至，

兹辱安所自臻！"参之《古意》诗："不获殉陵墓，独生良足耻。悯悯思旧都，恻恻怀君子。白发窥明镜，忧伤没余齿。"等诗句，可见颜之推晚年心情颇不宁静。颜之推的作品，有文集三十卷（已佚）、志怪小说《冤魂志》（一名《还魂记》或《还魂志》）、《集灵记》二十卷（已佚）及前面提到的《观我生赋》、《古意》二首等，但其成就最大的还当属《颜氏家训》二十篇。

《颜氏家训》是一部杂著类散文作品集，旨在传述"立家之法，辨正时俗之谬，以训世人"（《四库全书总目》）。但涉及极广，对于佛教之流行，玄风之炽烈，鲜卑语之传播，俗文字之盛兴等都作了较为翔实的记录。它对研讨古代丰富的文化遗产，做出了巨大的贡献。

首先，此书有着重要的史学价值和学术价值。其中记录的许多历史人物言行，可与南北朝诸史中的记载相参证或补证。其中的一些学术见解，对于《汉书》、《经典释文》、《文心雕龙》等的研究都有着重要作用，许多地方都与这些书相通或互补。另外，《书证》、《音辞》两篇，为考辨文字、词义和音韵，提供了宝贵的资料。

其次，该书对于当时南北风尚、学术动向等，都作了明确的记载，并加以品评。如《涉务》云："梁士大夫，皆尚褒衣博带，大冠高履，出则车舆，入则扶持，郊郭之内无乘马者……及侯景之乱，肤脆骨柔，不堪行步，体羸气弱，不耐寒暑，坐死仓猝者，往往而然。"《教子》云："（北）齐朝有一士大夫，尝谓吾曰：'我有一儿，年已十七，颇晓书疏，教其鲜卑语及弹琵琶，稍欲通解，以此伏事公卿，无不宠爱，亦要事也。'"可见南北风气之日下竟至于此。《勉学》云："梁朝全盛之时，贵游子弟，多无学术，至于谚云：'上车不落则著作，体中何如则秘书。'无不熏衣剃面，傅粉施朱，驾长檐车，跟高齿屐……"《文章》则尖锐地批判了"趋末弃本，率多浮艳"的齐梁文风，比刘勰更激烈。他还提出"文章当以理致为心肾，气调为筋骨，事义为皮肤，华丽为冠冕"，主张创作态度应严谨，重视作家人格修养以及作文要不失体裁。他关于文章原本于《五经》的观点，与刘勰《文心雕龙·宗经》所述观点一致。书中，颜之推也承认，当

时文章在音律、对偶方面的讲究，是一种历史的进步，倡导"宜以古之制裁为本，今之辞调为末，并须两存，不可偏弃"，实属难能可贵。《音辞》征引沈约"三易"说，认为文学创作当易读诵、易见事、易识字，反对创作上卖弄学问。

另外，在重道轻器的封建历史时期，书中对于算术、医学都给予了应有的重视。该书中也有一些糟粕，如《兄弟》中说兄弟好比居室，妻子好比风雨，要防止妻子破坏兄弟的感情，就如防止风雨侵蚀居室一样。《归心》中则大力宣传迷信的因果报应。

从文学角度说，该书多是质朴的散文，行文如话家常，又不失委婉典雅，动之以情，晓之以理，恰到好处。书中常用夹叙夹议的方法，为证明自己的主张，援引一些生动的事例。如《涉务》中写建康令王复"性既儒雅，未尝乘骑，见马嘶喷陆梁，莫不震慑，乃谓人曰：'正是虎，何故名为马乎？'"刻画颇为生动传神。

《颜氏家训》问世后，流传十分广泛。除了儒家大肆宣传、佛教徒屡作征引外，内容的丰富也是它易于流传的重要原因。

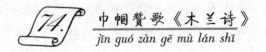

74. 巾帼赞歌《木兰诗》
jīn guó zàn gē mù lán shī

木兰代父从军是一个流传久远、影响广泛的民间故事，而其原典即是这首《木兰诗》。后人还将其改编成戏曲，演唱不衰，使之成为光彩照人、英气勃勃的巾帼英雄形象，成为妇女解放、追求男女平等的一面旗帜，"木兰"这个名字成了女中英杰的代名词。这首诗最早见之于南朝陈代释智匠所编《古今乐录》，后被收入宋朝郭茂倩编辑的《乐府诗集·横吹曲辞·梁鼓角横吹曲》，因而至少可以断定它产生于陈代或陈代以前，从诗中描写的故事内容及相关背景又可确定其为北朝民歌，但有可能在流传中经过文人修饰整理。

唧唧复唧唧，木兰当户织。不闻机杼声，唯闻女叹息。问女何所思？问女何所忆？女亦无所思，女亦无所忆。昨夜见军帖，可汗大点兵，军书十二卷，卷卷有爷名。阿爷无大儿，木兰无长兄，愿为市鞍马，从此替爷征。东市买骏马，西市买鞍鞯，南市买辔头，北市买长鞭。旦辞爷娘去，暮宿黄河边。不闻爷娘唤女声，但闻黄河流水鸣溅溅。旦辞黄河去，暮至黑山头。不闻爷娘唤女声，但闻燕山胡骑声啾啾。万里赴戎机，关山度若飞。朔气传金柝，寒光照铁衣。将军百战死，壮士十年归。归来见天子，天子坐明堂。策勋十二转，赏赐百千强。可汗问所欲，木兰不用尚书郎。愿借明驼千里足，送儿还故乡。爷娘闻女来，出郭相扶将。阿姊闻妹来，当户理红妆。小弟闻姊来，磨刀霍霍向猪羊。开我东阁门，坐我西阁床。脱我战时袍，著我旧时裳。当窗理云鬓，对镜贴花黄。出门看伙伴，伙伴皆惊惶。同行十二年，不知木兰是女郎！雄兔脚扑朔，雌兔眼迷离。双兔傍地走，安能辨我是雄雌？

全诗可分为四个部分：第一部分（"唧唧复唧唧"至"从此替爷征"）写木兰经过焦虑和思考决定代父从军。诗中着重描写了可汗点兵给她带来的忧虑，因为父亲年迈，家中又无适龄男丁，无人能承担出征打仗的任务，但面对军书急促催迫，看来形势又很危急，木兰毅然决定自己去从军征战。这样既能全孝于父，又可尽忠于国，表现了她的勇敢和自我牺牲精神。

第二部分（"东市买骏马"至"壮士十年归"）写从军的准备和出征打仗的经过。作品极力铺写一家人为木兰出征忙忙碌碌的情景，那些出征所用物品本可以在一处就购置齐全，但把东西南北四市都写到了，这一方面表现出家人对木兰出征的高度重视，另一方面也渲染了战争迫近的紧张气氛。这种铺张夸饰的方法是乐府诗歌常用的，于理似有不通，于情却必不可少，具有其他艺术手段不能代替的作用。接着，作品描写了木兰出征

木兰代戍图

的行程及其思亲想家的情怀，着意于揭示她温柔善良的女儿心性。这首诗表面上是以木兰从军为核心，而且战争进行了长达十年的时间，但实际上直接描写征战的笔墨极少，只用"万里赴戎机"等六句便一带而过，可谓惜墨如金。但虽简练，却不失如虹气势，甚至让人感到正是这样的"淡化"处理，方能更有效力地突出其英雄品格与能力。

第三部分（"归来见天子"至"送儿还故乡"）写木兰完成了从军使命，而且建立了极大功勋，还朝受赏。这个内容本应成

为英雄特写，亦应多花费些笔墨，但也只用了八句，似仅仅为了过程的完整性而作必要交代。这段文字给人以触动的是木兰淡泊名利的洒脱胸怀，她渴望能够早日回到故乡，与家人团聚。此处呼应了开头木兰从军的动机，她没有任何私人目的，因而能够不以勋业萦心，更不用它作资本提出要求，表现了她纯真高尚的情操。

第四部分（"爷娘闻女来"至"安能辨我是雄雌"）写木兰十年征战一朝还家的激动与喜悦的情景。作品用排比句式极力渲染家人迎接她回家的快乐，更写出木兰女回到自己旧日居住的房间，脱去征袍，重现女儿身时那种亲切喜悦轻松的心情。同伴们惊诧的神态与言辞不仅告诉我们，木

兰作为一个女性在刚刚过去的战争中与男子表现得一样勇敢、坚强，也蕴含着对她作为女中英杰的赞叹，还间接传达了经历了战争考验的木兰重新回归往日生活时的骄傲自豪与自在快乐。

总之，木兰是一个极其光彩和感人的女性形象。她身上有勤劳善良、深明大义、勇敢顽强的普通劳动人民的美。她在父老弟幼的情况下自愿女扮男装，代父从军，并在女性几乎从不涉足的战争中，凭借高超的武功和非凡的智慧，立下卓越功勋。但作品着墨更多、更欲突出的，是她作为一个普通劳动女性淳朴真挚的爱国爱家之情，并把这种爱的描写，渗透到作品的各个部分，这是她英雄主义精神与行为的基础和底蕴。作品还以几乎同样多的笔墨，表现了木兰丰富、细腻的女性性别美与情感美，使她的形象具有相当浓厚的人情味和生活气息。

这首诗在艺术上的特点，也是鲜明而突出的，具有民歌"明转出天然"的特征，风格松爽流丽，却又朴厚。具体而言有以下两点值得重视：

第一，作为一首成功的叙事诗，它的叙事线索十分清晰，采用单线叙述，以木兰从军过程中发生的事件为情节，以事件发生、发展的先后为顺序；同时又大胆剪裁，详略得当，从而使结构更为紧凑，重点更为突出。如诗中描写木兰十年征战与功成还朝两个情节仅用十六句，这本是突出其英雄品格的极重要的材料。而诗中所余的四十七句都是用来描写木兰丰富的情感世界的，突出表现了她的尽忠全孝的责任感，思亲念家的纯真与幼稚，以及质朴真率的生活理想与追求。这种详略的不同取舍和安排，使木兰形象得到了有力突出。

第二，作品使用了多种修辞手法和表达方式，使语言既流畅自然又生动感人。从修辞方面看，诗中运用的方法：有铺排，如"东市买骏马"以下四句，"爷娘闻女来"以下六句等；有对偶，如"当窗理云鬓，对镜贴花黄"，"朔气传金柝，寒光照铁衣"等；有比喻，如"雄兔脚扑朔，雌兔眼迷离"；有顶针，如"军书十二卷，卷卷有爷名"等；有夸张，如"万里赴戎机，关山度若飞"。但这些修辞手法使用起来，并不给人堆砌雕琢之感，而是十分贴切娴熟的，取得了积极效果。另外，作品的韵律有明显

的民间歌谣特点，不避重字，通篇除开头数句押仄韵，其余都平韵相转，而且转得很自然，铿锵和谐，具有音乐美。

木兰这个中国古代巾帼英雄的形象，已成为在世界各地更为著名的人物了。

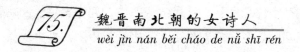
75. 魏晋南北朝的女诗人
wèi jìn nán běi cháo de nǚ shī rén

魏晋南北朝时期，由于政治气氛的动荡与喧哗不安，形成了多元发展的文化形态。在这种文化环境下，人们追求精神上的自由解放，追求思想主体的平等对话，个体的个性得到张扬。这样，魏晋南北朝的诗坛上就涌现了大量的女诗人，如：甄氏、谢道韫、鲍令晖、乐昌公主、王淑英妻刘氏、苏惠等。她们有才情，有风雅，有个性，成为当时文坛上一道美丽的风景线。应该说，她们作为作家的大量涌现，以及她们的创作风格，都是与当时的文化氛围、社会思潮分不开的。

甄氏，三国魏中山无极（今河北无极县西）人。上蔡令甄逸之女，名不详。三岁丧父，九岁时喜好读书。建安中，嫁于袁绍次子袁熙。后来曹操灭袁绍，曹丕又纳为夫人。生了明帝曹 和东乡公主，后因郭皇后进谗，于黄初二年（221年）六月被魏文帝曹丕赐死，葬于邺。魏明帝曹 即位后，谥为"文昭皇后"。其诗《塘上行》相传是她临终时所作，也可说是被文帝赐死时的绝命词。作者以沉痛的笔触抒发了被弃的哀愁与悲苦。整部作品于阴云密布中透露出一种刻骨的悲伤之情。"出亦复苦愁，入亦复苦愁。边地多悲风，树木何修修。从君致独乐，延年寿千秋。"结尾更是令人不忍卒读。所以，明代徐祯卿《谈艺录》比较了《塘上行》与《浮萍篇》之后说："诗殊不能受瑕。工拙之间，相去无几，顿自绝殊。"对甄氏此诗，给予了较高评价。

鲍令晖，南朝宋女诗人。生卒年不详，464年前后在世，东海（今江苏涟水县北）人。她是著名文学家鲍照之妹，擅长写拟古诗，很有才思。

鲍照曾答宋孝武帝刘骏云："臣妹才自亚于左棻，臣才不及太冲（左思）尔。"这是鲍照对妹妹的评价，其中似含谦抑，实为褒扬。钟嵘《诗品》卷下称鲍令晖诗"往往崭绝清巧，拟古尤胜"。她著有《香茗赋集》已佚。现存《拟青青河畔草》、《拟客从远方来》、《题书后寄行人》等诗七首，多为思妇诗，情思委婉，感情细腻，语言清纯。总的来说，鲍令晖的诗风显示出女诗人特有的细腻与柔情。试读其《题书后寄行人》：

> 自君之出矣，临轩不解颜。
>
> 砧杵夜不发，高门昼常关。
>
> 帐中流熠耀，庭前华紫兰。
>
> 物枯识节异，鸿来知客寒。
>
> 游用暮冬尽，除春待君还。

这首诗"独语长深、情衷浅貌"，语言淡雅而情思绵长，表达了诗人内心的思念之情。又如《古意赠今人》："荆扬春早和，幽冀犹霜霰。北寒妾已知，南心君不见。谁为道辛苦？寄情双飞燕。形迫杼煎丝，颜落风催电。"不仅写出一颗坚贞的心灵，道出思君的情意，更体现了她"崭绝清巧"的创作风格，想象丰富，形象巧丽。

乐昌公主，是南朝陈后主之妹，太子舍人徐德言之妻。她给后世留下的不仅是一首《饯别自解》诗，而且还有一个美丽哀婉的爱情故事。"破镜重圆"是对这首诗最初也是最好的解释。这个成语的来历与乐昌公主的不幸遭遇有关。陈末，隋文帝为统一天下，命令晋王杨广率军南征。陈后主听到消息后不以为然，认为长江天险，万无一失。徐德言知陈国将亡，就对妻子乐昌公主说："以你的才华和容貌，国亡后必定被掳入权豪之家，咱俩就要永远分手了。如果情缘未断有幸还能再见，应该有信物作见证。"于是把一面铜镜打破，各执一半。作为他日重见的信物。陈亡后，两人果然走散了。乐昌公主被隋大臣杨素所得，大受宠爱。后来，徐德言流落到长安，在正月十五这天，见一老仆人拿着那半面镜子正在高价出卖，便拿出另一半相拼合，并悲喜交加地题诗说："镜与人俱去，镜归人不归。无复嫦娥影，空留明月辉。"公主看到诗后，悲泣不食，将实情告诉了杨素。杨素准备把公主还给徐德言，并摆设酒席让他们夫妻团圆。席上，杨素叫公主作诗，公主就写下了《饯别自解》这首诗："今日何迁次，新官对旧官。笑啼俱不敢，方验作人难。"此诗写出了当时场面的尴尬，及作者不敢哭不敢笑左右为难的复杂心境。凄婉动人，哀楚动情。语言平白直朴，但又深沉凄怆，是一首难得的好诗。

苏伯玉妻，姓名籍贯生平均不详，一说是汉人，一说是晋人。留世作品有《盘中诗》，载于《玉台新咏》，是倾诉夫妻之情的佳作。苏伯玉出使西蜀，久而不归，妻居长安，非常思念，特写此诗以寄怀念之情。全诗二十七韵，四十九句，一百六十七字，婉转缠绵，情真意切。因写于盘中，故称之曰"盘中诗"。这首诗因其形式创新，内容真切感人，从而具有独立存在的价值。

同样以形式创新而留名后世的还有女诗人苏蕙，字若兰，始平（今陕西兴平县东）人。她的生卒年不详，是十六国时前秦女诗人，其作《璇玑图诗》共八百四十一字，反读、横读、斜读、交互读，退一字读，进一字读，皆成诗章。有人说可得诗二百余首，亦有说可得八百首、三千七百首和七千九百首不等。内容都是描述日常生活和夫妻感情的。武则天称其"才情之妙，超今迈古"。苏蕙以此诗著名于世，后人有仿效者，遂成文字游戏。另有文词五千余言，已佚。

此外的女诗人，还有宋女、王玉京、沈满愿、王金珠、江总妻等。总之，六朝诗坛上，女诗人如群星闪烁。如果那个社会思想更为解放，社会更为开明，那么她们必将放射出更为灿烂的光芒。